ESPÍRITO SELVAGEM

SÉRIE IRMÃS DE ALMA: LIVRO 3

#1 *NEW YORK TIMES* BESTSELLING AUTHOR

AUDREY CARLAN

O mais novo romance de Audrey Carlan, autora bestseller nº 1 do *The New York Times*, pela série Garota do Calendário.

Quando nasci, fui amada pelos meus pais. Sentia o amor deles desde a ponta dos dedos dos pés até os cachos indomáveis do meu cabelo… até que uma tragédia aconteceu e perdi os dois.

Sem ter uma família grande, acabei na Kerrighan House, um lar para garotas como eu: meninas que perderam tudo. Mama Kerri me acolheu e me tratou com amor, assim como o resto das minhas irmãs de alma. Naquela casa, formamos um vínculo que nunca poderia ser rompido.

Agora, o perigo parece perseguir a todas nós. Mas que perigo eu, uma professora de espanhol do ensino médio que jamais faria mal a uma mosca, poderia correr? A única pessoa que está atrás de mim é Omar Alvarado, o guarda-costas contratado para me proteger do perigo que ronda minhas irmãs. Porém, quanto mais evito seus avanços, mais ele tenta me conquistar. Omar parece gostar do meu atrevimento e não esconde o fato de que me quer.

Estou determinada a não me deixar levar por seu lindo sorriso, pelas sugestões sensuais que ele sussurra em meu ouvido ou por aquele corpo incrível que faria qualquer mulher desmaiar de desejo.

Mesmo com a tensão crescendo entre nós, tudo parecia estar sob controle, até que me vi no meio de um assalto a banco.

E o único que poderia me salvar, era o homem que tentei afastar.

Para Elaine Hennig…
Seu conhecimento médico é surpreendente.
Obrigada por usá-lo e ao seu talento para ajudar a
fazer esta série brilhar.
Este livro é para você.
Eu te adoro, minha amiga.

ESPÍRITO SELVAGEM

PRÓLOGO

Dias atuais
Dia do assalto ao banco.

Uma vez, o famoso cantor e compositor Marc Anthony disse: "Se você fizer o que ama, nunca irá trabalhar um dia em sua vida". Tenho certeza de que esse homem sábio nunca foi professor. Especialmente um que dá aula para duzentos adolescentes que estão em uma explosão hormonal e que eram o sol do meu céu ou a ruína da minha existência dependendo do dia. Hoje foi o último. Depois de disciplinar um grupo de adolescentes rebeldes que tinham uma promessa acadêmica real, mas careciam de supervisão dos pais, eu finalmente estava a caminho de um fim de semana repleto de risos e amor com minhas irmãs de alma. Depois que cumprisse minha missão no banco.

Estacionei em frente ao *Liberty National Bank*, no coração de Chicago, me sentindo abençoada por ter encontrado uma vaga tão perto do banco. Peguei a bolsa, saí do Chevy Blazer esportivo azul e apertei a trava no chaveiro. Levei um momento para apreciar meu SUV. Era bonito e elegante, e eu economizei por um ano para pagá-lo com o salário de professora. Felizmente, aos vinte e oito anos, eu estava quase estável. Só precisava de mais três anos na Franklin D. Roosevelt High School como professora residente de espanhol, e estaria pronta.

Peguei a carteira, me aproximei do banco com a cabeça baixa até que esbarrei em uma parede. Um gigante com cabeça de touro sorridente. Uma parede de tijolos que eu conhecia muito bem.

— Droga, Omar! Você está me seguindo? — Apontei um dedo acusador e semicerrei o olhar.

Ele riu daquele jeito irritante e gostoso, que me fez parecer um pouco *mal de la cabeza*.

— Não é incomum, *chica,* que duas pessoas que moram na mesma cidade façam negócios no mesmo banco. — Ele ergueu o que parecia ser uma bolsa com zíper que estava cheia do que presumi ser dinheiro. O que achei estranho. Por que ele teria tanto dinheiro em mãos?

— Não respondeu minha pergunta. Você está me seguindo? — repeti.

Ele apertou os lábios.

— Não, *mi lírio.* Não estou. Embora eu ache que deva ser o destino que nos trouxe a este banco, neste momento. Não?

Ouvi-lo me chamar de *seu lírio,* como a flor, provocou um arrepio de excitação. Engoli em seco contra a resposta repentina. Eu tinha uma queda pelo enorme mexicano-americano desde que coloquei os olhos nele, há alguns meses.

Omar Alvarado.

Ele era um galã. Muito mais alto que eu, com um metro e sessenta. Ele tinha pelo menos um e oitenta, e se elevava sobre mim. O homem malhava muito. Naquele momento, estava usando jeans escuros perfeitamente ajustados e camiseta preta, que desafiava as leis da gravidade, pois estava muito apertada contra seu peito musculoso. Por um breve instante, me preocupei que pudesse rasgar as costuras e cair de seu corpo. Não era um visual ruim. Ele estava barbeado e perfumado. Usava um boné preto do White Sox com emblema na frente, a aba achatada naquele estilo das ruas, que me fazia desmaiar. Ele tinha uma série de pulseiras de couro em um pulso e uma cruz de ouro pendurada do lado de fora da camisa, entre seus peitorais, e brilhando com a luz do sol.

Prendi a respiração enquanto avaliava o símbolo da minha fé. Eu também usava uma cruz, só que a minha era delicada e antiga, um dos meus bens mais preciosos. Tinha sido usada por minha mãe no dia em que ela morreu no acidente de carro que levou meus pais biológicos.

Eu não tinha visto Omar usando um colar antes, ou talvez nunca tivesse por fora de suas roupas. Quando ele era meu guarda-costas irritante, sempre me dizendo o que fazer durante o desastre de Addison com aquele monstro, Cory Pitman, ele nunca mostrou aquela joia. Na verdade, eu nunca o tinha visto em trajes casuais que não fossem calças pretas, botas e camisetas pretas, que absorviam a umidade ou de mangas compridas. O fato permanecia: o homem parecia bem, não importava o que vestisse.

— O gato comeu sua língua, Liliana?

Balancei a cabeça no piloto automático.

— Por que você não me ligou ou respondeu às minhas mensagens? — ele perguntou abruptamente.

O que me lembrou: eu o estava evitando. Ele era muito mandão, muito possessivo e muito alfa para o meu gosto. Mama Kerri me ensinou a ser uma mulher independente que não precisava de ninguém para realizar seus sonhos. No entanto, ela também me ensinou a estar aberta ao amor. Embora ela nunca tenha dito nada sobre luxúria. E toda vez que eu olhava para Omar, queria lamber e beijar seu corpo da cabeça aos pés. Todos os pensamentos de independência voavam pela janela por causa da beleza que estava diante de mim.

Omar Alvarado era tudo o que sempre sonhei, o que também era parte do problema. Eu não queria me perder em um homem. Queria ficar ao lado. Contar comigo mesma e não ceder a todos os seus caprichos. Minha mãe adorava meu pai como se ele fosse o sol. Fazia tudo o que uma boa mexicana deveria. Palavras dela, não as minhas. Ela cuidou de mim, da casa, da cozinha, da lavanderia e se vestia bem para o marido. Quando ele voltava do trabalho, ela tinha uma bebida, um sorriso e uma mesa cheia de comida esperando-o.

Claro, eu gostava de tratar bem meus namorados, mas era uma mexicana trabalhadora, nascida nos Estados Unidos, que queria ser adorada tanto quanto adoraria o homem que escolhi ter em minha vida. Infelizmente, nenhum dos homens com quem namorei no passado entendia isso. Além disso, os homens com quem namorei acabaram se ressentindo da minha fé. Principalmente porque eu não perdia a igreja no domingo, mesmo quando Cubs, Sox, Bulls, Bears ou qualquer evento ou jogo esportivo acontecesse no domingo. Eu frequentava a igreja regularmente e esperava que o homem com quem eu ficasse compartilhasse minha fé. Fui poupada naquela estrada onde meus pais morreram. Vi coisas naquela noite que cimentaram minha fé de uma forma que nunca poderia ser alterada. Minha fé fazia parte de mim, tanto quanto minha herança mexicana e o amor que eu tinha por minha mãe adotiva, meus pais biológicos e todas as minhas irmãs.

— Liliana, por que você está me evitando? — Sua voz profunda abriu caminho em meus pensamentos.

Afastei o passado e empurrei os cachos selvagens do meu rosto, o que nunca funcionava porque eles voltavam ao lugar.

— Porque não quero sair com você! — falei, passei por ele e entrei pelas grandes portas de vidro do banco.

Omar estava no meu encalço enquanto eu abria caminho pela multidão e entrava na fila para ser atendida no balcão. Segurei a carteira e cruzei os braços, batendo o pé. Esperando que não demorasse muito. Eu deveria encontrar minhas irmãs para a prova do vestido de madrinha na Kerrighan House, onde Blessing e a futura noiva, Simone, estariam esperando. Mas primeiro, eu precisava de dinheiro para a arrecadação de fundos na escola e prometi a algumas crianças que compraria alguma coisa. Elas estavam tentando arrecadar dinheiro para uma viagem ao México que eu também planejava ir. Mal podia esperar para ver as antigas ruínas maias, como Tulum e Chichén Itzá, que datavam de 600 e 1200 D.C. Seria minha primeira viagem ao México, de onde meus avós eram. Eu mal podia esperar.

— Você está mentindo. — Ouvi Omar dizer bem atrás de mim.

Eu me virei.

— Não, não estou! Eu simplesmente não estou a fim de você. Chocante! Chame a imprensa — soltei com veemência, sentindo minhas bochechas esquentarem porque eu estava de fato mentindo.

Ele estalou a língua.

— Mentir é pecado — ele murmurou perto do meu ouvido, e seu hálito quente provocou os cabelos em minha nuca.

— *Cállate* — resmunguei para ele calar a boca. O que ele sabia sobre pecados? O homem era o pecado personificado.

— Ah, grandes palavras de uma mulher pequena — ele zombou.

— Você percebe que não está ajudando suas chances de me fazer sair com você — falei em tom seco.

— É mesmo? — Seu tom estava cheio de humor.

— *Sí, é.*

Ele se aproximou enquanto eu continuava tentando ignorá-lo. Suas mãos desceram para meus quadris e ele pressionou contra minhas costas. Minha pele se arrepiou e coração batia forte. A excitação foi direto para o topo de minhas pernas.

— Ainda bem que não estou tentando sair com você. Não, *mi lirio*, quero muito mais do que sair com você. Quero te beijar. Fazer você suspirar meu nome naquele tom doce que você usa quando está feliz por uma de suas irmãs. Quero te levar para minha casa e adorar esse seu corpinho sexy até que você me implore para parar. Mas, mais do que tudo, quero levá-la para casa, para *mi madre*, e vê-la brilhar ao conhecer a mulher que escolhi para mim.

Suas palavras eram tudo o que eu queria ouvir, mas também desprezava com cada fibra do meu ser. Era exatamente por isso que eu evitava caras mexicano-americanos insanamente gostosos. Na minha experiência pessoal, quando eles viam o que queriam, iam com tudo. Não paravam por nada para alcançar seu objetivo, e eu não gostava de me sentir como um prêmio a ser ganho. Queria um homem que fosse meu parceiro. Sem que ninguém dominasse o outro.

Queria o que minha irmã Simone tinha com Jonah. O que Addison tinha com Killian.

Mais uma vez, me virei.

— Você é cego e surdo se acha que vai conseguir isso de mim. Você está latindo para a árvore errada, senhor! — Apontei para seu peito, atingindo músculos de aço. O homem estava em forma.

Ele segurou minha mão e a levou aos lábios sorridentes. Mordiscou meu dedo com um toque dolorosamente sedutor. Meu olhar se concentrou no seu e ofeguei com o fogo que vi naquelas profundezas infinitas.

— Você será minha um dia, Liliana. Pare de lutar e aproveite o que está queimando entre nós. — Suas palavras foram diretas e cheias de desejo. Um desejo ao qual eu queria que sucumbir. Mas não daria certo. Eu não era a mulher que ele queria. Eu nunca me curvaria a ele. Nunca encaixaria em um papel estereotipado que eu tinha certeza de que ele estava acostumado.

— Não sou a mulher para você — sussurrei.

— Você é a mulher exata para mim. E não vou parar até que você sinta isso também.

Fechei os olhos e estava prestes a rejeitá-lo novamente quando uma série de tiros soaram.

Nós nos viramos, ele enganchando o braço em volta do meu corpo, até eu ser empurrada para trás. Seu corpo servindo de escudo.

Espiei e vi quatro homens mascarados entrarem com armas gigantescas. Maior do que qualquer coisa que eu já tinha visto na vida real.

As pessoas gritavam de terror. Senti calafrios quando a ficha caía do que realmente estava acontecendo.

O banco estava sendo assaltado.

Olhei para a entrada, onde os homens haviam passado e estavam se espalhando. Um homem branco grande em um uniforme de segurança estava caído, com o sangue ensopando seu peito, no chão de mármore branco. Ele não estava respirando.

— Ninguém se mova! Todos, de cara no chão. AGORA! Ou vocês irão morrer como ele — um dos homens mascarados ordenou.

Omar e eu nos jogamos no chão e colamos nossas barrigas no mármore frio. O medo correu em minhas veias enquanto os cabelos da minha nuca se arrepiavam.

— Vai ficar tudo bem, fique quieta e em silêncio — Omar sussurrou.

Rapidamente, ele empurrou a bolsa com o que imaginei ser dinheiro pelo chão, direto para debaixo de uma mesa. Talvez os bandidos a encontrassem. Talvez fôssemos mortos e nunca descobríssemos.

— Você, você. você. — Um dos homens gritou para as três caixas que estavam atrás de uma barreira de vidro com as mãos para cima. — Toquem no alarme e todos aqui morrem.

As três pessoas empalideceram, enquanto uma por uma assentiam para o homem mascarado.

Outro atirador estava cercando os clientes do banco e empurrando-os contra a parede na área de espera dos caixas. Antes que eu entendesse o que estava acontecendo, estava sendo puxada pelos cotovelos por trás, o que fez minhas costas arquearem de forma dolorosa.

Gritei a plenos pulmões quando fui puxada para uma posição de pé e mantida na frente de um estranho por apenas uma fração de segundo antes de Omar reagir com uma série de movimentos de combate que eu só tinha visto em filmes de ação.

O atirador caiu no chão, com o rosto jorrando sangue no

mármore branco, em uma exibição macabra que só poderia ser vista em um ringue de boxe. A arma do homem caiu no chão e escorregou a uma distância muito grande para qualquer um de nós alcançar.

— *Não. Toque. Nela.*— Omar sibilou por entre os dentes, pressionando a bota no pescoço do atirador. Infelizmente, ele desarmou um único homem, não todos os quatro. Antes que ele pudesse reagir a mais alguma coisa, havia uma nova ameaça atrás dele, vestida da cabeça aos pés de preto, com o rosto coberto, segurando a arma rente à cabeça de Omar.

— Afaste-se ou vou espalhar seu cérebro na sua namorada. — Ele falou em um tom calmo e sem emoção que eu acreditei ser verdade absoluta. Este homem não tinha medo de tirar uma vida e provavelmente já o fez inúmeras vezes antes.

— Omar, por favor. — Minha voz falhou.

Observei-o cerrar os dentes e levantar as mãos enquanto tirava o pé do outro homem, que pulou e deu um soco no rosto de Omar enquanto eu gritava.

Omar recebeu o golpe e se livrou como um profissional, sem demonstrar nada, embora aquele soco devesse ter doído.

O homem atrás de Omar empurrou sua cabeça e costas com a ponta da arma.

— Encoste na parede agora! — ordenou.

Peguei a mão dele e entrelacei nossos dedos, enquanto éramos empurrados em direção aos outros clientes e depois com violência para o chão, o que fez meus joelhos baterem no mármore de forma dolorosa. Omar tentou me segurar e suavizar o golpe, mas era tarde demais. Eu me arrastei para frente e pressionei as costas contra o balcão de madeira. Ele se colocou na minha frente, com um braço em volta dos meus quadris, me segurando perto.

O atirador que Omar havia derrubado apontou a arma para os clientes assustados e seu olhar azul parecia uma marca de fogo em mim e em Omar, como se estivesse pronto para retribuir o fato de ter sido derrubado.

— Peguem o dinheiro e vamos embora! — um dos homens gritou.

As sirenes tocavam à distância, mas o grupo não parecia perturbado. Os bandidos continuaram obrigando os caixas, que choravam, a encherem as sacolas com o dinheiro das gavetas. Outro atirador ordenou a entrada no cofre. Continuei a ouvir com atenção, a esperança tomando conta de mim, enquanto o som das sirenes se aproximava. A salvação estava a poucos minutos de distância.

Assisti com horror enquanto carros de polícia corriam pelas ruas, as sirenes soando alto enquanto abriam uma trilha bem na margem, claramente em uma caçada diferente. Meus ombros caíram e o desespero tomou conta do meu coração. O atirador idiota na nossa frente começou a rir loucamente. Omar passou os dois braços em volta de mim, e eu pressionei a bochecha em seu peito, deixando o ritmo de seu batimento cardíaco acalmar o medo apenas o suficiente para manter as lágrimas sob controle.

Foi quando outro tiro soou alto, quase perfurando meus tímpanos e fazendo meus dentes baterem. Gritos ecoaram e o cheiro pungente de ferro encheu o ar.

Outro corpo caiu no chão.

UM

Cinco meses antes do assalto ao banco.

O mundo estava desmoronando ao nosso redor novamente. Pouco tempo atrás, Simone havia sobrevivido a uma tragédia que terminou com a morte de Tabby e a tortura de Addison. Agora, parecia que tudo estava acontecendo de novo, sendo que apenas Addy era o alvo. Minha família passou por um inferno, mas não parecia que encontraríamos paz tão cedo.

Addy estava saindo para o trabalho, mas senti que *precisava* ver seu rosto, abraçá-la antes que ela fosse embora. Depois de descobrir que alguém havia assassinado uma mulher que se parecia com minha irmã de alma, eu não queria correr nenhum risco.

A informação era de que a vítima não só havia sido estrangulada, mas também teve os antebraços queimados da mesma forma que Addison quando foi sequestrada por um louco. Mal estávamos nos recuperando da tragédia em que Simone se envolveu. Ela quase foi vítima de um assassino em série que se escondia nos bancos traseiros dos carros de mulheres inocentes e as estrangulava. Aquele monstro havia sequestrado Addy e Simone, e nossa querida irmã Tabitha acabou levando uma bala no peito enquanto as defendia do bandido. Tabby perdeu a vida salvando a delas.

E com esta nova ameaça caindo sobre todas nós, eu não dava mais por certo quando veria minhas irmãs da alma novamente.

— Espere, espere! — gritei enquanto descia as escadas da Kerrighan House, onde estávamos hospedadas devido à ameaça à minha irmã.

Eu a alcancei na porta e ela passou os braços em volta de mim. Seu cheiro familiar me ajudou a diminuir o mal-estar que entorpecia meus sentidos.

Quando finalmente me senti conectada a ela, me afastei e fiz uma careta.

— Não queria que você fosse embora sem me despedir.

Addison segurou minha bochecha e sorriu de leve. Antes que ela pudesse dizer qualquer coisa, um grunhido viril interrompeu nosso momento.

— Oh. — Addison ergueu o queixo para um homem enorme que estava parado em silêncio ao nosso lado. — Este é o Omar, seu guarda-costas. Ele vai te levar para o trabalho, junto com a Charlie e a Gen.

Fiz uma careta.

— Guarda-costas… *¿Qué? ¿Por qué?*

— Blessing os contratou. — Ela suspirou.

— Aquela garota. — Revirei os olhos. O lado protetor de nossa irmã Blessing havia sido aguçado e não havia nada que qualquer uma de nós pudesse dizer ou fazer quando ela estava em tal estado. Ela era uma pessoa difícil. Para um estranho, ela era como uma pantera elegante. Impulsionada e focada no caminho do sucesso. Mas quando se tratava de suas irmãs adotivas, ela era uma gatinha. Doce, amorosa, brincalhona e dedicada à família. Nossa Blessing perdeu sua família de forma muito violenta com apenas dez anos de idade, e não era surpresa que o fato de termos perdido Tabby a tenha feito levar nossa segurança ao extremo. Ela protegia quem amava e éramos suas irmãs por escolha, amor e devoção.

O homem ao nosso lado moveu os braços enormes atrás das costas e os manteve ali. Foi quando percebi tudo o que era Omar, o guarda-costas.

Minhas bochechas esquentaram enquanto eu olhava de queixo caído para o homem magnífico na minha frente. Ele era muito maior que eu, mas a maioria das pessoas era. Minhas irmãs me chamavam de "duende" por causa disso. Com apenas um metro e sessenta, eu era vários centímetros mais baixa que todas elas. Ao lado de Addy, eu parecia minúscula em comparação.

Só que este homem era excepcional. Bíceps musculosos esticavam o tecido da camiseta preta até o limite. A bainha se retesava em sua pele marrom, como se tentasse desesperadamente não rasgar contra tal volume. Passei o olhar por seu peito largo que formava um V em sua cintura. Eu podia ver as saliências e entradas do que devia ser um abdômen tanquinho através do tecido apertado. Ele usava calças cargo pretas e botas combinando, mas não era a natureza imponente de seu tamanho ou roupas o que me desconcertava. Era seu rosto elegante e lindo. Mandíbula rígida, maçãs do rosto marcadas e sobrancelhas escuras e arqueadas, que emolduravam os mais belos olhos. Os meus eram castanhos claros, mas os dele eram castanhos bem escuros e queimavam com intensidade, enquanto nós dois permanecíamos em silêncio e olhávamos um para o outro. Seu cabelo preto era cortado curto nas laterais, com longas camadas penteadas para trás e afastada do rosto. Se estivesse usando terno, ele não teria problemas em se passar como um empresário, arrumado com aquele penteado. Seus lábios pareciam macios, sendo o inferior mais carnudo, o que me fazia pensar que seria divertido mordiscar de brincadeira.

Meu sangue esquentou e pareceu bombear mais rápido quando as imagens de tocar todos aqueles músculos, passar os dedos por aquela pele dourada, invadiram minha mente. Quanto mais eu absorvia, mais percebia que ele era o homem mais bonito que eu já tinha visto.

Tentando esconder minha resposta visceral, empurrei uma mecha de cachos rebeldes para trás da orelha, verifiquei se meu vestido de verão não estava fora do lugar depois de descer as escadas correndo e olhei para aqueles olhos castanhos.

— Hum, olá. Eu sou a Liliana.

Ele sorriu e eu engoli em seco enquanto soltava o ar que estava prendendo desde que essa visão de perfeição masculina entrou em minha esfera de reconhecimento.

A voz de Addison me tirou do meu devaneio.

— Bem, vou deixar vocês dois com as apresentações. Nos vemos mais tarde?

Minha resposta automática foi assentir.

— *Sí*. Hum, *te quiero*. Tenha cuidado e entre em contato. Vou ficar preocupada se você não fizer isso.

Addison me puxou para seus braços mais uma vez e beijou minha bochecha.

— Também te amo, duende. Tenha um bom dia com seu bonitão.

A batida forte do meu coração diminuiu para um baque surdo quando voltei a me concentrar no assunto em questão. Suas palavras me atingiram, e eu coloquei a mão no peito.

— Ele não é meu bonitão... — Perdi a capacidade de falar mais. Como ela ousava me colocar na berlinda! Nós conversaríamos quando Addy voltasse. Semicerrei o olhar e estava prestes a refutar isso, quando Omar falou, me chocando profundamente.

— Eu poderia ser — ele murmurou com um sorriso pecaminoso estampado em seu belo rosto, enquanto examinava meu corpo da cabeça aos pés.

— O quê? — Eu o encarei.

— Tchau! — Addy gritou e depois saiu, onde os *paparazzi*

estavam esperando. Os repugnantes abutres estavam cercando a Kerrighan House desde que a imprensa soube da conexão que a mulher assassinada tinha com Addison. Isso não era uma grande surpresa. Este último horror veio logo após o caso de Simone. Ela foi perseguida por um *serial killer* e resgatada pelo FBI.

Para piorar a situação, a irmã biológica de Simone era Sonia Wright-Kerrighan, senadora dos Estados Unidos por Illinois. Simone e Sonia eram nossas irmãs adotivas, duas das oito meninas que Mama Kerri acolheu quando as circunstâncias de nossa infância nos deixaram precisando de lares amorosos.

Addison foi torturada pelo *serial killer* que estava atrás de Simone, mas quando ele foi pego, pensamos que tudo isso tinha ficado para trás. O assassinato de uma mulher que se parecia com Addy, a modelo *plus size* mais conhecida do mercado, basicamente significava que estávamos ferradas e nossas vidas, mais uma vez, viradas de cabeça para baixo e do avesso.

Cerrei os dentes e estendi a mão.

— Liliana Ramírez-Kerrighan. — Todas nós, irmãs adotivas, adotamos o nome Kerrighan junto com nossos nomes de batismo. Era um sinal de lealdade, amor e orgulho pela mulher que nos criou e ajudou a moldar as mulheres que éramos hoje.

Omar segurou minha mão com a sua enorme. No instante em que nossas palmas se tocaram, senti uma sensação de entrelaçamento que envolveu meus dedos, subiu pelo braço seguindo até o peito. Foi uma sensação avassaladora. Algo que minha mãe biológica falava quando eu era bem pequena. Um *flash* de memória tomou conta de mim com o toque.

— *Mi hija, quando você encontrar sua outra metade, uma sensação de retidão fluirá em suas veias e vai atingir seu coração. Fique atenta, minha Liliana, o mais simples toque pode mudar sua vida.*

Puxei a mão tão depressa, que foi como se tivesse me queimado.

— Omar Alvarado. Vou tomar conta do seu corpo por enquanto. — Seus lábios se abriram em um sorriso feliz. — Definitivamente não será uma dificuldade — acrescentou, olhando meu corpo como se fosse uma carícia.

Minha ira substituiu a névoa de sensualidade que senti em sua presença e beleza incríveis. Coloquei as mãos em meus quadris e o encarei.

— Esse não é exatamente um comportamento profissional para um guarda-costas contratado — respondi.

Omar contraiu os lábios.

— Não há nada de profissional na maneira como meu corpo está respondendo a você, *mi lirio*. — Ele afirmou com ousadia e convicção. Me chamando de "seu lírio", como se tivesse o direito.

Minha boca se abriu quando fui tomada pelo choque.

— Caramba, você é o típico conquistador, não *é?* — Apertei os lábios e endireitei a coluna, me elevando ao máximo. Não que isso fosse fazer diferença contra sua altura. O homem devia ter quase um metro e oitenta e eu estava descalça.

Omar inclinou a cabeça, levantou a mão e acariciou o lábio inferior com o polegar. Esse movimento normalmente me faria abanar o rosto. Mas não dessa vez. Eu estava muito irritada com seu interesse flagrante.

— Eu *com certeza* quero te conquistar, *chica*.

Um vento forte poderia ter me derrubado. O homem era uma ameaça. Uma ameaça sexy, mas irritante, que eu queria tanto estrangular quanto beijar. Hormônios idiotas. Por que Deus teve que me enviar o homem perfeito em aparência e estatura para cuidar de mim, mas ser impossível de lidar com ele sem querer atingi-lo com uma faca!

Sibilei baixinho. Minha fúria estava prestes a atingir proporções épicas quando minhas irmãs Genesis e Charlie desceram as escadas e pararam na entrada.

O rabo de cavalo vermelho de Charlie continuou a balançar,

enquanto Gen vasculhava sua pasta procurando por algo. Ela usava um elegante terno de cor creme, pois era assistente social no centro de Chicago e gostava de se vestir bem. Charlie usava jeans, camiseta de seda e Converse preto de cano alto para o trabalho. Ela dirigia um centro juvenil para crianças rebeldes e fugitivas, que precisavam de um lugar seguro onde pudessem ficar, assistir aulas e se alimentar, entre uma ampla variedade de outras atividades.

— Chegamos. Chegamos. — Charlie ofegou um pouco, sem fôlego. — Desculpe, Lil, só soubemos há vinte minutos que precisávamos estar prontas mais cedo para que você não se atrasasse para a escola.

Olhei para o relógio, mas vi o momento em que Omar estava se apresentando para minhas irmãs e perguntando se ele acompanharia Aurora, a filha de Genesis, para a escola também.

— A Rory vai ficar aqui, com a Mama Kerri — Genesis explicou.

— ¡Mierda! Tenho que chegar no primeiro período. — Corri até onde havia deixado a mochila de couro e calcei um par de sandálias de salto alto que tinham duas tiras de couro douradas sobre os dedos e uma fina em volta do tornozelo. Eu quase sempre usava salto alto para ir à escola, porque odiava o fato de que a maioria dos adolescentes era mais alto que eu. E eu estava acostumada a andar sempre de sapatos de salto. Eu poderia correr de salto, se necessário, e teria que provar esse fato hoje para chegar a tempo no trabalho.

Estalei os dedos.

— Venham, ¡rápido, rápido!

Omar assumiu uma postura profissional, abrindo a porta enquanto os *paparazzi* enlouqueciam, fazendo perguntas:

— *O que vocês sabem sobre o estrangulador do banco de trás?*

— *E quanto ao novo assassino?*

— *É um assassino imitador?*

Omar nos levou até um SUV escuro, me conduzindo para o banco da frente e minhas irmãs para o de trás.

Felizmente a escola não ficava muito longe de Kerrighan House. Omar mal parou e pulei porta afora, correndo para dentro do prédio e escapando dele, de minhas irmãs e de todos os sentimentos indesejados que aquele homem irritante trouxe à tona.

Saí do prédio depois de um longo dia ensinando um segundo idioma que, na maioria dos casos, os alunos não queriam aprender, mas precisavam para receber os créditos de idioma estrangeiro de que precisavam para se formar.

Talvez eu devesse mudar para o ensino universitário? ponderei a opção. Minha cabeça estava cheia com as lições do dia e com o fato de que alguns alunos simplesmente não conseguiam parar e prestar atenção no conteúdo que passei horas preparando.

Felizmente, todos os adolescentes já haviam saído. No segundo em que o último sinal tocou, encerrando o dia escolar, eles desapareceram em um piscar de olhos. Eu costumava ficar até as quatro e meia na maioria dos dias, porque não queria levar trabalho para casa. As duas horas depois da aula geralmente eram suficientes para eu terminar de corrigir as tarefas do dia e planejar o currículo do dia seguinte, mas nem sempre eu conseguia. Era verdade o que diziam… O trabalho de um professor nunca acabava. Não até as férias. E precisávamos desse tempo desesperadamente. Passar cerca de nove meses moldando mentes e comportamentos dos alunos ao longo de um ano letivo não era moleza. O que eu não daria para que os pais de cada aluno passassem um único dia ensinando em meu lugar. Um dia era o suficiente para aquelas pessoas correrem gritando. Talvez assim, tivéssemos mais pais participando. Bufei e ri de mim mesma enquanto a visão dos pais fugindo do prédio com as mãos no ar, enquanto escapavam de seus próprios filhos aparecia em minha cabeça.

— *Yo!* — Ouvi chamarem.

Olhei para cima e avaliei os arredores, tendo me perdido em meus pensamentos.

— Você não foi esperta, *chica*. Nem olhou ao redor quando saiu. Qualquer um poderia ter te agredido. Te jogado direto para dentro de um carro sem que ninguém percebesse.

Fiz uma careta e apontei para as câmeras na frente da escola, me sentindo um tanto triunfante.

— As câmeras impediram o último cara de levar a Addison ou a Simone? — ele rebateu sem nenhum indício de malícia ou no tom de *eu te avisei*. Apenas fatos sendo apresentados para que eu pudesse chegar a minha própria conclusão.

O bruto tinha razão.

— Serei mais cuidadosa no futuro — afirmei me sentindo devidamente repreendida quando ele abriu a porta do passageiro do SUV. Não querendo me sentar ao seu lado, fui para trás, abri a porta, joguei a mochila dentro e subi no veículo, batendo a porta assim que entrei.

Omar riu, fechou a porta da frente e deu a volta no carro para o lado do motorista. Assim que ele entrou, peguei o telefone para não ter que falar ou olhar para seu rosto bonito e presunçoso.

Em pouco tempo, ele parou no centro juvenil para pegar Charlie.

Ele se virou em seu assento.

— Fique aqui. A menos que você queira me acompanhar. O vidro do carro é à prova de balas e vou trancar as portas.

Arrisquei um olhar para cima.

— Eu não sou um cachorro que você manda sentar e ficar. Mas estou bem aqui, longe da sua presença, obrigada.

— Te ganhar você vai ser divertido, *mi lirio*. Estou ansioso pela caçada. — Ele sorriu e saiu do veículo.

— Tente não deixar a porta bater no seu *culo* ao sair! ¡Idiota!

— Bufei e li a mensagem de Mama Kerri no grupo da família, pedindo a uma de nós para comprar sais de Epsom. Com todo o estresse que ela passou entre a situação com Simone, perder Tabitha e agora Addison sendo ameaçada, nossa mãe merecia um banho relaxante com sais relaxantes. Eu também havia raspado os restos da máscara de cílios esta manhã e joguei o tubo fora. Eu precisava de outra.

Eu me virei e sorri ao ver a farmácia do outro lado da rua. Verifiquei o prédio à minha frente, mas não vi sinal de Charlie e do bruto. Charlie era conhecida por se demorar. A mulher chegaria atrasada para o próprio casamento, um dia.

Ele me disse para ficar aqui. *Como um cachorro*, lembrei a mim mesma.

— *Afff*. Não vou deixar que *un hombre importante* me diga o que fazer. Quando devo ficar sentada e esperar. Sou dona do meu próprio nariz — falei baixinho e abri a porta do carro, procurando mais uma vez por Charlie e Omar. Eles ainda estavam lá dentro. Eu poderia entrar e sair da farmácia antes que eles voltassem.

Me sentindo muito orgulhosa de mim mesma, verifiquei se havia carros nos dois sentidos e atravessei correndo a rua movimentada.

Rápida como um raio, peguei dois tubos da minha máscara para cílios favorita, um grande pacote de sais Epsom com aroma de lavanda, um pirulito para Rory e um pacote de *Skittles* para mim.

Eu não poderia ter demorado mais que cinco minutos. Mas quando saí da farmácia, encontrei Omar encostado na parte de trás do SUV em frente à loja, com os braços do tamanho de um monstro cruzados, uma veia grande se projetando na frente da testa e os olhos escondidos atrás de um par de óculos de sol pretos. Seus lábios estavam tão tensionados que estavam brancos contra o marrom daquela pele deliciosa.

— *¿Qué?* O que foi? — perguntei, tentando soar indiferente, mesmo sabendo que ele estava furioso.

Suas narinas se dilataram quando ele se moveu ao redor do

carro e abriu a porta do da frente, quando ele sabia que eu preferia a parte de trás para que eu pudesse ficar longe dele.

— Vou sentar atrás, obrigada…

— Entre no carro antes que eu te coloque aí dentro! — ele disse por entre os dentes, deixando a porta do passageiro da frente aberta.

— Como ousa falar assim comigo? Você não é o meu chefe! — gritei, me preparando para nossa próxima briga.

— Que Deus me ajude, Liliana… Entre. No. Carro. — Seu tom era firme e não deveria ser frustrado.

Um arrepio percorreu minha espinha com a gravidade de seu pedido. Ainda me sentindo incomodada, fui pisando duro até o carro, joguei minha compra no banco da frente e me impulsionei para dentro do veículo alto.

Omar observou cada movimento meu e fechou a porta quando entrei em segurança.

— Hum, você está encrencada! — Charlie gargalhou lá de trás.

— *¡Cállate!* — retruquei para minha irmã, que estava com um sorriso tão grande que parecia um raio de sol.

No segundo em que Omar entrou no carro e saiu de sua vaga de estacionamento, ele começou:

— Tem alguma ideia do que poderia ter acontecido com você? — ele rugiu. — Um assassino está atrás da sua irmã. Um homem que não se importa com a vida humana. Que é doente, pervertido e mata mulheres inocentes.

— Só fui à loja do outro lado da rua! — tentei, mas ele não aceitou.

— Demorou menos de três minutos para Wayne Gilbert Black colocar Addison Michaels em seu carro. Então ele sequestrou sua irmã e a torturou! Isso não vai acontecer durante o meu turno, *chica*. Nem agora, nem nunca. Nenhum homem vai tocar em um cacho da sua cabeça irritantemente bonita!

— Droga, garota, ele mandou ver. — Charlie riu do banco de trás com um meneio de pescoço e ombros para o efeito.

Eu virei a cabeça e a fuzilei com os olhos.

Ela levantou as mãos em um gesto apaziguador.

— Desculpe, desculpe. Estou cuidando da minha vida. Só olhando pela janela. Não há nada para ver aqui. Aaah olha, que lindas árvores ali. E um cara barrigudo lavando o carro sem camisa. Muito bom.

Gemi baixinho. Minha temperatura começou a subir quando a irritação me tomou por inteiro.

— Você entende por que não pode simplesmente sair? Se eu não tivesse te visto entrar na loja, não saberia onde você estava. — Seu rosto era uma máscara de raiva. — Eu teria alertado todos os membros da equipe sobre a sua ausência. Chamaria a polícia, sua família... — Ele balançou a cabeça e apertou o pisca-alerta com mais força que o necessário.

— Tudo bem, não achei que fosse grande coisa. — Tentei suavizar meu tom, mas aparentemente foi a coisa errada a dizer.

— Grande coisa? Eu poderia ter perdido meu emprego! — ele rugiu novamente.

Minha pele começou a formigar e minha própria frustração aumentou.

— Se você tivesse deixado claro a importância de ficar no carro em vez de me tratar como um animal de estimação ou uma criança pequena, talvez eu tivesse ouvido. — Usei minha melhor voz de professora. — Sou adulta e espero ser tratada como tal. — Eu estava irritadíssima, mas fiz o meu melhor para manter a calma.

— Achei que não precisava. O cadáver com a foto da sua irmã na mão deveria ter sido o suficiente. *¡Dios mío! ¡Mujer me vas a volver loco!* — Omar mudou totalmente para o espanhol.

— Estou te deixando louco? Talvez você deva pedir a substituição por um segurança diferente. Parece que o sentimento é mútuo.

Ele estacionou perto da frente do prédio onde Genesis trabalhava e parou o carro.

Assisti fascinada enquanto ele fechava os olhos. Ele segurava o volante com tanta força que os nós dos dedos ficaram brancos antes que ele os soltasse e os esticasse enquanto respirava para se acalmar.

— Se você pudesse fazer a gentileza de ficar no carro, ou seja, não sair do veículo, eu ficaria grato. Gostaria de manter meu emprego e sua segurança é a minha prioridade número um. — Ele abriu um sorriso falso e olhou nos meus olhos. — Que tal?

Um ronco alegre soou do banco de trás, mas Charlie não disse uma palavra.

Bufei e olhei para minhas unhas como se verificasse as unhas.

— Melhor. Precisa ser trabalhado — falei em tom leviano, ainda não pronta para desistir da luta. Meu temperamento e teimosia eram lendários e não tinham limites. Era por isso que Mama Kerri sempre disse que eu era o "espírito selvagem" de suas meninas. Meu fogo não podia ser contido. Ela dizia que o homem certo para mim não iria combater meu fogo, mas o alimentaria, sem apagá-lo.

Meu comentário o fez balançar a cabeça e rir muito. Sua linguagem corporal ficou relaxada mais uma vez e a raiva desapareceu tão rapidamente quanto veio, como acender uma vela e apagá-la. A profundidade de sua risada me envolveu completamente.

Apertei as coxas e firmei a mandíbula.

— Você não tem um lugar para ir? — Pisquei rapidamente tentando evitar a resposta do meu corpo.

Ele se aproximou de modo que seu nariz estava a poucos centímetros do meu rosto.

— Não há lugar que eu prefira estar que sentado em um carro brigando com você, *mi lirio*, mas tenho trabalho a fazer. Continuaremos mais tarde. Talvez em um ambiente mais privado — ele acrescentou com uma piscadela atrevida.

— O quê? Não! Está brincando comigo? — retruquei quando ele saiu do carro e o trancou, me deixando perplexa.

— Caramba, Lil, a tensão sexual entre vocês dois é fogo puro! Você vai fazer algo com isso ou o quê?

Charlie se inclinou para frente entre os bancos dianteiros.

— Não!

Ela franziu a testa.

— Por que não? Ele é gostoso. Faz seu tipo. E está *muuuuito* interessado em você. — Ela sorriu e balançou as sobrancelhas de forma sugestiva.

— Ele me deixa com tanta raiva que quero dar um soco na cara dele e enfiar uma meia suja enrolada em sua boca estúpida e sexy para que ele fique calado! — Me virei no assento para olhar no rosto dela.

Ela assentiu.

— Percebi, mas você também quer transar com ele. Isso é óbvio para ele e para mim.

Cerrei os dentes e grunhi.

— Da próxima vez que você me pedir para ajudar um de seus garotos a falar espanhol no centro, a resposta é não! — O que era mentira. Eu ajudaria qualquer criança necessitada, assim como fui ajudada por Mama Kerri e minhas irmãs de alma depois que perdi meus pais.

Ela bufou e riu.

— Se você está dizendo, duende…

— Não me chame de duende! — protestei quando a porta traseira se abriu e Genesis entrou com um sorriso sereno e olhos cansados.

Nem Charlie, nem eu falamos enquanto Omar se acomodava no carro. E fiz o possível para ignorar o cheiro delicioso de colônia terrosa.

— O que eu perdi? — Genesis perguntou.

Charlie segurou a mão dela e olhou pela janela.

— Não pergunte, irmã. Não pergunte.

DOIS

Duas semanas depois…
Quatro meses e meio até o assalto ao banco.

Todos os dias, na semana seguinte, fui e voltei para o trabalho conduzida por Omar, o Ogro, como o havia apelidado. Desde nossa briga no primeiro dia de sua proteção, ele intensificou suas atitudes. E quando eu dizia "intensificou", queria dizer que o homem estava fazendo de tudo não apenas para me irritar, mas para garantir que eu lamentaria o dia em que ele entrou em minha vida.

Basicamente, Omar não era apenas o homem mais bonito do planeta, mas também parecia gostar do meu tipo de loucura. Aconteceu mais ou menos assim:

Terça-feira, quando me sentei de propósito no banco de trás para não ter que ir na frente ao seu lado, ele acionou o mecanismo de trava para crianças. Então, quando chegamos ao meu trabalho e eu tentei sair depressa do carro, ele abriu um sorriso e, com bastante calma, saiu do veículo e deu a volta nele. Isso fez com que *Coisa Um* e *Coisa Dois*, Genesis e Charlie, gargalhassem como se fossem hienas assistindo ao seu programa de televisão favorito e aproveitando cada minuto.

Grunhi quando Omar sorriu e finalmente abriu minha porta.

Antes que eu pudesse descer do veículo como um animal preso que acabou de ser solto, ele segurou minha mão com firmeza e me levou até a entrada da frente do prédio.

Tenho certeza de que havia vapor saindo de minhas orelhas enquanto o meu rosto estava corado de raiva e vergonha. Não apenas meu plano foi frustrado, mas também fizemos uma cena e tanto. Depois que me acompanhou até a porta, ele ergueu minha mão e a beijou.

Mostrei os dentes e sibilei.

Com um lindo sorriso, ele disse alto o suficiente para que todos ouvissem:

— Tenha um ótimo dia de trabalho, *mi lirio*. Você está linda. Até logo. — Em seguida, soltou minha mão e voltou a caminhar com uma arrogância que não podia ser negada. Não pude deixar de observar seu bumbum e costas musculosas se moverem e flexionarem quando ele saiu.

Tudo isso aos olhos arregalados de vários dos meus colegas de trabalho que também estavam chegando, além de muitos alunos. Um grupo de meninas da minha turma do segundo período gritou:

— Uhuuu! Srta. Ramírez tem um homem gostoso! ¡Muy caliente! — Se eu não estivesse tão chateada, teria ficado orgulhosa de elas usarem o espanhol de maneira tão precisa e casual.

Quarta-feira não foi melhor.

Na quarta, tentei ignorá-lo completamente. Isso teve o efeito adverso de ele se esforçar mais para me importunar. Começando pelo meu cabelo. Ao nos aproximarmos do veículo, desta vez não lutei contra ele me conduzir através da multidão de *paparazzi* até o banco da frente, porque não seria enganada duas vezes pela trava infantil. Os *paparazzi* se dispersaram e nos deixaram quando a porta da Kerrighan House se abriu e Simone saiu com Jonah para trabalhar.

Eu gemi baixinho quando minha porta foi aberta. No entanto, quando eu estava entrando, Omar puxou meu longo rabo de cavalo trançado.

— O que é isto? Um rabo de cavalo? — Ele empurrou o cabelo para o lado.

Eu virei a cabeça e o encarei.

— É uma extensão de cabelo. Não toque —avisei.

Ele inclinou a cabeça e ousadamente golpeou a longa trança para que ela balançasse ao longo das minhas costas.

— ¿Estás loco? Você está tentando me fazer te odiar! — Cerrei os dentes. — E nunca, *nunca* mesmo toque no cabelo de uma mulher.

Ele ignorou meu pedido e passou a mão pela trança. Para ser sincera, gostei do toque, mas mais que isso, gostei de observar seu rosto enquanto ele tentava descobrir a mágica por trás do fato de que agora eu tinha cabelos compridos em vez dos cachos naturais na altura dos ombros que usava normalmente.

— Gosto desse estilo de rabo de cavalo. Me dá uma visão completa do seu lindo rosto. — Ele passou os dedos da minha têmpora, pela lateral do meu rosto até meu queixo, em seguida, acariciou o lábio inferior com o polegar. Estremeci com seu toque, o que era o oposto de como meu cérebro queria que eu reagisse. Corpo traidor.

— Pode me explicar o que é essa extensão? É o seu cabelo que você pode colocar de volta? — ele perguntou novamente.

Deixei escapar um resmungo.

— Meu Deus! Você viveu debaixo de uma rocha nos últimos vinte anos? — Eu o empurrei do caminho com o quadril e entrei no carro, evitando a reação do meu corpo à sua doce carícia.

Seu rosto ainda tinha uma expressão confusa quando ele fechou a porta, deu a volta no carro e entrou em silêncio, o que continuou por cinco segundos até chegarmos ao final da rua, quando ele me olhou com as sobrancelhas franzidas.

— Como é que isso funciona? Este rabo de cavalo?

— Senhor, me ajude! — Suspirei e fechei os olhos enquanto balançava a cabeça.

Genesis e Charlie riam no banco de trás, o que se tornou

habitual em nosso ritual matinal de Omar nos levar para o trabalho todos os dias e nos buscar à tarde.

— Algumas mulheres, como eu, gostam de fazer penteados diferentes. Eu compro as extensões de cabelo para combinar com a cor natural do meu e depois as uso sempre que quero me sentir ou parecer diferente. Hoje estou me sentindo atrevida, por isso a trança longa.

— Humm, atrevida. Você é atrevida mesmo, *mi lirio*. *Mi madre* aprovaria. Ela quer que seu filho tenha uma mulher que fala o que pensa. — Ele sorriu.

Meu peito se apertou e meu coração começou a bater forte com a menção à sua mãe.

— Não tenho nenhuma intenção de conhecer sua mãe, então o ponto é discutível. — Tirei o pó compacto da mochila e retoquei a maquiagem.

Quando chegamos na escola, tentei sair do carro mais rápido que ele, mas não deu certo. O homem podia ser suave como seda, mas se movia rápido como um ninja, aparecendo ao meu lado antes mesmo de eu pisar do lado de fora do carro.

Para evitar o aperto de mão que ele forçou ontem, segurei as duas alças da mochila. Esse movimento fez com que Omar colocasse a mão na parte inferior das minhas costas e me conduzisse à entrada da frente. O homem era incorrigível.

— Estou ansioso para vir te buscar mais tarde. É a melhor parte do meu dia — ele afirmou baixinho, então me deu uma daquelas saudações que caras gostosos costumam fazer, movendo dois dedos para longe da testa enquanto eu semicerrava o olhar e segurava minha língua. Ouvi vários suspiros e "que fofo" das professoras que tinham salas de aula perto da entrada onde eu havia sido deixada.

Continuei ouvindo elogios na tarde de quarta-feira quando fui levada para fora do prédio. Foi então que elaborei um plano brilhante. A única maneira de me livrar de um homem era encontrar outro. Ou pelo menos a ilusão de um.

Coloquei meu plano em prática na manhã de quinta-feira, quando entramos no carro. Peguei meu telefone e disquei para minha irmã, Sonia. Mesmo que Mama Kerri tivesse pedido que todas nós ficássemos em sua casa durante o perigo que cercava Addison, Sonia sempre saía para trabalhar ao raiar do dia. A senadora dos Estados Unidos levava seu cargo a sério e considerava importante estar no escritório antes de qualquer um de seus funcionários, dando bom exemplo para o restante de sua equipe. Então, quando liguei às sete e quinze, ela provavelmente já estava trabalhando há quase uma hora.

— Ei, Lili. E aí? — ela perguntou, sua voz soando sem fôlego.

— O que você está fazendo? — questionei.

— Pegando café para os executivos que irão me encontrar em quinze minutos, então, infelizmente, não tenho muito tempo para conversar.

— Sem problemas. Eu só queria te dar autorização para que o Quinn marque um encontro meu com o seu amigo — anunciei em tom alto e claro.

O ar no carro instantaneamente ficou espesso e aquecido. Apertei o botão para abrir a janela e deixar entrar um pouco de ar fresco. Não ajudou. O ar parecia crepitando com uma energia que eu temia. Olhei para Omar enquanto pressionava o telefone mais perto do ouvido.

Sua mandíbula estava tensa, e aqueles lábios macios comprimidos em uma linha fina enquanto ele olhava para frente. Os músculos de seus braços estavam tensionados e inchados, as veias aparecendo contra sua pele adorável e de aparência suave.

— O quê? Eu ouvi direito? — Sônia reiterou.

— *Sí.* Quero sair com o amigo do Quinn. Diga a ele que pode dar meu número ao Alejandro, junto com a mensagem de que estou ansiosa para receber sua ligação.

Aquela tensão no carro atingiu o efeito máximo e o suor escorria na linha do meu cabelo. Virei a cabeça, voltando o rosto para a janela para permitir que o ar fresco acalmasse qualquer frustração e ansiedade persistentes que eu pudesse ter sentido com o movimento tão flagrante que eu estava fazendo.

— Uh, pensei que você estava... saindo com o guarda-costas? Pelo menos é o que a Charlie e a Genesis afirmaram. Estou confusa.

Olhei diretamente para o rosto bonito de Omar, que parecia bem chateado, e sorri.

— Não, não estou saindo com ninguém. A Charlie e a Genesis estão mal-informadas — afirmei enquanto me virava e fuzilava as duas com os olhos.

Felizmente, elas tiveram a esperteza de desviar o olhar e manter a boca fechada. Elas sabiam que se meu temperamento levasse a melhor, ninguém estaria seguro.

— Tudo bem. Vou avisar ao Quinn. Ele vai ficar feliz em organizar tudo. Aguarde uma ligação em breve.

— Excelente. *Gracias, hermana*. Tenha um bom dia no trabalho. *Te quiero*.

— Também te amo. Tchau! — Sonia disse antes de desligar.

O resto da viagem foi feita em silêncio mortal. Missão cumprida.

Quando Omar me acompanhou até a entrada da escola, ele não me segurou. Não tocou de forma suave na parte inferior das minhas costas. Ele nem olhou para mim, apenas abriu a porta e esperou que eu entrasse, então se virou e saiu sem olhar para trás.

Por mais que eu quisesse que ele parasse, não estava preparada para o quanto me sentiria miserável por perder suas atenções. Foi uma sensação tão estranha de perda que não consegui entender.

No dia seguinte, eu estava determinada a limpar o ar com Omar, porque não queria começar e terminar o dia ou o fim de semana com energia negativa nos pressionando por todos os lados.

O que eu não esperava era que Omar guardasse um rancor perverso.

Quando tentei conversar com ele no carro na manhã de sexta-feira, ele simplesmente olhou para mim e balançou a cabeça.

Na segunda tentativa de conversa, Omar ligou o rádio e me ignorou completamente.

— *Bum!* — Charlie provocou do banco de trás.

— Lembre-se de que eu sei onde você dorme, *hermana*! — retruquei.

Charlie deu de ombros quando Genesis sorriu de leve e se concentrou em seu telefone. Mama Kerry estava com Rory hoje, o que sempre parecia deixar Genesis em um clima harmonioso. Acho que saber que Rory estava segura nos braços da avó dava a ela uma sensação de paz que era necessária agora que as coisas estavam tão no ar.

— Alguma notícia sobre o caso? — perguntei a Omar.

Ele não podia ignorar uma pergunta direta sobre esse assunto. Seria pouco profissional. Não que ele tivesse sido muito profissional até agora.

— Não. Você precisa perguntar ao agente Fontaine ou ao agente Russell sobre isso. Não tenho nenhuma informação nova neste momento. — Suas palavras foram sucintas.

— Então, negócios como sempre? — Cutuquei, querendo suavizar as coisas um pouco. Embora eu tenha feito esforço em demonstrar a ele que sairia com o amigo de Quinn, que na verdade ligou e marcou um encontro para a sexta-feira seguinte, não queria que nenhuma de nós continuasse desconfortável na presença de Omar.

Em vez de responder, ele simplesmente assentiu.

Revirei os olhos, cruzei os braços e suspirei.

O resto da viagem foi pesada, com uma energia raivosa da qual não consegui me livrar.

Fiz a coisa certa?

Com esse tipo de homem, tão alfa e querendo me conquistar, eu não podia baixar a guarda, nem por um segundo. Este tipo de cara queria a mulherzinha feliz, em casa, fazendo o jantar, cuidando dos filhos e dele quando chegava do trabalho, como uma boa esposinha. Claro, eu queria fazer todas essas coisas, mas com um parceiro. Um homem que investiria em um relacionamento tanto quanto eu. Um companheiro que não esperaria que eu me curvasse às suas necessidades enquanto abria mão de minhas próprias vontades e desejos. Tive relacionamentos assim, que me sufocaram. Depois de José e de Anthony, os dois últimos homens com quem me relacionei por longo prazo e que terminaram de um jeito horrível após dois e três anos, respectivamente, eu não me colocaria nesses cenários novamente. Eu já havia desperdiçado cinco anos da minha vida com homens do tipo mandão.

Não que isso importasse, porque Omar, o Obstinado, agora estava me ignorando.

Decidi que não ligava e finalmente obtive a resposta que queria depois de uma semana de avanços dele.

O plano funcionou… Talvez um pouco bem demais.

Depois de um bom fim de semana com minhas irmãs na Kerrighan House, fingindo que nossas vidas não foram viradas de cabeça para baixo, decidi tentar mais uma vez consertar a tensão entre mim e Omar. Mesmo que o homem nos tratasse como se estivesse cuidando de três crianças que não eram capazes de pensar por conta própria. Todos os dias recebíamos os mesmos lembretes:

Não saia do prédio por qualquer motivo.

Se tiver reuniões fora do trabalho, entre em contato com a Holt Security e alguém irá te acompanhar.

Não almoce fora com seus colegas de trabalho. Eles não são treinados para protegê-la.

Não, você não pode dirigir seu próprio carro para ir e voltar do trabalho.

Essa última me irritou. Eu estava cansada de ser tratada como uma criança indefesa. Queria minha vida de volta. Meu lindo Chevy azul estava parado e eu adorava meu carro. Era meu bebê.

A primeira coisa nova e cara que consegui comprar quando adulta. E eu não podia usá-lo.

Quanto mais essa situação avançava, depois de já ter lidado com isso meses atrás com a provação de Simone, eu estava farta. Acrescente o irritante guarda-costas sexy que agora me ignorava completamente desde que combinei um encontro em seu carro, na semana passada, e você tinha uma mulher que atingiu seu limite.

Eu era uma bomba-relógio ambulante na quarta-feira, quando nossa escola só teve aula por meio período, que se arrastou para mim. Quando a aula terminou mais cedo, não pude sair como desejava.

Liguei para a Holt Security e fui imediatamente transferida para Omar.

— Sim, Liliana, como posso te ajudar? — ele perguntou de forma educada, mas com uma pontada de aborrecimento em seu tom.

Mordi a língua antes de deixar escapar como eu realmente me sentia.

— Esqueci que hoje era meio expediente. Já saí da escola. Vou chamar um Uber ou pedir a um amigo aqui que me leve para casa. Eu só queria que você soubesse...

— De jeito nenhum. Fique onde está, dentro do prédio. Não dê um passo para fora. Não é seguro.

Cerrei os dentes e respirei fundo.

— Tudo bem. Vou te esperar lá fora, no meio-fio. Um amigo vai esperar comigo.

— Você está me ouvindo? Fique aí dentro. Não vou repetir — ele grunhiu.

Minha temperatura subiu tão depressa com a força de sua exigência que não havia como estancar o fluxo de raiva que saiu de minha boca quando eu disse:

— Não sou criança, Omar! Pare de me tratar assim. Sou adulta...

— Então aja como tal, Liliana, e espere que eu chegue até

aí. — Juro que ouvi uma risada curta e rouca quando ele fez uma pausa. — Gostaria de poder ver seu rosto agora. Você fica fofa quando está com raiva. — E depois de falar isso, ele desligou na minha cara, no meio da conversa.

Fofa.

Aquele homem acabou de me chamar de fofa enquanto me repreendia?

Respirei com raiva três vezes antes de ligar para Addison. Eu estava de saco cheio de Omar e suas travessuras.

— Oi, Liliane. O que houve, irmã? Você não deveria estar na escola, ensinando? — Addy perguntou.

— Hoje foi meio expediente. O que esqueci de mencionar ao meu grande e estúpido guarda-costas, então agora estou presa aqui, esperando no corredor da escola. Porque Omar, o Ogro, não me deixa dirigir meu próprio carro para ir e voltar do trabalho — reclamei, precisando desabafar com alguém que me entendesse.

— Lamento que minha situação esteja atrapalhando sua vida. Eu sei o quanto isso é uma merda. — Sua voz estava cheia de tristeza, o que me fez sentir como uma vaca egoísta.

Addison estava passando por coisas muito pior. O criminoso que estava atrás dela havia matado mulheres inocentes. E aqui estava eu, reclamando de um homem que me enfurecia tanto quanto me excitava. O último eu não admitiria a ninguém. Suspirei, deixando minha raiva um pouco de lado.

— Tudo bem. Uma por todas e todas por uma. Mas acabei com Omar, o Obstinado. Não posso ter outro guarda-costas?

— Ele é mau com você? Diz coisas que não deveria? O que ele fez? — ela perguntou, preocupada de verdade.

— Não. Ele me trata como se eu fosse criança ¡É ridículo! Eu sei que nenhuma de nós está segura, *blá, blá, blá,* eu entendo. Mas ele leva isso ao extremo. Não me deixa nem ficar do lado de fora com outro professor, esperando-o chegar.

O fogo que estava crescendo dentro de mim começou a arder

novamente. Eu não estava desamparada. Eu poderia cuidar de mim.

— Humm, você conversou com ele? — ela perguntou.

Se conversei com ele? Ela estava brincando? Será que ela me conhece!

— ¡Por supuesto! ¡Lo hice! ¡Simplemente me ignora! — falei em espanhol. Eu não podia mais me conter para não explodir. Minhas emoções pareciam uma corda em meu corpo que se soltou como um elástico.

— Mana, você falou em espanhol, agora me diga de novo depois de respirar comigo. Sim? Inspire e segure.

Cerrei os dentes e inspirei.

— Agora solte lentamente. — Ela instruiu, e eu a obedeci. — Melhor?

Na verdade, me senti um pouco mais centrada.

— *Sí, gracias*. O que eu estava dizendo era, sim, eu disse que ele estava me irritando, mas Omar me ignorou. O que ele faz, o tempo todo. Mais uma vez, como se eu fosse una *niña*, uma criança! Ele simplesmente me ignora, me olha com aquele sorriso presunçoso no rosto e me diz que sou fofa quando estou brava! — Minha voz se elevou quando fiquei ainda mais irritada.

— Fofa?

— *Sí*, é irritante — grunhi, pensando em como eu estava pronta para chorar nele no momento em que ele chegasse, se ele dissesse uma única palavra a mais para me deixar brava.

— Querida, ele te disse que você era fofa quando estava brava? — ela perguntou novamente.

— *Sí*, você está me ouvindo? — Caramba! Bati no telefone. Essa coisa estava funcionando? Jesus, Maria e José. — Isto está ligado?

A risada de Addison ecoou pelo telefone.

— Sim, estou ouvindo. Sou toda ouvidos, na verdade. E o que estou ouvindo é que seu guarda-costas gosta de você.

— *Shiuuuuu.* — Bufei e balancei a cabeça enquanto caminhava pela entrada da frente do prédio. — Isso não é verdade, *mi hermana.*

Ela gemeu e então gritou:

— Ei, lindo, se um cara diz a uma mulher que ela é fofa quando está brava, o que isso significa? Espere, Lil, vou te colocar no viva-voz. — Os sons da sala entraram em nossa ligação. Eu podia ouvir panelas batendo e o que poderia ser bacon sendo frito ao longe. — Certo, Killian, o que isso significa?

Não esperei com paciência. Olhei regularmente através do vidro das portas de entrada enquanto ouvia e mantinha o ritmo.

— Não sou especialista, mas se fosse eu, assumiria que o cara gosta da mulher. Fofa é outra maneira de dizer bonita, na minha experiência. — A voz viril de Killian entrou na conversa.

— Viu? Essa é a minha opinião também. Lil, o cara está a fim de você.

— Ele não está a fim de mim! — gemi e coloquei a mão nos cachos selvagens saltando sobre meus ombros nus. — Todas vocês que estão suspirando por seus homens pensam que todos estão apaixonados por todos. *Qué estúpido.* A Simone me perguntou uma coisa parecida ontem. Sim! E agora lá vem ele, com aquele SUV preto agindo como se fosse o presidente dos Estados Unidos. *Dios mío.* Tenho que ir.

Puxei a maçaneta da porta com força, balançando o ombro no processo.

— Espere, espere! Você não me disse se também gosta dele ou não? — ela perguntou apressada.

— E não vou dizer! *Adiós* — gritei e desliguei.

Estava andando com minhas sandálias de salto super alto quando Omar me encontrou no meio do caminho. Felizmente, a escola estava vazia há um tempo, então não havia ninguém à vista.

— Eu te disse para esperar lá dentro. — Ele apontou um dedo zangado para a porta.

— E eu te disse que não sou sua filha, seu cachorro ou sua mulher! — Apontei direto para o peito dele.

— Se você fosse minha mulher, eu te colocaria sobre meu ombro e minha mão deixaria uma marca de fogo nessa bela bunda, depois eu te levaria para casa, te jogaria na cama e te puniria de forma apropriada — ele grunhiu.

— Não acredito que você acabou de dizer isso! — Inclinei a cabeça para trás e coloquei as mãos em meus quadris. — Eu gostaria de ver você tentar! — gritei antes de plantar as mãos espalmadas contra seu peito enorme e empurrar o mais forte que pude para afastá-lo de mim.

Ele mal deu um passo para trás antes de se mover na velocidade da luz, me enganchando pela cintura e me puxando para cima e contra seu peito, fazendo meus pés balançarem no ar enquanto estávamos cara a cara, nariz a nariz.

— Não me tente, *mocosa*! — Ele sorriu e deu uma mordida rápida em meu lábio inferior, o que me assustou por um momento. Enquanto eu estava paralisada pelo choque, ele deu um beijo molhado e quente no lábio que ele mordeu. — *Lo siento*, menina. Isso tinha que ser feito.

Balancei os pés de forma descontrolada e ele finalmente me soltou. Afastei o cabelo que caía em meu rosto e o encarei.

— Não me chame de menina! Não sou criança!

— Não aja como uma, e eu não chamo. — Ele se moveu para me alcançar mais uma vez, mas recuei vários metros.

— Além disso, não me beije de novo! — deixei escapar, sem ter certeza se esse era o meu verdadeiro sentimento ou não. De qualquer maneira, se ele colocasse aquela boca em mim de novo, eu estaria ferrada. Me derreteria em uma piscina de felicidade e o deixaria comandar o show. Tudo o que ele teria que fazer era colocar a boca em mim e eu faria o que ele dissesse. Exatamente o oposto do que eu queria.

Ele balançou a cabeça e sorriu.

— Isso eu não posso prometer, *mi lirio*. Agora vamos, preciso te levar para casa. Estava no meio de um caso ao qual tenho que voltar. — Ele pegou a mochila que deixei cair quando o empurrei.

Pensando bem, eu realmente não conseguia acreditar que o empurrei. Eu não tinha feito isso antes, mas o homem me deixou tão louca que me perdi no momento.

Omar pendurou a mochila no ombro e segurou minha mão, entrelaçando nossos dedos. Ele apertou a mão na minha enquanto olhava para o outro lado da rua, em seguida deu um passo para o lado, colocando seu corpo na frente do meu.

Todos os pensamentos sobre nossa discussão, a mordida, o beijo, ele me levantando, desapareceram quando um arrepio de medo percorreu minha espinha. Pressionei as mãos em suas costas e espiei ao redor de seu corpo.

— O que você está olhando? — sussurrei.

— Alguém está tirando fotos de nós. — Sua voz era baixa, desprovida da emoção e da forma brincalhona anterior que ele lutou comigo.

Segui seu olhar e um homem todo vestido de preto fugiu, desapareceu na esquina do prédio do outro lado da rua, bloqueando nossa visão.

— Vamos lá. — Ele segurou minha mão de novo e me levou para o banco da frente. Eu não disse uma palavra, apenas o segui e entrei no SUV o mais rápido possível.

Quando ele entrou no carro, perguntei:

— Você acha que é o cara mau?

Ele franziu os lábios enquanto examinava toda a área.

— Não sei. Talvez. Mas também pode ter sido os *paparazzi*. Você já os viu te seguindo para a escola antes?

Balancei a cabeça.

— Eles não estão realmente interessados em mim. O foco é na Simone, Addy e Sonia. Além disso, não acho que os *paparazzi* ficariam em uma escola, não é?

Ele deu de ombros e manobrou o veículo na direção oposta à que normalmente tomávamos para casa.

— Não sei. *Paparazzi são imprevisíveis, mas não tanto quanto um lunático assassino. Agora você entende por que fico tão frustrado com você, Liliana? Quero você segura. Sempre. Tudo o que fiz na última semana e meia foi para garantir sua segurança e bem-estar, e você discutiu comigo o tempo todo.* — *Seu tom continha um nível de exasperação que me fez reavaliar meu comportamento. Eu estava sendo infantil.*

— Sinto muito. — Engoli o medo e a estupidez que estavam alimentando meu fogo antes. — de verdade. Ver aquele homem, sabendo que ele estava tirando nossa foto, me assustou. Agora estou apavorada. — Meus olhos se encheram de lágrimas. Cruzei os braços e passei as mãos para cima e para baixo em meus bíceps tentando aquecer minha pele repentinamente gelada.

Omar estendeu a mão e segurou a minha. Ele a levou à boca e beijou meus dedos.

— Vou te manter segura. Confie em mim.

Umedeci os lábios e assenti.

— Eu confio em você.

TRÊS

No sábado seguinte…
Pouco mais de quatro meses até o assalto ao banco.

O resto da semana com Omar passou sem problemas. Eu cedi. Completamente. Depois de ver aquele homem tirando fotos minhas do outro lado da rua, entrei na linha. Omar continuou a me provocar, mas as coisas se mantiveram platônicas. Isso me confundiu tanto quanto me deu alívio.

Por um lado, ele ainda era o bruto superprotetor e autoritário que levava a mim e minhas irmãs para o trabalho, e nos dizia o que fazer ou não. Por outro lado, sua tarefa era nos manter em segurança e ele estava levando esse papel a sério. Talvez demais, mas o que eu sabia? Eu já tinha perdido Tabitha para um louco, e quase perdi Simone e Addy também. Agora, minha irmã estava em perigo novamente, assim como o resto de nós.

A imprensa e o FBI estavam achando que o suspeito era um imitador do assassino em série. Alguém que estava fingindo ser o *Estrangulador do Banco de Trás*, ao contrário da teoria sugerida de que a pessoa era parceira do referido criminoso. Minhas duas irmãs alegaram não ter visto outro homem quando foram sequestradas por Wayne Gilbert Black. O que significava que estávamos lidando com um indivíduo desconhecido, que já havia matado três mulheres que se pareciam com minha irmã, Addison.

Esfreguei os braços para cima e para baixo para afastar os arrepios enquanto olhava para o guarda-roupa minúsculo que trouxe para Kerrighan House.

— Garota, se você olhar para essas roupas com mais força, vai fazer um buraco e não vai sobrar nada. — Blessing riu. Sua roupa era maravilhosa. Ela usava um vestido regata elegante e justo que caía até o meio da coxa e abraçava suas curvas. Ela o combinou com vários colares longos de ouro, uma pulseira grossa e sapatos dourados sedutores. Contra sua pele cor de ébano brilhante, ela parecia incrível. Mas Blessing estava sempre incrível. Ela era designer de moda e estava se tornando mais conhecida a cada dia. Seus modelos já estavam em butiques chiques de todo o mundo. Com o projeto que ela estava desenvolvendo com Addison agora, suas peças poderiam acabar em grandes lojas de departamentos, como a Macy's e a Nordstrom.

— Quero brilhar como você. — Gesticulei para sua roupa linda.

Ela levantou uma sobrancelha.

— Por quê?

Revirei os olhos.

— Ainda não sabe? — Bufei. — Vou a um encontro às cegas com Alejandro, um amigo do Quinn.

Blessing inclinou a cabeça para o lado e franziu a testa.

— Achei que você estava a fim do guarda-costas.

Cerrei os dentes e bati os braços contra os meus lados.

— Por que todo mundo não para de falar isso? Não gosto do Omar.

— Mas ele é o seu tipo. Se procurar uma foto do *homem perfeito para Liliana*, vai encontrar uma foto do guarda-costas sorridente. Por que você está lutando contra?

Suspirei e caí na cama e deitei ao lado de onde ela estava

sentada, com os braços apoiados. Seus cachos escuros estavam soltos em um belo penteado que complementava seus traços deslumbrantes e penetrantes olhos negros como carvão.

— Vamos contar — anunciei, cheia de sarcasmo e ergui a mão. — Ele é muito mandão. — Baixei um dedo. — Muito viril. — Baixei o segundo dedo. — Protetor demais. — Terceiro dedo abaixado. — Muito alfa e agressivo. — Fechei a mão com força e estava prestes a continuar com o motivo número seis, quando Blessing interrompeu.

— Ele colocou as mãos em você? — Ela elevou a voz e ergueu o queixo.

Eu balancei a cabeça.

— Não. Bem, tecnicamente sim. No outro dia, ele me levantou e me tirou do chão, me colou em seu peito. Depois mordeu o meu lábio e me beijou. Na frente da escola. Tudo para me calar! Dá para acreditar nisso?

Ela balançou a cabeça.

— Droga, mana. — Ela acenou com a mão na frente do rosto como se estivesse se abanando. — Isso é sexy pra caramba. O que você fez?

Semicerrei o olhar.

— Balancei os pés descontroladamente até que ele me soltou.

Ela revirou os olhos e suspirou de forma dramática.

— Claro que você fez isso.

— O que quer dizer? Ele me levantou no meio de uma discussão e me beijou para que eu ficasse quieta!

Blessing abriu um sorriso enorme e começou a rir.

— O visual é incrível — ela deixou escapar.

— Te odeio.

Ela bufou, depois colocou a mão logo acima do meu joelho e apertou.

— Você odeia me amar tanto!

Me sentei de repente e em seguida me levantei, parando diante do armário. Uma peça por vez, avaliei o que tinha disponível e empurrei os cabides para o lado, aborrecida, enquanto rejeitava cada item.

— Vai me ajudar a me arrumar para o meu encontro ou não?

— Ah, eu sou a sua irmã que vive e respira moda? *Por fa-vooor!* Vamos! — Ela ficou de pé e me olhou. — Onde ele vai te levar?

— Bavette's Steakhouse ou algo assim.

Ela arqueou as sobrancelhas.

— Chique. O rapaz está prestes a gastar uma grana com você esta noite, mana. O preço médio do bife é de cerca de setenta e cinco dólares.

— ¿En serio? Por que ele gastaria tanto dinheiro em um primeiro encontro? E um encontro às cegas. Ele nem sabe como eu sou!

Ela riu.

— Tenho certeza de que o Quinn mostrou uma foto sua. E, garota, apesar desse temperamento, você é um ótimo partido.

Olhei para ela e coloquei minhas mãos em meus quadris.

— Eu não tenho temperamento, *hermana*. Eu sou fogosa. Apaixonada. Todas as latinas são.

Secretamente, acho que Omar gostava do meu fogo. Gostava de ser criticado por sua natureza alfa-superprotetora. Meu palpite é que ele apreciava a arte de argumentar com paixão. Minha mãe e meu pai costumavam discutir e brigar todos os dias. Geralmente sobre mim, minha escola, comida, seus amigos e qualquer coisa intermediária. Eles eram tudo um do outro.

Minha mãe costumava me dizer:

— *Se for fazer as coisas direito, mi hija, faça de todo o coração. Com toda a paixão construída dentro de você. Então você sempre obterá os melhores resultados.*

Vivi com esse lema toda a minha vida e não iria trocá-lo por homem nenhum.

— Você não pode dizer que todas as latinas são fogosas como você.

Eu a encarei por um longo minuto.

— Você conhece alguma que não seja apaixonada por natureza?

Ela torceu os lábios e balançou a cabeça.

— Tudo bem. Você ganhou essa.

Levantei meu peito e balancei meus *chichis*.

— Preciso da sua ajuda para um encontro com o Omar, então vamos lá. Faça o que quiser — eu apontei para minhas poucas opções de roupas.

— Lil, você acabou de ouvir o que disse? Você falou que ia sair com o Omar. Achei que você ia sair com um cara chamado Alejandro? Hum? — Ela apertou os lábios e assentiu lentamente. — Sei. Muito revelador. — Ela estalou a língua, deixando seu ponto claro.

— Por favor, apenas escolha algo para que eu possa vestir — resmunguei.

Ela fez uma careta e tirou um vestido que comprei na Target no verão passado.

— Vou precisar de uma tesoura. — Ela estendeu a mão e agitou os dedos.

— Vai cortar meu vestido? — perguntei.

— Qualquer coisa que eu fizer com esta roupa será uma melhoria. Duvida de minhas habilidades? — Ela olhou para mim como se eu tivesse duas cabeças.

Arregalei os olhos e recuei com as mãos estendidas à minha frente.

— Vou pegar a tesoura.

— Isso é o que achei que você diria. — Ela piscou e eu corri para o banheiro compartilhado, e peguei a tesoura que Mama Kerri guardava lá. Como era responsável por oito meninas em crescimento, ela constantemente cortava nosso cabelo. Apenas um dos muitos talentos de nossa mãe adotiva.

Trouxe a tesoura e observei com horror fascinado enquanto Blessing nem se mexia. Ela foi direto ao ponto, cortando fendas verticais em cada lado do vestido, para permitir o máximo de apelo nas pernas. Em seguida, cortou um amplo decote em toda a parte superior, para que o vestido caísse nos ombros. Ela continuou cortando aqui e ali, adicionando detalhes que eu nem conseguia acreditar que ela fez com apenas um par de tesouras, como as fendas estreitas nas costas que, de alguma forma, ela esticou em um efeito sanfona.

— Tire a roupa — ela disse e me jogou o vestido.

Tirei as roupas e fiquei nua como no dia em que nasci, enquanto ela vasculhava a gaveta de lingerie e tirava um sutiã bege sem alças combinando com a calcinha.

Depois de vestir a roupa de baixo, coloquei o vestido sobre a cabeça e ele flutuou no lugar. Ela puxou aqui e ali, ajustando o tecido até que a parte de cima ficasse bem no topo dos meus seios. As fendas laterais subiam até o meio da coxa, mas não eram muito reveladoras. O vestido estava um pouco frouxo quando ela puxou o centro, parecendo irritada.

— Não gostou? — perguntei.

Ela deu um passo para trás olhou para a roupa, em seguida, foi para o armário e tirou um par de saltos altíssimos nude.

— Coloque isso — ela instruiu.

Fiz o que ela pediu, então girei em um círculo.

— Sua bunda ficou linda. — Ela deu um tapa na minha bunda e observou. — As fendas estão justas. Meu problema é que a cintura é muito folgada. Você tem um corpo incrível, duende. Vamos mostrar isso. Dar um show a esse rapaz. — Então ela estalou os dedos e saiu às pressas. — Volto logo!

Me olhei no espelho.

O tecido azul-petróleo parecia incrível contra a minha pele. Depois que eu aplicasse o hidratante, ela brilharia como uma estrela. Assim como Bless, também puxei o tecido na cintura que pendia de um jeito meio desalinhado.

— Vire-se — minha irmã falou. Ela entrou com um cinto de couro dourado e nude que tinha uma franja pendurada nas pontas. Blessing o amarrou em volta da minha cintura e então forçou a metade superior do vestido a ficar em uma posição muito mais ajustada. — Perfeito! Agora só precisamos de algumas pulseiras. Deixe o pescoço livre. Como um convite. — Ela balançou as sobrancelhas e franziu os lábios de brincadeira.

Olhei no espelho e o cinto fez o truque. Eu parecia sexy e elegante.

— O Omar não vai saber o que o atingiu! — Sorri quando Blessing cobriu a boca e riu tanto que ela teve que se sentar. — ¡Mierda! Eu quis dizer Alejandro! Quis mesmo. — Fiz uma careta e esfreguei a parte de trás do meu pescoço com a mão.

— Claro, duende. Você vai ter que controlar isso ou vai dizer o nome errado no seu encontro hoje à noite. — Ela balançou o dedo em uma forma de advertência.

— *Argh*. Minha vida é uma droga. — Gemi e me sentei na cama ao lado dela.

— A vida de todo mundo é uma droga às vezes. Faz parte da vida. Se tudo fosse fácil o tempo todo, nunca conheceríamos a verdadeira alegria e felicidade. Lembre-se disso e ficará bem. — Ela se levantou, segurou minhas bochechas, se inclinou para frente e beijou minha testa. — Não se esqueça do *gloss* e das pulseiras douradas. Vai completar o visual. — Bless sorriu e me deixou sozinha para terminar de me arrumar.

— Eu quis dizer, Alejandro — murmurei para mim mesma. — Pelo menos, eu acho que sim.

Quando desci as escadas para sair para o meu encontro, Omar estava encostado perto da porta da frente. Seu olhar deslizou dos saltos altos, subindo pelo vestido até meu rosto, em seguida desceu seguindo o mesmo percurso, antes de olhar de volta para cima novamente.

— *Jesús mujer, estás impressionante* — ele disse em um estrondo cheio de admiração.

Umedeci o lábio inferior e o mordi enquanto observava seu corpo enorme vestido toda de preto. O que no dia a dia não era incomum, já que ele usava calças cargo e camisetas justas ou camisas esportivas que grudavam em seu corpo como uma segunda pele. Desta vez, por algum motivo, ele estava de calça preta, camisa social grafite e um paletó esportivo preto que só podia ter sido feito sob medida para se adequar à sua forma. Estava perfeito.

— Por que você está tão bem-vestido? — perguntei sem pensar.

Ele apertou os olhos e sorriu.

— Talvez eu tenha um encontro mais tarde.

Coloquei a mão no meu coração quando a surpresa daquela resposta atingiu meu peito e uma pressão agarrou o músculo dolorido no que parecia um torno. Respirei fundo, tentando me livrar da resposta ofensiva que meu corpo teve a sua resposta.

— Você pode sair com quem quiser. Por que eu me importaria? — Elevei minha postura, sentindo orgulho da minha resposta rápida.

— E aí está o problema, *chica*. Eu *quero* que você se importe, e você não liga. — Ele veio até mim e segurou minha mão. — Você está pronta?

Assenti, entorpecida, sentindo a *intensidade* mais uma vez de nossas palmas se tocando e nossos dedos se entrelaçando. Fechei os olhos e permiti que ele me levasse até a porta, já que eu já estava com a bolsa na outra mão.

Durante todo o caminho até o centro de Chicago, Omar não parava de olhar para minhas pernas, especialmente quando eu as cruzava. Ele balançava a cabeça e rangia os dentes, sua mandíbula parecendo tão dura quanto granito, enquanto ele murmurava algo baixinho que eu não conseguia ouvir direito.

Quando chegamos ao restaurante, fiz menção de sair do carro e ele me impediu.

— Espere! Eu a levo sob minha proteção. Quero assegurar que você está segura — ele grunhiu as palavras entre os dentes.

— Então, e só então, vou te deixar com seu… encontro — ele pareceu zombar na última palavra.

Senti uma inquietação, mas em vez de retrucar como normalmente faria, esperei, respirei fundo e assenti. A última coisa que eu queria era uma cena, especialmente na frente de um restaurante chique. Além disso, as chances eram boas de Alejandro estar esperando por mim lá dentro, pois era o que havíamos combinado. Não podia deixá-lo me buscar na Kerrighan House por causa dos *paparazzi* e do perigo que cercava a mim e minha família, mas estava empenhada em viver minha vida da melhor maneira possível, mesmo sob essas circunstâncias. E ter encontros era uma coisa normal que as pessoas faziam.

Omar saiu do carro, tornou a abotoar o paletó e examinou a rua antes de abrir minha porta. Então ele a fechou, travou as portas e me levou para o restaurante.

Quando nos aproximamos, uma bela recepcionista loira levantou a cabeça de uma mesinha que continha um livro de reservas.

— Bem-vindos ao Bavette's. Vocês têm reserva? — ela perguntou.

— Vou encontrar um amigo, Alejandro Garcia.

A mulher sorriu e assentiu.

— Sim, ele chegou. Lamento, só há lugar para dois, a reunião era para três? — ela perguntou em tom educado.

— Não, ah…

— Vamos encontrá-lo, e depois vou embora. *Gracias.* — Omar me puxou para a entrada do restaurante, me conduzindo com a mão na minha cintura.

A sala estava escura com iluminação ambiente em torno de cada mesa, dando uma aparência íntima. Cabines de couro vermelho e madeira rica tornavam o espaço convidativo e confortável.

Enquanto examinava o lugar, notei uma mesa posta para dois. Um homem hispânico atraente inclinou a cabeça ao me ver, deixando a carranca aparente quando viu o bruto me levando em direção à mesa.

Alejandro se levantou.

— Liliana? — ele questionou.

Nossa imagem deveria ser interessante. Eu chegando com um homem bem-vestido e bonito para um encontro com outro homem bem-vestido e bonito.

— Oi, Alejandro. Obrigada por me encontrar aqui. Este é o Omar. — Enganchei o polegar sobre meu ombro. — Ele está indo embora agora — anunciei.

— Omar?— Alejandro questionou.

— Eu guardo o corpo dela — Omar afirmou em tom categórico.

— Hum, certo. Isso é interessante. — Alejandro esfregou as mãos como se estivesse desconfortável.

Quem não estaria? Eu estava desconfortável em encontrar Alejandro com o bruto parado atrás de mim.

— Não será tão interessante se você tentar colocar as mãos no corpo dela. Então eu teria que...

— Chega! — soltei, cortando a ameaça de Omar ao perceber que tínhamos a atenção de todos nesta parte da área de jantar. Minhas bochechas coraram para o que eu tinha certeza de que era um tom vermelho cereja brilhante quando levantei s mãos e dei um tapinha no peito de Omar. — Obrigada por garantir minha segurança. Como você pode ver, estamos bem.

— Estarei esperando do lado de fora. Ligue quando terminar. — Omar fez uma careta.

— O quê? Não. O Alejandro pode me levar para casa. — Olhei para o meu acompanhante, que assentiu. — Veja, ele concordou.

Omar balançou a cabeça.

— Não posso, *mi lirio*. Eu protejo você. Eu guardo esse belo corpo. — Seu olhar analisou meu corpo mais uma vez. — E gosto do meu trabalho, *chica*. Muito. — Seus lindos olhos se moveram para o meu cabelo, minhas bochechas e meus lábios antes que ele umedecesse os seus. Meu coração batia tão forte no peito, que eu mal conseguia respirar. E então ele sorriu, percebendo meu estupor. — Me mande uma mensagem — ele disse, e me deixou ali, atordoada.

Sorri e me virei para Alejandro.

— Sinto muito por isso. Ele é um pouco protetor.

— Um pouco. — Ele riu, veio até minha cadeira e a puxou para que eu pudesse me sentar.

Me acomodei e então ele me ajudou a empurrá-la antes de se sentar de volta. O garçom que provavelmente estava assistindo toda a cena, se aproximou em instantes.

— Posso anotar seu pedido de bebida?

Alejandro respondeu:

— Menu de vinhos, por favor...

Ao mesmo tempo em que deixei escapar:

— Tequila!

Arregalei os olhos quando percebi o que havia dito.

— Quero dizer, vinho seria ótimo. — Cerrei os dentes e tentei acalmar meu coração acelerado, ainda ressentida com o comportamento de Omar naquela noite.

O homem me irritou esta noite. Normalmente, quando um homem fazia isso, eu o chutava daqui para Timbuktu e depois caía na cama com ele.

Por um minuto, a visão de Omar tirando meu vestido, segurando meus seios e me beijando girou em minha cabeça. Apertei as pernas e abri os olhos para encontrar Alejandro olhando para mim. O homem era atraente naquele estilo homem de negócios bem-apessoado que jamais tive no passado. Eu gostava de homens um pouco rudes, e era também por isso que eu tinha dois relacionamentos sérios fracassados.

Homens como Alejandro eram os caras legais. Os homens em quem se pode confiar o coração. Eu poderia dizer só de olhar que o homem na minha frente seria gentil. Doce. Compassivo. Apoiador. Todas as coisas que uma mulher buscava em um companheiro.

Não um macho alfa superprotetor que claramente tinha uma

natureza ciumenta, além de ser um filhinho da mamãe que falava sacanagem para cair na cama das mulheres. O tempo todo olhando para a dita mulher como se ela fizesse o sol nascer enquanto usava um símbolo de sua fé.

Eu precisava de um homem que passasse mais tempo atrás do computador que na academia.

Um homem que não me enfurecia e não me desafiava a cada passo.

— Liliana? — Alejandro me tirou de meus pensamentos.

— Sinto muito. O que você disse?

— Eu disse que você está muito bonita esta noite — ele reiterou, o que na minha cabeça estava muito longe do "Jesus, mulher, você está deslumbrante", o elogio que Omar me deu antes.

Liliana. Pare de comparar. Alejandro e Omar não estão em competição. Você está em um encontro com Alejandro.

Depois de falar comigo mesma, eu sorri.

— Obrigada. Você também está bonito — falei, porque ele estava mesmo. O homem não ficaria muito tempo sem companhia feminina. A única pergunta depois desta noite era… essa companhia seria eu no futuro?

Só havia uma maneira de descobrir.

Ajeitando a coluna, me sentei ereta na cadeira, enquanto o garçom trazia uma garrafa de vinho tinto caro.

— Vinho? — Alejandro ofereceu.

— Sim, por favor. — Me inclinei para frente e dei toda a atenção ao meu encontro, determinada a dar uma chance real a essa experiência. Mesmo com o conhecimento de que o outro homem que não saía da minha cabeça estava esperando do lado de fora.

QUATRO

Mesmo dia...
Pouco mais de quatro meses até o assalto ao banco.

As entradas tinham acabado de ser servidas. A minha era filé mignon com algum tipo de molho *bearnaise* com o que parecia ser o purê de batatas mais fofo de todos os tempos. Cenouras finas decoravam metade da pequena montanha de batata em uma exibição artística que não era apenas bonita, mas de dar água na boca.

— Bom apetite — Alejandro declarou com um sorriso.

Cortei o bife e levei um pedaço à boca, gemendo enquanto o molho e a mistura de sabores explodiam em minha língua.

— Delicioso! — falei, surpresa com o quanto a noite tinha sido agradável até agora.

Depois que Omar, o Ogro, desapareceu, foi mais fácil me concentrar no homem bonito diante de mim. Alejandro tinha olhos gentis cor de avelã, ao contrário dos impressionantes castanhos profundos com os quais Omar foi abençoado, o que tornava difícil desviar o olhar. Alejandro sorria com frequência e sua voz carregava um timbre harmonioso que era suave, hipnotizante. Nada como as farpas ardentes e os grunhidos guturais que eu recebia diariamente do meu guarda-costas.

— Posso perguntar por que você precisa de um guarda-costas? — Alejandro perguntou pela primeira vez desde que nossas refeições foram servidas.

Apertei os lábios.

— O Quinn não te contou sobre o que está acontecendo? Bem, está em todos os noticiários… — eu me esquivei, então comi uma garfada de batatas.

Alejandro franziu a testa.

— Achei que o perigo cercava a senadora, a irmã e aquela modelo. — Ele apertou os olhos e olhou pela janela mais próxima de nós. — Michaels. — Ele apontou o garfo na minha direção. — Addison Michaels.

Eu sorri.

— As duas são minhas irmãs.

Ele ergueu as sobrancelhas.

— Sério? Pais ou mães diferentes, presumo. Elas não se parecem com você. Ele franziu a testa. — Na verdade, elas não se parecem em nada. A senadora é…

— Loira, de olhos azuis e tem uma aparência angelical. Eu sei, eu sei. Ouvi isso toda a minha vida. Sonia é assim mesmo. Ela não se dá conta da própria beleza. E a Simone é sua irmã de sangue. Addison e eu, juntamente com Blessing, Genesis, Charlie e Tabby, somos irmãs adotivas. Fomos criadas juntas a maior parte de nossas vidas por Aurora Kerrighan, dona da Kerrighan House.

Ele inclinou a cabeça para trás.

— Sinto muito, não tinha percebido que você era parente da senadora. O Quinn só me disse que tinha uma amiga em comum que gostaria de me apresentar. Eu não tinha ideia de que você estava conectada a tudo isso.

Ele acenou com a mão no ar entre nós, em seguida, a estendeu sobre a mesa e segurou a minha.

— *Lo siento, cariño.* Você deve estar apavorada. — Ele apertou meus dedos de leve. — E aqui está você. Em um encontro comigo. Tanta força — ele murmurou em um tom repleto de reverência.

Segurei sua mão e a apertei de volta, franzindo a testa com a falta de conexão que o toque provou, mas apreciando que seu desejo fosse de me consolar, não de fazer um milhão de perguntas como eu esperava que ele fizesse. Talvez pudesse ter algo com esse cara. Será que se eu tentasse com mais afinco, meu corpo talvez o aceitasse mais? Estava prestes a responder quando o ar atrás de mim pareceu pesar, arrepiando os cabelos da minha nuca.

O som de um homem pigarreando ecoou atrás de mim antes que eu sentisse um calor na minha nuca. Fechei os olhos quando a sensação me atingiu como um raio. Soltei minha mão de Alejandro e me inclinei para tocar a nuca. Olhei para cima e meu olhar encontrou o de Omar, vendo um turbilhão de calor, paixão e necessidade.

— Temos que ir. Desculpe interrompê-los. Houve uma evolução no caso. — Sua voz era como aço, inflexível.

Fiz uma careta.

— As minhas irmãs estão bem? Addy? — Me levantei de forma abrupta e todo o meu corpo começou a tremer. A preocupação e o medo fizeram meu coração bater mais forte. Aquelas mulheres significavam tudo para mim. Eram minha família, as únicas coisas no mundo que eu realmente amava. Depois de perder meus pais aos nove anos, achei que nunca mais teria uma sensação de pertencimento, mas tudo mudou quando cheguei na Kerrighan House. Quase vinte anos depois, nosso vínculo era profundo. Talvez até mais que os de sangue, porque foi conquistado. Dado ao longo do tempo por meio de experiências compartilhadas, amor e, mais recentemente, perda.

Me lembrar de termos enterrado Tabby há apenas alguns meses ainda era devastador. Eu não poderia fazer isso de novo. Não aguentaria perder outro membro de minha família como perdi com minha mãe, meu pai e minha irmã de alma, Tabby.

Omar balançou a cabeça e segurou meu pescoço em ambos os lados, me confortando enquanto me mantinha focada. Ele se inclinou para frente, então ficamos cara a cara.

— Elas estão bem. Vou te levar até elas na Kerrighan House. Encontraremos o FBI lá.

Meu coração relaxou um pouco e foi como se Omar e eu estivéssemos em nosso mundinho. Meu foco estava inteiramente em seu rosto, precisando ver a verdade em suas palavras com meus próprios olhos. O restaurante, todo o resto desapareceu enquanto eu prestava atenção no que ele dizia.

— *Mi lirio*, me pediram para retirar você e Blessing de seus respectivos locais imediatamente e levá-las de volta para casa. — Suas palavras soaram mais baixas, mas ainda continham aquele tom forte, que eu não achava que ele seria capaz de suavizar.

— *¿Por qué??* — perguntei.

— Não sei — ele declarou em tom categórico. Omar olhou para o lado, e eu segui seu olhar para um Alejandro atordoado, que estava com uma carranca profunda. Agora ele parecia frustrado.

Observei enquanto a mandíbula de Omar se firmava e seus lábios esboçavam um leve sorriso.

Cretino.

Ele estava gostando disso. De me tirar de um encontro que ele não queria que eu tivesse em primeiro lugar. Minhas bochechas esquentaram quando coloquei uma mão no quadril e afastei seu domínio abertamente familiar em meu pescoço com a outra.

— Se não fosse sério, você poderia ter esperado — comentei.

Omar assentiu.

— Sinto muito, *chica*. Um outro membro da equipe, que estava mais perto, já buscou a Blessing, mas ele tinha outra missão para cumprir. Ela está no carro. Tentei lhe dar mais tempo, mas precisamos ir agora.

Assim que ele disse isso, seu bolso vibrou. Ele pegou o telefone e sua mandíbula se transformou em granito.

— Vamos. Agora. — Ele segurou meu cotovelo como se fosse me levar sem qualquer discussão.

Puxei com força suficiente para bater os dentes.

— O que acontece?

— O FBI vai explicar — ele respondeu, mas seu olhar percorreu o restaurante, como se procurasse por qualquer possível ameaça. — Precisamos nos juntar a Blessing. Não gosto que ela esteja esperando no carro.

Pensar em Blessing no carro sozinha, no caso de alguém estar atrás de nós neste exato momento, me fez assentir depressa e me virar para o meu acompanhante.

— Eu... eu... sinto muito. Posso te ligar depois? — perguntei com uma pontada de tristeza, bem como de derrota.

Seu rosto estava marcado por uma expressão azeda e tensa.

— Leve o seu tempo com isso — ele afirmou com zero emoção.

Fechei os olhos e assenti. Outra possibilidade perdida.

Senti uma raiva tão grande, que me virei e permiti que Omar pegasse minha mão.

A sensação instantânea de reconhecimento aqueceu a palma da minha mão e me irritou ainda mais.

Quando fui levada para o banco de trás do carro, Blessing me puxou para um abraço apertado.

— O que é que está acontecendo? — Blessing perguntou a Omar.

Ele balançou a cabeça.

— O FBI vai passar as informações. — Foi sua resposta simples.

Fuzilei a parte de trás da cabeça dele com os olhos.

— O que você sabe que não está nos contando? — questionei.

Não funcionou. Ele balançou a cabeça e se concentrou na estrada. Se ele não ia nos contar, mas era importante o suficiente para levar imediatamente todas as irmãs de volta para casa em um piscar de olhos, tinha que ser sério.

Me encostei em Blessing enquanto o horizonte da cidade

desaparecia atrás de nós, em direção a Oak Park, onde ficava nossa casa.

Quando estacionamos, havia menos paparazzi que nos últimos dois meses, o que me fez pensar que, fosse o que fosse, não poderia ser tão sério. Pelo para-brisa dianteiro, pude ver que havia dois veículos adicionais, alinhados na frente daquele em que estávamos.

Sylvester Holtm o proprietário da empresa de segurança, desceu do carro bem na nossa frente e então abriu a porta traseira pela qual Charlie, Genesis e Rory saíram. Notei que Killian e Addison estavam saindo de um jipe, com um enorme animal latindo atrás. Jonah e Ryan estacionaram do outro lado da rua e correram para nos encontrar, enfrentando o pior dos *paparazzi* quando Omar abriu a porta e Blessing saiu. Ele ofereceu a mão para me ajudar a sair do veículo e eu a empurrei. Muito assustada, irritada e apavorada para permitir aquele toque tão reconfortante.

Deixei todo o meu aborrecimento vir à tona. Me sentia como uma bomba-relógio prestes a explodir. Fui em direção a minha irmã Addy, levantei a mão e apontei enquanto fazia uma careta.

— *Más vale que sea bueno, hermana!* — resmunguei o que seria É melhor que isso seja sério, irmã. Em seguida, balancei o polegar em direção ao homem que estava atrás de mim. — Ele me tirou de um encontro às cegas! Um que eu estava realmente gostando.

Mal me contive de bater o pé contra o concreto duro para fazer meu ponto.

— Sinto muito, Lil, não pude evitar desta vez. — Ela franziu a testa e eu me senti como *una cabrona*. Uma idiota. Ela não queria atrapalhar nossas vidas, assim como Simone também não quis quando o *Estrangulador do Banco de Trás* veio atrás dela.

Deixei meus ombros caírem enquanto minha ira esfriava. Blessing veio por trás de mim e me abraçou, enquanto seguíamos Genesis em direção à casa. Ela segurava Rory de forma protetora contra o peito, mantendo o rosto da menina fora da vista das câmeras. Charlie seguiu atrás dela. Todos os homens – Jonah, Ryan, Killian, Holt e Omar – nos cercaram em um círculo de proteção até que todo o grupo pudesse entrar em segurança na Kerrighan House.

Sonia já estava na sala, andando de um lado para o outro e com o telefone no ouvido. Simone estava sentada de pernas cruzadas, jogando no celular e sua cadela, Amber, sentada a seus pés.

Cada uma das minhas irmãs se posicionou no sofá quando Mama Kerri entrou com uma chaleira e xícaras suficientes para servir a todos nós, colocando a bandeja na grande mesa oval de madeira. Ao lado da chaleira havia uma fornada enorme de cookies de manteiga de amendoim. A filosofia de Mama era que chá e cookies tornavam tudo melhor.

Killian comentou algo sobre trazer seu cachorro para dentro quando Sonia encerrou sua ligação. Imediatamente após desligar, ela fixou aqueles surpreendentes olhos azuis direto em Ryan.

— Bem, o que era tão importante que todas nós tivemos que correr para cá imediatamente? — Sonia estava usando seu tom de senadora-poderosa, o que me deixava orgulhosa. Ela era a mulher mais trabalhadora que eu conhecia. Sua mente trabalhava a mil por hora e ela sempre dava os conselhos mais ponderados. Havia uma boa razão para ela ter sido eleita senadora. Enquanto eu me enchia de orgulho, a linguagem corporal de Sonia deixava claro que ela queria ter as respostas o mais rápido possível. Mas isso foi frustrado por Killian entrar com seu gigante Rottweiler Brutus.

Cada uma de nós cumprimentou o lindo cachorro e observou enquanto ele e Amber se conheciam, antes de serem levados pelo agente Ryan Russell, parceiro de Jonah no FBI. Então Addy e o resto de nós nos abraçamos de forma calorosa e nos posicionamos ao redor do sofá, esperando para ouvir por que estávamos ali.

Jonah se levantou na frente do grupo.

— Vou começar pedindo desculpas por tirar vocês do trabalho e de compromissos sociais. — O olhar de Jonah suavizou quando encontrou o meu.

Assenti e esperei, mas não pude deixar de olhar para Omar. Ele contraiu os lábios com o comentário de Jonah, mas permaneceu em silêncio e fora do caminho, encostado na parede perto da escada entre a cozinha. Holt estava ao lado dele. Os dois homens eram extremamente imponentes e emanavam segurança e responsabilidade de seu canto da sala.

— Recebi uma ligação da Addison, hoje. O segurança do prédio deles recebeu um choque com um *taser* enquanto eles passeavam com Brutus. O outro que estava fazendo rondas foi atingido no pescoço, levou uma injeção de sedativo e foi puxado para os arbustos na parte de trás do prédio.

Várias respostas vieram ao mesmo tempo.

— Oh, não.

— Ele está bem?

— Foi o assassino?

— Ele está bem. Parece que o *taser* provocou um pequeno ataque cardíaco, porque o encontramos inconsciente. De toda forma, ele está bem. Recebi a confirmação desse fato no caminho para cá.

— Bem, pelo menos isso é uma boa notícia — Mama Kerri disse com doçura.

— É, sim. No entanto, quando o Fitz e a Addy voltaram para o *loft*, dezenas de fotos de todas vocês estavam coladas na porta.

— Não! Minhas crianças? — Mama Kerri ofegou.

— Você está falando sério? — Charlie questionou.

— Não posso acreditar nessa porcaria! — Simone resmungou.

— Ah, não — Blessing adicionou com extrema atitude.

Gen, Sonia, Addison e eu ficamos em silêncio enquanto absorvíamos a realidade de sua declaração. O homem tirando fotos. Olhei para Omar cujo olhar intenso estava em mim. Seus lábios se curvaram em um grunhido como se ele quisesse sair imediatamente em uma expedição de caça para encontrar a ameaça e eliminá-la.

Parte de mim gostou de seu desejo de me proteger e a minha

família tanto quanto a mulher independente dentro de mim queria se unir contra esses sentimentos.

— Havia muitas fotos de todas vocês. E Gen, não quero assustá-la mais do que você provavelmente está, mas havia fotos individuais da Rory na creche, brincando do lado de fora.

Foi quando Blessing se levantou do sofá.

— Chega dessa merda! Isso não vai acontecer. Sem chance. De jeito nenhum! — A pele escura de Blessing ficou vermelha nas bochechas, no queixo e no pescoço. Ela estava mais que zangada. Quando ela ficava assim, era bem difícil acalmá-la. Como um dos membros da família com um temperamento lendário, apreciava esse lado dela e o apoiava totalmente. Eu estava dentro de qualquer plano para fazer o que quer que fosse necessário para manter nossa família segura. Mesmo que isso significasse que eu teria que lidar com Omar por muito mais tempo.

Genesis estendeu a mão e puxou Blessing de volta para uma posição sentada.

— Fique calma. Vamos ouvir o que o Jonah tem a dizer.

Mama Kerri manteve uma mão na boca e a outra sobre o coração. O fato de ela não nos repreender por xingar só demonstrava o quanto ela deveria estar profundamente afetada pela informação.

Jonah suspirou.

— Todas as fotos da Addison tem um grande coração vermelho sobre o rosto, como se o agressor estivesse obcecado por ela. Isso prova nossa teoria de que o alvo final é a Addison. No entanto, o fato de fotos de todas vocês terem sido tiradas, deixa muito claro que este animal irá atrás de qualquer uma para obter seu prêmio.

Fechei os olhos e respirei fundo, tentando ser forte para o resto da minha família... mas eu estava com medo. Com medo de que esse psicopata pegasse Addy ou uma de nós e outra pessoa morresse. Perdemos Tabby há pouco menos de três meses. Três curtos meses e outro membro da minha família estava sendo alvo.

Quando isso terminaria? Quando poderíamos viver nossas vidas em paz? Já não tínhamos passado o suficiente? Perdemos nossas famílias muito jovens, nos tornamos uma nova, construída com amor, confiança e lealdade, e tudo isso estava em risco… de novo.

Jonah continuou a fornecer detalhes sobre como cada mulher foi morta, o que fez meu estômago revirar com náuseas. Engoli em seco. Estava determinada a ser forte. Isso funcionou até que Jonah explicou que havia uma nota escondida entre nossas fotos, que foi deixada na porta do apartamento de Killian para assustar Addy.

— Que nota? — Simone questionou.

— No centro das fotos havia um bilhete dizendo: *você pode fugir, mas não pode se esconder* — Jonah explicou.

— *Jesús, Maria, y José.* — Engoli em seco e juntei as mãos em oração. Não havia mais nada a fazer. Esta situação precisava de Deus. Somente Ele poderia fornecer ao FBI as ferramentas e habilidades para encontrar essa abominação. Nesse ínterim, também orei para que Ele guiasse os olhos, as mãos e o coração da equipe de segurança para ajudar a manter todas nós em segurança. Em seguida, orei por cada uma das mulheres que foram mortas e implorei ao nosso Pai para proteger minhas irmãs. Por último, orei a meus pais para que me ajudassem a me manter forte nessa batalha imprevista.

Me concentrei na conversa em questão quando minha Addy declarou:

— Talvez eu possa me oferecer como isca?

— De jeito nenhum!

Blessing xingou ao mesmo tempo que Killian disse:

— Puta merda, não!

Addison puxou a mão da de Killian.

— Por que não? É uma boa ideia — ela continuou, e meu medo dobrou.

Não, não, não. Por favor, Deus, não permita que ela se ofereça como isca. Simone quis fazer isso, e Tabby acabou morta e as duas sequestradas.

Minha cabeça começou a latejar quando pensei na ramificação

do que ela sugeriu. Eu poderia perdê-la. Linda Addison. Doce, gentil, amorosa e uma das melhores pessoas do mundo. Este criminoso poderia levá-la para longe de todas nós.

— Addy, baby, sei que você quer ajudar, mas… — Killian tentou estender a mão para minha irmã, mas ela se afastou e se levantou, encarando todos nós no sofá.

— Não! Vocês não têm ideia de como é isso. Imaginar todos os dias quando o pior vai acontecer. Quando ele vai matar outra mulher pela única razão infeliz de que ela se parece comigo Ou na chance de ele decidir realmente me pegar, sequestrando uma das minhas irmãs como o último cara fez. Perder outro membro da minha família.

Meu coração se encheu de tristeza. Isso estava destruindo minha irmã e eu estava sofrendo por ela.

— Menina, entendemos como isso é assustador… — Mama Kerri começou a falar, mas não estava disposta a desistir.

— Não! Vocês não entendem. Sim, todos nós perdemos a Tabby. Mas a única que entende é a Simone. — Ela a encarou até Simone afastar o rosto do aperto de Sonia, com lágrimas escorrendo por suas bochechas. Simone tinha passado por um inferno com Addy. Passou a maior parte dos últimos dois meses em terapia e indo para a cama com Addy, na Kerrighan House, para evitar o medo da perda, para ter certeza de que nossa irmã ainda estava viva e respirando. Nenhuma de nós falou sobre o comportamento de Simone, porque todas nós sabíamos que fazia parte de seu processo de cura. Ela me ligava às vezes enquanto eu estava no trabalho, embora soubesse que eu estava dando aulas e não podia atender ao telefone. Se eu não atendesse na primeira chamada, ela ligava exaustivamente nas próximas horas. Quando eu retornava, Simone se desculpava, mas eu sabia que ela ainda não estava bem por sua experiência e que levaria tempo para ela perceber que estávamos seguras e vivas. E aqui estávamos nós, de novo. Em perigo.

— Eu entendo — Simone sussurrou.

— E você me disse que estava disposta a se entregar para que eu estivesse segura. Não é mesmo? — O olhar de Addison estava focado, desafiando-a a dizer o contrário.

— Sim. Eu teria feito qualquer coisa para garantir que vocês estivessem seguras.

— Incluindo se entregar como isca? — Addy pressionou.

Ela assentiu.

Addy estendeu o braço e o moveu em nossa direção.

— E por aí vai. — Ela olhou para cada uma de nós antes de parar em Genesis. — E se fosse a Rory? Ela é a mais indefesa. Se eu fosse um vilão super pervertido, qual pessoa seria a mais fácil de pegar? Hum?

Genesis não conseguiu conter as lágrimas enquanto elas caíam silenciosamente por seu rosto.

Addy não tinha terminado. Se as circunstâncias fossem diferentes, eu estaria torcendo por sua habilidade de confrontar todas nós. Ela estava tomando conta de sua vida e de seu futuro com uma força que eu nunca tinha visto antes. Meu peito se encheu de orgulho.

Jonah se moveu para ficar atrás de Addy, onde colocou a mão em seu ombro.

— Querida, nós entendemos o que está em jogo. Vou pensar sobre isso. Falar sobre isso com o Ryan e o Chefe. Ver se eles têm alguma ideia ou pensamento. Se ficarmos sem pistas e eles concordarem que este plano tem mérito, entraremos em contato.

Ela se virou, sua raiva emanava entre eles.

— Faça isso. Logo. Não há tempo a perder. Todas nós já passamos o suficiente. Eu quero isso encerrado. Quero viver minha vida novamente. Quero dizer ao meu homem que o amo e não ter que ser levada para a casa da minha mãe para informar minhas irmãs que estão todas em perigo mortal.

¡Dios mío! Addison estava apaixonada! Toda a raiva, medo, ansiedade e estresse pareceu desaparecer enquanto olhávamos em

choque para Addison. Levei as mãos ao peito e abri um sorriso tão grande que quase doeu minhas bochechas.

A felicidade encheu a sala.

Blessing foi até Addy com os braços abertos.

— Menina, você está apaixonada? — Ela puxou nossa irmã em seus braços, o que fez o cabelo castanho avermelhado de Addison cair sobre os ombros de Blessing.

— E tudo que eu quero fazer é trazer meu namorado para a casa da minha mãe, jantar e deixar todas vocês zombarem dele o tempo todo… como você faz com o Jonah, mas *nãooooooo*! Estamos no inferno. De novo! — O nervosismo tomou conta dela mais uma vez, e as lágrimas caíram enquanto ela soluçava.

Blessing a levou para os braços de Mama Kerri, que colou o rosto de Addy contra o peito e seus ombros se ergueram com gritos torturados.

— Isso tem sido muito. Para todos nós, mas mais ainda para você e Simone. Você passou por isso, minha doce garota, mas não posso deixar de dizer que estou feliz que, apesar de tudo, você encontrou o amor — Mama murmurou para nossa irmã. — Não há nada melhor no mundo do que encontrar sua alma gêmea. Sabe que eu tive a minha por um período muito curto, mas o amor que tivemos vai durar uma vida inteira. Quero isso para todas as minhas garotas. — Ela deu um tapinha em meu cabelo e depois me puxou para trás, até que eu fui conduzida mais uma vez e envolta em outro par de braços reconfortantes.

De Killian.

Mama veio até mim e pegou minha mão.

— Vamos lá, pessoal. Vamos verificar o Ryan e os cachorros, e descobrir o que vamos fazer sobre o jantar — ela anunciou.

Quando estávamos prestes a passar por Omar e Holt, ela parou na frente dos dois.

— Obrigada por manterem minhas meninas seguras.

Holt assentiu e murmurou:

— É o meu trabalho, senhora.

Omar se concentrou em mim.

— É uma honra cuidar de sua filha. — Seu olhar acalorado percorreu meu rosto como se procurasse minhas emoções depois da difícil discussão que acabamos de ter.

— Você não quer dizer minhas filhas, no plural? — ela reiterou com um movimento dos lábios.

Seu olhar voltou para ela. Omar franziu a testa e depois olhou dela para mim e depois de volta para ela.

— Sinto muito, mas não entendi. Assumo a responsabilidade pessoal pela segurança e bem-estar da Liliana. — Ele ergueu o peito como se estivesse cheio de orgulho.

Revirei os olhos.

— E você fez um ótimo trabalho... — Mama continuou.

— Mama. — Cerrei os dentes em advertência.

Ela deu um tapinha no meu antebraço.

— Só um instante, menina. Estou falando com o jovem bonito. Você também tem cuidado da Genesis e da Charlie, não?

Ele arregalou os olhos e limpou a garganta antes de olhar para mim, para o chão e depois de volta para ela.

— *Sí, señora* — ele respondeu em um tom mais baixo do que antes.

Mama Kerri abriu um grande sorriso, estendeu a mão e passou os dedos sobre a cruz de ouro que pendia da camisa dele.

— E você fala espanhol também. Que adorável. Parece que você e a minha Liliana têm muito em comum.

Gemi baixinho. Mama Kerri queria que todas nós nos casássemos e tivéssemos bebês o mais rápido possível. Embora ela parecesse gostar muito de ter tido uma casa cheia de meninas que se transformaram em mulheres, ela brilhava mais que o sol como a avó de Rory, *la abuela*. Essa alegria era inigualável.

— Gosto muito de *su lirio* e concordo que temos muito em comum. — Ele sorriu, olhando para mim, enquanto eu olhava e balançava a cabeça, incapaz de acreditar que ele estava tentando ganhar minha mãe, especialmente agora, quando tudo estava tão louco.

— Apaixonado pela minha garota. Eu gosto deste. Vejo coisas boas no futuro — Mama comentou.

Omar abriu um sorriso enorme.

— *Sí*, eu também.

Com isso, puxei o braço de Mama Kerri, me preparando para arrastá-la até a cozinha.

— Menina, por que é que você está andando como se seus pés estivessem pegando fogo? — ela perguntou com exasperação.

— Não tenha ideias sobre mim e Omar, Mama. Esse homem me enfurece!

— Ah? Mesmo? — Suas bochechas estavam rosadas e os olhos verde azulados brilhavam com entusiasmo renovado.

— Eu não tenho nenhum interesse no guarda-costas. — Me encostei no balcão da cozinha. — Não vou me envolver com o Omar — anunciei em voz alta para que minhas irmãs que já estavam lá e qualquer ouvido masculino que pudesse estar escutando pudessem ouvir.

— Uau. Tanto drama para uma mulher que não está interessada em alguém. — Mama Kerri foi até a geladeira e abriu a porta. — Acho que o tempo dirá, não é?

Cerrei os dentes e olhei para cada uma das minhas irmãs, que fingiam andar de um lado para o outro e não prestar atenção quando eu sabia que cada uma delas estava.

— Sim, o tempo dirá — afirmei de forma brusca, indo para a porta dos fundos para escapar das fofocas. — O tempo dirá que vocês estão loucas!

Eu mostraria o *drama* a elas, pensei com um sorriso, e bati a porta para garantir.

O som de várias gargalhadas ecoando pela porta não melhorou meu humor.

CINCO

Duas semanas depois…
Três meses e meio até o assalto ao banco.

Morar com minha mãe e irmãs depois de uma década sem dividir o mesmo espaço foi a forma mais pura de tortura e um teste para minha sanidade. Principalmente porque parecia que todos voltaram para seus papéis da infância. Sonia e Genesis eram as mais velhas e usavam aquela diferença de poucos anos para mandar no resto de nós. Sendo naturalmente fogosa, eu estava constantemente batendo de frente com eles. Geralmente, começava logo pela manhã, enquanto nós sete, sem incluir Mama ou a pequena Rory, corríamos pela casa nos preparando para o dia de trabalho, brigando pelo pequeno banheiro no andar de cima.

Felizmente, desde que o criminoso tirou fotos de Rory, Genesis a tirou da creche e a manteve na segurança de Mama Kerri, tia Delores e da irmandade. No entanto, fotos nossas ainda estavam sendo tiradas pelo assassino e deixadas para Addison encontrar diariamente. Na semana passada, comemoramos o aniversário de Rory, que foi uma pausa muito necessária do inferno pelo qual estávamos passando. Mas, logo após aquele momento feliz, recebemos uma foto de Addison sentada em uma das cadeiras do quintal tomando café da manhã com Rory aconchegada em seu colo.

O homem que queria minha irmã morta tinha chegado perto. Muito perto.

Essa única imagem apagou nossa pequena esfera de segurança na Kerrighan House. A merda bateu no ventilador.

Sonia estava em contato com sua equipe de segurança, que estava em comunicação regular com a equipe do FBI designada para o caso ao lado de Jonah e Ryan.

Simone era uma bola de nervos e lágrimas.

Genesis foi de preocupada para aterrorizada. A filha dela era a coisa mais importante não só para ela, mas para cada uma de nós. Teríamos prazer em aceitar qualquer dor, qualquer sofrimento, para garantir que Rory estivesse protegida.

Charlie começou a carregar armas para se proteger. Uma adaga que ela enganchou na calça jeans, deixando-a visível o tempo todo. Ela jurou que nunca seria pega desprevenida, embora cada uma de nós tivesse um guarda-costas que nunca saía do nosso lado se não estivéssemos no trabalho, protegidas pela segurança ou escondidas na Kerrighan House, onde Jonah, Ryan e Killian estavam agora, dormindo ao lado de todas nós.

Blessing ameaçou entrar em contato com o pai, que era membro da gangue *South Side Players*. Ela foi colocada em um orfanato porque a mãe foi assassinada em retaliação de uma gangue contra seu pai. Pelo que entendi, Blessing ainda tinha um relacionamento tenso com o homem, mas não falava com nenhuma de nós sobre isso, exceto com Mama Kerri. Achei que se Mama Kerri estava de olho naquela situação, era melhor que eu não me envolvesse.

Basicamente, a situação com o assassino imitador ou o que quer que ele fosse, atingiu o pico de temperatura. Agora, Addison ia se oferecer como isca para pegar um louco. O plano era que minha irmã saísse para um bar, fingindo estar bêbada, enquanto dançava com as amigas. Essas amigas seriam, na verdade, agentes disfarçadas do FBI, e haveria uma equipe de agentes observando.

Eles estariam prontos para atacar se ela fosse abordada, sofresse uma tentativa de sequestro ou qualquer outra coisa que fizesse uma mulher normal sentir medo.

Mas não Addy. Não, minha irmã decidiu que iria com tudo nessa coisa de ser isca e pegar um assassino em série. Tudo isso sem nenhuma de nós ao seu lado. Me irritei, fiquei com raiva por não haver nada que eu pudesse fazer para ajudar além de cuidar de Rory hoje, mantendo a nós duas fora da linha de perigo. Genesis teve que trabalhar, mas eu estava de folga. A administração da escola estava em reunião para o planejamento do final do ano, pois faltava apenas um mês para as aulas terminarem.

Enquanto eu prendia o cabelo em um rabo de cavalo, minha sobrinha correu para o meu quarto.

— ¡Tía Lily! — ela gritou exibindo um sorriso enorme enquanto passava os braços em volta das minhas pernas e pressionava o rosto na minha barriga. — Onde vamos hoje? — ela perguntou enquanto saltava contra o meu corpo.

Sorri e segurei suas bochechas, me inclinando para beijar sua testa.

— Que tal se você adivinhar para onde vamos enquanto te dou dicas em espanhol e adiciono sorvete ao plano?

— *¡Sí, sí, sí!* Sou boa em espanhol — ela se gabou.

Eu ri e gesticulei para ela se sentar na cama enquanto eu terminava de prender o cabelo. Envolvi o rabo de cavalo naquela rosca de fazer coque e girei o cabelo ao redor da espuma, movendo o cabelo para cobrir o círculo, e prendi com grampos ao redor do redemoinho. O efeito geral era um coque grande e perfeito no topo da cabeça. Parecia o coque que a JLo costumava usar. Elegante e sexy, mas ainda um pouco inocente.

— Uau, você vai pentear meu cabelo também? — Ela afofou as mechas escuras e naturalmente encaracoladas.

— Você quer igual ao da tia, *¿cielo?*

Ela assentiu com avidez, apoiou as pernas em cima da cama e se sentou com as pernas cruzadas.

Terminei meu coque, peguei uma rosca menor e fiz com que ela se virasse na cama para que eu pudesse pentear seu cabelo.

— Bem, o lugar para onde vamos tem *muchos árboles*.

— Árvores! — ela gritou como se eu não estivesse logo atrás dela fazendo o cabelo.

— Muitas árvores. *Muy bien.*

— Bem! — Ela traduziu meu elogio e eu ri.

— O lugar para onde vamos tem *los osos* — pronunciei devagar.

— Ursos! — Ela se movei na cama enquanto eu prendia o cabelo em um rabo de cavalo.

— *¡Sí!* Você é excelente em espanhol. Já sabe para onde estamos indo?

— Árvores e ursos? — Ela franziu a testa e levantou a cabeça, olhando para mim com aqueles olhos de cores incomuns. Eram uma mistura de todas as facetas de dourado que eu já tinha visto. Genesis se referia a eles como âmbar. Fossem o que fossem, a criança era de longe a mais linda que eu já tinha visto. Mas sei que eu era tendenciosa. — O bosque? — Aqueles lindos olhos se arregalaram.

Balancei a cabeça com uma risada.

— Não! Você precisa de mais dicas. — Inclinei sua cabeça para baixo para que eu pudesse adicionar a rosca de espuma, fazendo um círculo de cabelo. — O lugar para onde vamos também tem *tigres, delfines, y el león.*

— Tigres, não conheço o segundo e leões! — Ela bateu nos dedos. — Eu sei o que é!

— Fique quieta, *cielo*, ou vou bagunçar seu lindo cabelo.

Rory ficou imóvel até que eu terminasse de fazer o coque e prender o cabelo no lugar. Quando terminei, borrifei produto no cabelo dela, para garantir que as mechas não saíssem do lugar.

Ela girou na cama, se levantou e passou os braços em volta do meu pescoço.

— Vamos ao zoológico! — Sua voz estava cheia de emoção e ela pulou para cima e para baixo na cama.

Eu ri, enganchei-a pela cintura e a girei.

— *Sí, mi niña bonita.* O que você acha? — perguntei colocando-a de volta no chão.

— Incrível! — ela gritou tão alto que recuei alguns passos.

Peguei meu colar de coração com as fotos dos meus pais e o prendi em volta do pescoço.

— Ooh, eu quero joias! — Ela apontou para o meu colar com a mais doce e inocente expressão de admiração em seu rosto. Juro que daria o mundo a essa garota em uma bandeja de prata. Tudo o que ela tinha que fazer era pedir e continuar sendo tão doce e amorosa.

Peguei um dos meus colares que não era caro. Tinha grandes círculos dourados que eu costumava usar com argolas de ouro. Ele pendia em dois fios, um mais curto que o outro. Ela arregalou is olhos quando levei o colar até seu peito e o prendi em seu pescoço.

Rory acariciou o colar como se fosse ouro puro e tivesse sido agraciada com uma fortuna.

— Vou precisar da minha coroa de rainha! — Ela engoliu em seco e saiu correndo. No segundo em que calcei as botas de camurça de salto alto, ela estava me entregando a coroa para adicionar à sua roupa. Prendi a coroa com a qual Blessing a havia mimado em seu aniversário.

— Vamos, *mi niña!* — Eu a girei e dei um tapinha em seu bumbum para começarmos a andar.

Ao passarmos por Blessing no corredor, ela olhou para o meu cabelo e roupas e depois para minha sobrinha com a coroa.

— Vai fazer uma passeio real hoje, majestade?

— Eu sou a rainha — Rory afirmou de imediato.

— Com certeza é, garota. Nunca se esqueça disso. — Ela deu um tapinha no queixo de Rory e mandou um beijo para ela. Rory fingiu pegá-lo e o colocou na bochecha com uma risadinha.

— Tenham cuidado lá fora com o seu cara, sim? — Blessing falou.

Eu gemi.

— Ele não é meu cara.

— Mas será, marque minhas palavras, Duende. Um dia, você estará nos braços daquele homem e amando cada segundo disso — ela disse enquanto mexia no cabelo no espelho.

— *¡Cállate!* Duvido muito disso! — retruquei, irritada por elas não terem desistido da coisa do Omar. Cada uma delas ficava atrás de mim por causa dele.

— Hum! Isso é palavrão, tia! — Rory apontou para mim de forma acusadora.

— Eu não deveria ter te ensinado espanhol! — Semicerrei o olhar de brincadeira e fiz cócegas em seus lados. — Você é muito inteligente!

Ela gargalhou.

— É o que a mamãe diz! — Ela terminou com um sorriso bobo que me fez amá-la ainda mais.

— Divirtam-se! — Blessing gritou enquanto eu conduzia minha sobrinha escada abaixo até onde eu sabia que Omar estava esperando. O homem nunca se atrasava. Nem um minuto. Todos os dias, ele esperava que eu terminasse de me arrumar antes de me levar para o trabalho ou onde quer que eu precisasse ir. Meu pobre Chevy não era usado há semanas, exceto por um dos caras que o ligava e o dirigia para mim, para que meu bebê não ficasse sujo ou tivesse problemas por ficar muito tempo parado.

Entramos na cozinha e Genesis estava conversando com Mama Kerri e Omar, que segurava uma xícara de café. A gigantesca caneca amarela parecia minúscula em seus grandes dedos.

— Mamãe! *Tía* Lily vai me levar ao zoológico! — ela gritou e correu até a mãe.

Gen levantou a filha e a colocou no balcão.

— E vejo que você está pronta para ir. Coroa, joias e penteado lindo. — Ela acariciou a bochecha da filha.

— Sou bonita como a *tía* Lily.

O olhar de Gênesis pousou em mim.

— Sim, você é tão linda quanto a sua tia. Omar, você acha que o zoológico é um local seguro? — ela perguntou.

Ele assentiu.

— Acho, sim. Muito público, com muitas pessoas ao redor. E estarei vigilante com *mi lirio y tu hija*.

Revirei os olhos e gemi baixinho.

— Já podemos ir?

Genesis se despediu da filha enquanto eu abraçava Mama Kerri e em seguida, trocava de lugar com Gen.

Omar nos levou até a porta, onde parou com a mão no topo da cabeça de Rory e se agachou para ficar na altura dela.

— Srta. Rory, vou cuidar de você e da sua tia hoje no zoológico. Você não pode fugir de mim ou de sua *tía*. Isso é muito importante. Estamos confiando que você vai ser uma menina muito boa. Você promete ficar comigo e com sua *tía* o tempo todo?

Ela arregalou os olhos e assentiu.

— Serei boazinha, *tío* Omar — ela respondei, o chamando de *tio*. Cerrei os dentes, mas não disse uma palavra.

— Posso te segurar enquanto passamos pelas câmeras?

Ela assentiu e ele a pegou no colo, a apoiou no quadril e abriu a porta. Em segundos, sua mão livre estava na minha e nos conduzia ao SUV escuro.

— Olha, olha, olha, tia! — Rory apontou para o elefante mastigando uma melancia à distância. — Ele come melancia! Isso é tão engraçado! — Ela riu alto.

Fiquei atrás dela e Omar atrás de mim. Se alguém olhasse para nós três, pensaria que éramos uma pequena família. Um casal levando a filha ao zoológico. Afastei a doce visão porque não era para ser e eu não deveria ter nenhuma ideia.

Omar passou a mão pelo meu quadril, enquanto pressionava a frente do corpo nas minhas costas e apoiava o queixo no meu ombro.

— Estou aproveitando esse dia, *chica*. Sua sobrinha é preciosa. *Mi madre* vai adorar conhecê-la.

Virei a cabeça e bati em seu corpo, me encostando em todos os seus músculos do peito aos joelhos.

— Não diga coisas assim. Vai colocar ideias na cabeça dela.

Ele murmurou contra o meu pescoço, e despertou formigamentos prazerosos pelo meu interior.

— Tenho muitas ideias sobre nós dois, *mi lirio*, mas nenhuma delas é aceitável para ouvidos infantis.

Engoli em seco e empurrei para trás para que ele tivesse que recuar.

— Sério? Você é incorrigível.

Omar sorriu, o que o tornou ridiculamente bonito.

— E pare de sorrir assim para mim! — retruquei, sem entender por que fiquei tão chateada de repente. O homem despertava meu lado mal-humorado. Não que fosse algo difícil, afinal, sou conhecida por ser a espirituosa da Kerrighan House, mas esse homem me irritava ao máximo.

Dessa vez ele sorriu.

— Por que você discute tanto comigo?

Bufei e agarrei a mão de Rory levando-a para a exposição de girafas.

— Você se lembra como elas se chamam em espanhol, ¿cielo? — Eu a chamava de querida porque ela era uma menina muito doce.

Rory franziu os lábios e apoiou o dedo no queixo. Sua coroa estava inclinada, mas ela parecia tão fofa que deixei assim.

— *Rah-fah?* — ela perguntou.

— Quase, amor. É *hee-rah-fah. Jirafa* — esclareci.

Rory repetiu, e eu bati palmas enquanto ela ficava no degrau inferior de metal e olhava para a exibição.

— Eu não discuto com você — falei por cima do ombro em resposta à última pergunta de Omar. — Eu respondo às suas insinuações ridículas e comentários improvisados.

— Não é insinuação, Liliana. Eu planejo fazer de você minha. Custe o que custar, mulher. E sou um homem paciente. — Ele ficou a cerca de um metro e meio de distância de Rory, apoiou o quadril na grade de metal e examinou a multidão antes de seu olhar pousar no meu mais uma vez. Uma coisa que eu poderia dizer sobre Omar é que ele era muito bom em seu trabalho. Ele não deixou ninguém se aproximar de nós, nem ficamos fora de sua vista nem por um minuto.

— Não entendo. Por que? — Baixei a voz e me aproximei para que Rory não pudesse ouvir, mas ainda estávamos perto dela o tempo todo. — Eu digo a você que não estou interessada e você pressiona mais. A maioria dos homens já teria desistido.

Ele franziu os lábios.

— Não sou a maioria dos homens, *chica*.

Não, ele não era.

Ele era incrivelmente bonito, trabalhador, tinha os olhos castanhos mais lindos que eu poderia olhar por horas e não me cansar. Sem falar naquele corpo, meu Deus. Sonhava em tocar aquele abdômen tanquinho à noite. Passar a língua sobre cada peitoral, apertando os dedos no músculo em suas costas. Todas essas coisas eram incríveis, mas com o bom sempre havia o ruim. Que era no que eu pretendia focar.

— Sim, você é mandão, cabeça-dura, irritante, insistente, superconfiante e um sabe-tudo que gosta de implicar comigo! — Minha ira começou a surgir do nada, como costumava acontecer na presença de Omar.

Aquele sorriso pecaminoso dele apareceu de novo.

— Também sou fiel, respeitoso, aprecio o que uma boa mulher pode trazer para minha vida, sou financeiramente seguro, em forma, um homem de família e nunca levantaria a mão para uma mulher, mesmo sob ameaça de morte — ele afirmou.

Engoli em seco com o nó em minha garganta. O homem seria minha ruína. Eu sabia disso. Eu cairia no mesmo padrão que caí com os dois últimos homens que prometeram ser bons, mas no fim eram perdedores.

— Olha, não quero ser dura, mas já me contaram essa história antes. Na verdade, duas vezes, e as coisas não foram boas. Não vou cair nessa uma terceira vez. — Deixei escapar um suspiro longo e cansado.

Ele se afastou do corrimão, olhou em volta, se certificou de que Rory estava em sua linha de visão e então segurou meu rosto.

— Eu disse a você que não sou como a maioria dos homens. Quando tenho algo especial, sei apreciar. Não estrago tudo procurando outras coisas brilhantes. Eu me apego ao que tenho, protejo, amo e mantenho seguro. Esse é o tipo de homem que sou. O tipo de homem com quem você pode contar. Me dê uma chance e você descobrirá isso. — Ele olhou para Rory, que estava conversando com outra garotinha parada na grade ao lado dela.

Omar se inclinou mais perto do meu rosto, seu hálito quente tinha cheiro de café e menta. Uma harmonização deliciosa.

Ele passou o polegar sobre a parte carnuda do meu lábio inferior.

— O que eu não daria para mostrar a você como eu adoro aquilo que é precioso para mim.

— Omar — ofeguei, sentindo a excitação percorrer meu corpo com seu toque e proximidade.

Ele se inclinou para frente e tomou minha boca em um beijo suave como uma pluma. Eu mal podia sentir seu toque quando fechei os olhos. Sua mão livre envolveu minha cintura e me pressionou contra seu corpo forte. Ele sugou meu lábio inferior e eu gemi. O som deve tê-lo despertado do calor escaldante e do ar inebriante que nos cercava, porque antes que pudéssemos ir mais longe, ele chegou para trás, me segurando no comprimento do braço. Omar olhou direto para Rory, para checá-la, e então ele fechou os olhos por um breve segundo como se estivesse aliviado.

— Você me leva a fazer coisas que normalmente eu não faria, Liliana. Precisamos de tempo. Nós dois. Sozinhos. Quando eu não estiver trabalhando e não haja ameaça presente.

Afastei a névoa de beijo e coloquei os dedos em meus lábios, sentindo seu toque uma segunda vez.

— Hum, sim. — Fui até Rory. — Quer dar uma olhada nos animais aquáticos? — perguntei a ela.

— ¡Tortugas! — ela gritou *tartarugas*.

Eu ri e segurei a mão da menina. Omar me surpreendeu indo para o outro lado dela e estendendo a mão. Ela olhou para ele, sorriu e pegou sua mão.

— Gosto de você, *tío* Omar. — Ela balançou os braços com alegria.

Ele sorriu para ela, então olhou para mim com uma piscadela.

— Eu também gosto de você, Rory.

— Você gosta de *tortugas?* — ela perguntou.

— Quem não gosta de *tortugas?*

— Não é? — ela perguntou com admiração em seu tom. — Elas são tão legais. Você sabia que elas carregam suas casas para onde quer que vão?

Ele riu.

— Elas devem ser muito fortes.

Rory assentiu com entusiasmo.

Enquanto eles conversavam, deixei minha mente vagar. E quanto mais eu o observava interagir com minha sobrinha, mais eu era sugada para a rede de Omar Alvarado. O homem era muito charmoso e parecia gostar de crianças tanto quanto eu.

Eu estava bem ferrada.

Talvez eu devesse pular com os dois pés e sem colete salva-vidas. Me jogar completamente. Deveria dar a esta conexão entre nós uma chance real?

Deus, o que devo fazer? orei em silêncio.

Meu celular vibrou no bolso de trás e eu o puxei para olhar o visor. Era uma mensagem de texto. De Mama Kerri.

Espero que vocês estejam se divertindo. Por favor, mande um alô.

Mama Kerri. Era isso. Eu precisava conversar com Mama Kerri quando não houvesse mais ninguém por perto e eu pudesse contar a ela meus medos e preocupações sobre começar um relacionamento com um homem como Omar. Ela poderia desejar netos e que todos nós encontrássemos a felicidade com nossos próprios companheiros, mas, mais do que isso, ela não queria que suas filhas fizessem nada que as deixasse desconfortáveis ou inseguras.

Agora, eu não tinha ideia do que pensar, dizer ou fazer.

Eu precisava da minha mãe.

SEIS

O dia seguinte...
Três meses e meio até o assalto ao banco.

No dia seguinte aconteceu a segunda operação policial planejada com minha irmã de alma e o FBI. Addy estava se colocando como isca na Tracks, um bar em que Simone trabalhou, localizado no centro de Chicago. O resto de nós, irmãs, estávamos com os nervos em frangalhos esperando na Kerrighan House.

Decidi que a melhor maneira de manter a cabeça longe de Addison e do perigo que cercava a todas nós era ficar em casa com minha família e preparar uma grande refeição mexicana. Para minha irritação, Omar e outro segurança da Holt Security estavam cuidando da casa, enquanto Jonah e Ryan estavam na operação policial. Killian não ficaria em casa mais uma noite enquanto sua mulher estava em perigo potencial. Isso significava que ele estava escondido em algum lugar do bar, assistindo todo o drama se desenrolar.

Todas nós, irmãs, teríamos ido até lá e atuado com Addy, mas o FBI negou de forma enfática esse pedido. No final, fazia sentido porque, com todas nós lá, não só havia mais alvos em potencial, mas também seria mais difícil para eles ficarem de olho em Addison, que era o alvo principal. E o objetivo final era que o *serial killer* fosse atrás dela para que o FBI pudesse prendê-lo.

Gemi enquanto observava Omar pela janela da cozinha caminhar pelo perímetro do quintal, remexendo na folhagem pesada, procurando por caras assustadores com câmeras, presumi.

Mama Kerri veio por trás e passou os braços ao meu redor, aconchegando o queixo no meu pescoço.

— Como está a minha menina?

Suspirei profundamente, permitindo que sua energia me envolvesse como um cobertor quente. Sua essência sempre me trazia paz e serenidade, principalmente em um momento de tanta incerteza.

— Frustrada. Preocupada. Assustada.

Ela murmurou contra minha bochecha e beijou minha têmpora.

— Todas nós estamos preocupadas com a Addison, mas o Jonah, o Ryan e o Killian morreriam antes de deixar algo acontecer com ela. Temos que confiar neles. — Ela recuou e foi até o fogão onde eu aquecia *carnitas*, feijão frito e arroz.

— O cheiro está delicioso como sempre. Agora me diga o que está te preocupando que não esteja relacionado a Addison. Seria o cara que você está observando como um falcão lá fora no quintal?

Me virei e franzi os lábios, enquanto ela sorriu e foi até o fogão mexer o feijão que estava esquentando, antes de amassá-los na textura perfeita.

Ela mexeu os dedos de uma mão em um gesto para que eu prosseguisse.

— Diga a Mama o que está te deixando confusa.

Suspirei e me encostei no balcão com os braços cruzados.

— Bem, o Omar está atrás de mim… de uma forma romântica — admiti.

Ela assentiu.

— Hum-hum. E?

— E não tenho certeza se devo ceder aos avanços dele. Ele é

muito intenso, assim como Jose e Anthony eram. Já segui esse caminho com um machão mexicano-americano. Duas vezes, como você sabe. Jose esperava que eu mudasse, limpasse sua casa, tivesse seus filhos e o tratasse como uma empregada doméstica, como você deve se lembrar.

Mama franziu o nariz.

— Sim. Me lembro claramente de agradecer a Deus no dia em que você o chutou para o meio-fio.

— E o Anthony tinha outra mulher. Ele estava se relacionando com as duas e eu conheci sua *família*! Ele pensou que, por ter me aproximado deles, eu era "a escolhida", mas ele tinha que ter certeza. E o Omar já fala em me levar para conhecer a mãe e nem estamos namorando!

Mama Kerri ergueu as sobrancelhas.

— Sério? Isso é muito cedo.

— Eu sei! Quero dizer, precisaríamos ter um encontro adequado e estar em um relacionamento antes que eu estivesse disposta a conhecer qualquer um dos membros da família dele.

Ela assentiu.

— Isso faz sentido. Mas posso ouvir em sua voz que você *quer* fazer essas coisas com o Omar. Sair para um encontro, conhecer a mãe dele. Você não disse que não está interessada no homem.

Fiz uma careta.

— Bem, não é que eu esteja ou não interessada. Eu nem sei o que estou. É confuso, Mama.

— Eu sei, menina. As questões do coração sempre são. — Ela mexeu o arroz enquanto eu pegava o espremedor de feijão e começava a amassar.

— Omar te convidou para sair? — ela perguntou.

— *Sí...*

— E você recusou, estou certa?

Dei de ombros.

— *Sí.*

— Você não se sente atraída por ele? — Ela sorriu daquele jeito conhecedor.

— Mama, eu teria que estar morta para não me sentir atraída pelo Omar. — Levantei uma sobrancelha. — Aquele homem é lindo.

Ela riu.

— Isto é verdade. Todos aqueles músculos. E eu que pensei que os homens de suas irmãs eram musculosos, mas seu Omar ganha, não é?

Imediatamente meu pensamento foi para a maneira como as camisas de Omar abraçavam sua forma musculosa como se fossem uma segunda pele.

— Ele cuida do corpo. *Muy caliente.* — Acenei para meu rosto aquecido. — E os beijos breves que ele me deu…

— Ei, ei, ei. Você não disse nada sobre beijos. Você o beijou? — Ela ergueu a colher, o que fez com que o arroz caísse na panela abaixo.

Ajustei a mão dela que segurava a colher, e ela voltou à ação mexendo o arroz.

— *¡Sí!* E fale baixo. Não quero que as outras saibam, ou nunca me deixarão esquecer. E não foram exatamente beijos completos. Mais como beijocas que qualquer outra coisa. Ainda assim, foram bons e eu não seria contra mais.

Ela assentiu.

— Você quer meu conselho, querida?

— *Sí*, quero. Estou confusa e não sei o que fazer.

Mama Kerri colocou os queimadores no mínimo e então nós duas largamos nossos utensílios de cozinha. Ela segurou minhas mãos nas suas.

— Liliana, você tem tanto amor para dar a este mundo. Eu odiaria te ver ignorar um homem com quem você tem química, simplesmente porque já se machucou antes. Omar não é Jose, nem Anthony. Ele vai te magoar? Espero que não, menina. Mas o amor é sempre uma aposta. Você tem que levar o bem e o mal, e aprender com essas lições. Não as use para bloquear seu coração ou você ficará sozinha para sempre. Ela levantou a mão e segurou minha bochecha. — Não quero essa vida para você, Liliana. Você merece um homem que vai te amar e cuidar de você como meu marido fez antes de falecer. — Seus olhos se encheram de lágrimas. Isso sempre acontecia quando ela falava de seu amor perdido.

— Eu quero o que você teve, Mama. Quero mesmo. Mas estou com medo. — Minha voz falhou com a admissão.

— Se você acha que Omar pode ter esse tipo de potencial em sua vida, você deve tentar. Não o castigue pelos pecados dos outros. Isso não é certo, e não foi assim que eu te criei, menina.

— Então, você está dizendo que eu deveria sair com ele? — Me esquivei, sentindo o coração batendo forte no peito.

Ela inclinou a cabeça para o lado e deu um tapinha carinhoso em minha bochecha.

— Estou dizendo que você precisa seguir seu coração e não deixar o medo atrapalhar algo que pode ser incrível. Você vai se arrepender se fizer isso.

— *Gracias, mamá.. Te amo.* — Agradeci e disse que a amava.

— Eu também te amo, menina. Está se sentindo melhor? — Ela esfregou uma mão reconfortante para cima e para baixo nas minhas costas, me acalmando dos pensamentos confusos que corriam desenfreados em minha mente.

Assenti.

— Estou. Amanhã vou dizer ao Omar que vou sair com ele. — Ergui o queixo e me endireitei. Depois de tomar uma decisão, eu não voltava atrás. Se havia algo entre Omar e eu que pudesse ser real, eu devia isso a mim mesma. Tinha que deixar os velhos medos de lado e viver no presente.

Ela sorriu.

— Estou orgulhosa de você.

Eu sorri.

— Também estou orgulhosa de mim! Agora, vamos alimentar *la familia!*

Nosso mundo implodiu mais uma vez na noite seguinte. Addison não apenas acabou no que equivalia a uma briga de bar, quebrando o pulso no processo, mas descobriram que o *serial killer* era um indivíduo que trabalhava no hospital. Tanto Killian quanto Sylvester Holt foram drogados, mas no final das contas, Jonah e Ryan foram fiéis às suas palavras. O FBI derrubou o assassino enquanto ele tentava sequestrar Addison. Agora era hora de o processo de cura começar mais uma vez.

Depois que minha irmã teve alta do hospital e voltou em segurança para o *loft* de seu homem, o restante de nós finalmente conseguiu voltar para nossas casas.

Observei o perfil de Omar enquanto ele manobrava pelas ruas do meu bairro. Sua mandíbula era pronunciada e forte, uma leve camada de barba havia aparecido nas últimas vinte e quatro horas. O homem não havia parado ou dormido. Eu sabia que ele devia estar cansado de acompanhar todas nós, irmãs, levando-nos ao hospital para ver Addy e, finalmente, à Kerrighan House. Eu tinha planejado pegar um Uber para voltar ao meu apartamento, mas Omar não aceitou. Ele disse que eu era sua responsabilidade até que estivesse segura atrás de portas fechadas. Isso acabou sendo um alívio porque a presença dos *paparazzi* era mil vezes maior quando voltamos do hospital. Fotos e mais fotos de nossos rostos cansados e cheios de lágrimas foram tiradas assim que a notícia se espalhou.

Desisti de me importar com o que o público via quando tiravam fotografias minhas. Toda aquela situação estava acontecendo pelo que parecia meses a fio. Eu estava exausta. Desgastada emocional, física e espiritualmente. Eu precisava da minha cama. Um enorme café da manhã e Deus. O primeiro lugar que planejei ir amanhã era à igreja. Eu não apenas queria me conectar com Deus, mas também precisava de comunhão. Precisava sentir a presença de Deus correndo em minhas veias enquanto me sentava em uma de Suas casas. Não havia nenhum sentimento como este. Estar em um lugar onde todos sentiam o Espírito Santo ao mesmo tempo era muito emocionante. Era de encher a alma.

— Sabe, você não precisava me trazer para casa. Eu poderia ter pegado o carro de Mama Kerri e uma das garotas me seguido.

Omar tensionou a mandíbula e resmungou baixinho.

— Eu te disse, Liliana. Sou encarregado de você. E depois de tudo o que aconteceu, me dê esse agrado. Preciso te ver em segurança. Eu necessito disso. — Ele dilatou as narinas como se ele estivesse sentindo algo mais do que estava dizendo.

Assenti.

— Tudo bem. Obrigada, Omar. Sério. Obrigada por cuidar de mim durante isso… — Suspirei. — Eu nem sei como chamar. Situação. Tragédia. Horror. Seja o que for, você esteve ao meu lado e me manteve segura. — Estendi a mão e segurei seu antebraço. — De coração. Obrigada.

— Tudo que eu quero é mantê-la segura, Liliana. — Suas palavras foram uma adaga no coração, repletas de tal sinceridade que meus olhos se encheram de lágrimas não derramadas.

Umedeci os lábios e desviei o olhar de seus olhos incrivelmente bonitos. Eu não poderia continuar a olhar para eles sem chorar. Minhas emoções estavam fora de controle. A última coisa de que eu precisava era de um colapso emocional total na frente de um homem como Omar. Eu queria que esse homem me visse como uma mulher forte, capaz e independente. Não como uma donzela em perigo que precisava ser salva.

Omar esfregou a nuca.

— Esta situação tem sido difícil para todos vocês. Caramba, *chica*, tem sido difícil para a equipe de segurança também. Sem saber quando *el cabrón* iria atacar. Todos os membros da equipe começaram a duvidar de que poderíamos protegê-las.

Endireitei a coluna e senti meus braços se arrepiarem.

— Sério? Vocês todos pareciam tão confiantes.

— *Sí, mi lirio.* Mas somos humanos. *À medida que os dias se arrastavam e mais pessoas morriam, mais fotos continuavam chegando…* — Omar balançou a cabeça e suspirou longa e profundamente, como se estivesse liberando todo o estresse que estava contendo.

Peguei sua mão e a apertei com força.

— Bem, nenhum de vocês demonstrou isso. Temos que agradecer, porque se vocês tivessem mostrado medo e preocupação, todas nós ficaríamos em pânico.

Ele ergueu nossas mãos entrelaçadas e pressionou as costas da minha em sua bochecha. Um arrepio de excitação percorreu meu braço e espinha com a ação.

Engoli a secura repentina em minha garganta e percebi que estávamos no meu prédio.

— Hum, chegamos.

Ele assentiu, desligou o carro e nós dois ficamos sentados por um minuto inteiro sem dizer nada, apenas deixando o silêncio do veículo penetrar no ar entre nós quando começou a ficar pesado e inebriante.

Omar curvou os ombros para o lado e eu me virei para igualar sua posição. Ele estendeu a mão e segurou a parte de trás do meu pescoço, usando isso para me trazer para mais perto dele. Quando estávamos a centímetros de distância, ele apoiou a testa na minha.

— Sou grato a Deus e ao FBI por você e sua família estarem em segurança, Liliana.

Umedeci os lábios e mordi o inferior.

— Assim que as coisas estiverem resolvidas e você tiver tido um tempo para voltar ao normal, quero levá-la para sair. Em um encontro. E quero que você diga sim. Você não pode mais negar a química entre nós. Sei que você sente isso.

— Eu sinto — finalmente admiti.

— Bom. Vou te ligar na próxima semana. Te dar algum tempo com sua família em primeiro lugar. Suas irmãs vão precisar de você. Depois disso, vou agir.

Eu ri como uma garota boba, quando na realidade eu era apenas uma mulher adulta supersensível, que havia passado por uma grande pressão nas últimas semanas e não tinha mais poder para lutar contra seus avanços. Além disso, eu já tinha decidido dar uma chance a ele. Ele não estava mentindo. Senti a química, a atração, o desejo implacável que se derramava entre nós. Eu estava afastando os homens há tanto tempo que se tornou meu objetivo, minha rede de segurança para proteger a mim e ao meu coração.

— Vou atender sua ligação — sussurrei.

Ele sorriu, recuou e olhou nos meus olhos. O tempo parou. O ar no carro vibrou, mas todo o resto simplesmente desapareceu. Centímetro por centímetro, seu rosto se aproximou até que ele me beijou. Não os beijinhos que demos duas vezes antes, mas um por inteiro, com as mãos entrelaçadas em meu cabelo. Um beijo selvagem que passou de fervente a escaldante em segundos. Sua língua exigia entrada com um toque contra meus lábios inchados pelo beijo. Abri instantaneamente, saboreando-o por completo com um gemido sincero.

Omar tinha gosto de sal e pecado, como uma margarita com gelo e o toque perfeito de limão. Ele grunhiu quando inclinou a cabeça para o lado e me beijou profundamente. Eu não conseguia o suficiente. Meu coração batia forte e minha cabeça girava, enquanto nos imaginava levando esse beijo para um lugar muito mais privado que o carro dele. Omar sugou meu lábio inferior enquanto eu lambia o seu superior. Nós trocamos, fui para seu lábio inferior exuberante enquanto ele atacava meu superior. Nossas línguas dançaram, sugando, tomando, se esfregando uma contra a outra até que nenhum de nós pudesse respirar. Me afastei com um forte suspiro e ele fez o mesmo, mas puxou minha cabeça para perto e apoiou nossas testas uma na outra mais uma vez.

— *Liliana*, você será minha ruína. Se você beija assim, eu só posso imaginar como será levá-la para a cama — ele disse, passando os dedos pelo meu cabelo e me segurando no lugar.

Respirei fundo algumas vezes, enquanto suas palavras

penetravam em meu cérebro. Em vez de atacar contra sua resposta machista, dei uma gargalhada incontrolável. Começou no meu peito e se espalhou por todo o meu corpo até que eu estava explodindo em gargalhadas intensas que fizeram lágrimas de alegria escorrer pelo meu rosto.

Ele balançou a cabeça e sorriu.

— Digo que vou levá-la para a cama um dia, e ela ri como a hiena que a *niña* Rory adorou no zoológico. Isso pode fazer um homem ficar com um grande complexo, *chica*.

Abri um sorriso enorme e tentei me recompor, enxugando os olhos com as costas dos dedos.

— *Lo siento*, eu juro. Não sei o que deu em mim. Acho que estou cansada. Cansado pra caramba.

Ele segurou meu rosto e enxugou algumas das lágrimas que ainda escorriam. Nesse ponto, poderiam ser de riso ou estresse. Seja qual fosse o motivo, foi bom ter um homem tão carinhoso e gentil comigo. Eu não recebia esse tipo de cuidado há tanto tempo que tinha me esquecido de como isso poderia ser bonito.

— Vou te levar de volta para sua casa. — Ele se inclinou e beijou meu rosto antes de se afastar e sair do carro. Ele deu a volta na minha porta e a abriu. Em seguida, foi para a parte de trás do SUV onde estavam minhas duas malas com rodinhas e as tirou.

Ele me seguiu até meu apartamento e aguardou enquanto eu pegava a chave, então, para minha surpresa, ele me seguiu, colocando as duas malas na porta.

— Fique aqui, me deixe dar uma olhada.

Fiz uma careta.

— Mas a ameaça acabou.

Ele inclinou a cabeça para o lado e olhou para mim.

— Me deixe fazer isso. Isso me fará sentir melhor deixando você sozinha.

Dei de ombros.

— Tudo bem.

Ele não perdeu tempo: verificou rapidamente a varanda, se

certificou de que estava trancada, depois a pequena cozinha e a despensa. Com passos firmes, ele percorreu o curto corredor, verificou o banheiro e então assumi que tinha ido para o meu quarto. Eu não conseguia ver o que ele estava fazendo de onde eu estava, perto da porta.

Em instantes, ele voltou e assentiu.

— Tudo certo.

Eu sorri.

— Achei que estaria.

— Você tem meu número programado em seu telefone. Me ligue por qualquer motivo. De dia ou de noite. Se sentir medo, me ligue. Se tiver uma sensação estranha, me ligue. Se estiver desconfortável por estar sozinha, me ligue. Entendeu, *chica?*

Isso me fez gemer de irritação, mas reprimi minha necessidade de lutar contra sua abordagem de homem das cavernas. Ele parecia tão nervoso por me deixar quanto eu por deixá-lo ir, mas precisávamos voltar a alguma aparência de normalidade. Seja lá como isso parecesse. E começava comigo ficar em casa sozinha.

— Eu vou ficar bem. Obrigada novamente por me manter em segurança e me trazer para casa.

Ele assentiu e foi até a porta.

— Tranque quando eu sair. As duas fechaduras o tempo todo.

Agora ele estava começando a me irritar. Cerrei os dentes.

— Tudo bem. Agora vá. Estou bem. Posso cuidar de mim mesma como fazia antes de você aparecer.

Seu olhar percorreu meu corpo, indo dos meus pés, passando por cima do jeans e camiseta simples para o meu rosto.

— Sei que você pode, Liliana. Só quero que você perceba que não precisa mais cuidar de si mesma sozinha. Não quando eu estiver por perto.

Empurrei seu peito duro como pedra, levando-o para fora da porta.

— Vá, antes que eu fique brava.

Ele sorriu e seus lindos olhos castanhos brilharam.

— Gosto do seu fogo, Liliana. Não me importo de ser queimado.

Revirei os olhos e empurrei a porta para fechá-la.

— Vou ligar em uma semana. — Sua voz era um estrondo abafado através da madeira da porta.

— Vamos ver se eu atendo! — gritei.

— Tranque a porta!— ele gritou de volta.

Droga, aquele homem não podia se conter. Tranquei as fechaduras e depois fui para a varanda para vê-lo ir embora.

Meus lábios ainda estavam quentes do beijo incrível no carro enquanto eu o observava entrar no SUV, olhar para o apartamento e acenar. Eu sorri e acenei de volta.

Talvez esse fosse o começo de algo lindo entre mim e Omar.

O tempo diria.

SETE

Uma semana depois…
Pouco mais de três meses até o assalto ao banco.

— Não posso acreditar que você me arrastou até aqui, de todos os lugares! — Charlie sibilou baixinho. — A última vez que estive em uma igreja foi… — Ela franziu a testa quando saímos do carro, então voltou o olhar para o meu. — Foi quando eu tinha treze anos e você fez todos nós virmos para o seu aniversário de doze.

— E nos divertimos! — Eu a lembrei enquanto fechava a porta do meu bebê azul.

— Diversão é ir a um show, a um bar, dançar a noite toda, beber com os amigos e acordar no dia seguinte sem ressaca para que você possa fazer tudo de novo na noite seguinte. Não se sentar em um banco ouvindo alguém pregar sobre um homem que andou na Terra há alguns milhares de anos! Depois, subir na frente da congregação e pegar um biscoito com gosto ruim para ser abençoada por um velho de túnica. Tudo isso antes de entrar em uma caixinha assustadora, muito parecida com um armário, devo acrescentar, algo em que nunca passei um dia, e contar a um completo estranho seus pecados para que você possa ganhar um *cartão de saída livre dos pecados* depois de rezar para o chefão. — Ela apontou para o céu.

Charlie cruzou os braços e se encostou no Chevy.

— Sério, duende, isso é uma punição cruel e incomum, até mesmo de você.

Dei de ombros.

— Você perdeu a aposta. Esta era a minha recompensa.

— Uma recompensa é eu te levar para almoçar. Comprar um novo par de sapatos de saltos. Um donut, pelo amor de Deus. — Ela ergueu as mãos no ar e as sacudiu. — A porra de um donut é uma recompensa. Não fazer sua irmã bissexual ir à igreja como sua recompensa, Lil. — Ela deixou os braços caírem ao lado do corpo. Charlie usava um vestido simples e sandálias que achei muito legal. Ela era o tipo de garota que usava principalmente jeans. Os únicos vestidos que a vi usar foram para ir a um clube noturno, e esses mostravam mais seu corpo que escondiam. Era um vestido simples de verão que ela devia ter comprado da coleção de Blessing.

— Você disse *qualquer* coisa que eu quisesse dentro da razão e que não tivesse custo. Frequentar a igreja não custa um único centavo e leva apenas uma hora ou mais do seu tempo. E você está linda. Muito respeitosa, *hermana. Gracias.*

Ela curvou o lábio em um grunhido.

— Bem, eu não ia te envergonhar em seu lugar favorito. — Ela terminou com um revirar de olhos.

Entrelacei o braço no dela, meus saltos altos me deixando mais perto de sua altura natural, já que ela usava sandálias rasteiras.

— Aprecio você ter vindo comigo. Eu estava muito cansada para ir no domingo passado, depois de tudo o que aconteceu, e fui me confessar na quarta-feira, mas por algum motivo, não queria ficar sozinha hoje. Realmente significa muito que você esteja aqui.

Ela soltou um gemido longo e prolongado e deu um tapinha na minha mão.

— Tudo bem, eu serei a irmã mais velha e te darei atenção.

Abri um grande sorriso e cutuquei seus ombros.

— Obrigada, ursinha Charlie — provoquei, chamando-a de um dos muitos apelidos que eu costumava chamá-la quando éramos meninas.

— Só sei que vou me arrepender disso. — Ela suspirou enquanto caminhávamos até a antiga igreja de St. Patrick's. A torre verde no topo sempre me roubou o fôlego, assim como a arquitetura românica.

— As cruzes vermelhas nas portas são muito legais — Charlie comentou um pouco a contragosto.

— São cruzes celtas. Esta igreja é, na verdade, a mais antiga de Chicago. É anterior ao Grande Incêndio de Chicago, de 1871, e o prédio principal sobreviveu a ele. Os paroquianos vêm de todas as esferas da vida, mas têm uma forte influência irlandesa.

— Tudo bem, isso é bem interessante. Vamos entrar e ver o que eles estão fazendo. — Ela se moveu em direção aos degraus da frente em um ritmo mais rápido que minhas pernas curtas poderiam mover.

Assim que entramos, fui imediatamente bombardeada pela mudança no ar. A sensação de paz me atingia a cada passo que dávamos. Isso era definitivamente o que eu precisava depois de tudo o que aconteceu na semana passada.

— Uau, isso é demais! — Charlie exclamou enquanto ao pararmos diante do piso de mármore em uma das entradas.

Olhei ao redor do espaço como se fosse a primeira vez que o via. Havia belos bancos cor de nogueira alinhados em fileiras até o altar principal. Mas o que eu acho que a comoveu foi a arte incrível pintada horizontalmente pelo teto. Havia arcos e corações nas estruturas de madeira com bordas e formas muito finas. Verde floresta, amarelo mostarda e terracota rosada eram as cores usadas nas obras de arte que enfeitavam os tetos e as paredes. Sem mencionar os vitrais intrincados que percorriam as laterais do salão.

Enquanto ela olhava boquiaberta, eu a levei para o meio da igreja mais perto do corredor. Eu não gostava de me sentar muito na frente ou atrás, mas gostava de ver o padre pregando seu sermão.

Nos sentamos e Charlie pegou uma Bíblia na frente de seu assento, que estava nos suportes atrás de cada banco.

— Eles dão bíblias de graça?

Eu ri.

— Essas são para os paroquianos usarem se não a trouxerem. — Mostrei a minha bíblia gasta, a mesma que Mama Kerri me deu no meu aniversário de dez anos, pouco depois de me mudar para a Kerrighan House. Ela respeitava meu desejo de ir à igreja, como fazia com meus pais biológicos todas as semanas e, embora eu fosse muito jovem para ir sozinha, ela ou tia Delores me acompanhavam. Então, quando me tornei adolescente, ela me deixava na frente do prédio, fazia suas tarefas de domingo e voltava para me buscar. Eu sabia que ela acreditava em Deus, mas também sabia que ela não se sentia compelida a fazer sua adoração em uma igreja. Ela se sentia confortável adorando a Deus em particular à sua própria maneira. Eu precisava da comunhão para reabastecer minha conexão com Deus durante o resto da semana. Era a maneira que eu e sentia conectada.

— Ah, faz sentido se eles querem que a pessoa acompanhe. — Ela passou as páginas com detalhes dourados. — Não que eu entenda como usar essa coisa de qualquer maneira.

— Olhe para as abas na lateral quando está fechado. Está vendo as três letrinhas? — Ela virou o livro para o lado por minha instrução.

— Agora, você vai procurar a abreviatura quando o padre falar o nome e o versículo.

Ela examinou as abas e passou uma unha com a ponta azul nelas.

— Não estão em ordem? Veja isso. As três primeiras abreviações dizem GEN, EXO, LEV, mas esta guia aqui diz NE, EST, JB. Como você pode encontrar ALGUMA COISA se essa merda não está em ordem alfabética?

— Charlie, *shhhh* nada de palavrões na igreja — eu avisei em um sussurro. As pessoas estavam começando a chegar, cumprimentar uns aos outros e encontrar seus lugares.

— Desculpe, merda…! — Ela riu, bufou e cobriu a boca.

Segurei minha própria risada, mas bati em seu ombro.

— Vou garantir que você abra no lugar certo. O padre vai falar o nome, o capítulo e depois o versículo. Então, digamos que você queira encontrar Salmos 9:10. — Apontei para o SL. — Você abre os Salmos primeiro. Em seguida, procura o capítulo número nove, então o versículo dez. Também têm telões lá na frente para ajudar a guiá-la. — Apontei para uma tela claramente visível para os paroquianos.

— Aaaah, é como um trabalho de detetive. Onde está *Carmen San Diego*! — Ela exclamou, se referindo ao jogo de computador que jogávamos no início da aula de informática no colégio, quando localizou o capítulo 9. — Encontrei o nove, uhuu!

— Agora encontre o versículo dez e leia para mim.

Charlie remexeu a parte superior do corpo como se estivesse dançando na cadeira quando chegou ao versículo certo com a ponta do dedo.

— Aqui! — ela deixou escapar, sem perceber o quanto sua voz ecoava em um espaço aberto tão grande que ainda não estava totalmente preenchido. — Salmo nove, versículo dez, baby! Arrasei! — Ela apontou para a página várias vezes.

Não pude deixar de rir de sua animação. Acenei para as duas senhoras mais velhas no banco à nossa frente, que se viraram para avaliar o barulho.

— Nova na igreja. Estou ensinando a ela como encontrar as passagens da Bíblia — expliquei.

— Ah, isso é excelente, querida. Você é uma boa amiga — uma das mulheres comentou.

— Desculpe, Lil. Fiquei animada — ela sussurrou.

— Estar animada na igreja é uma coisa boa. Agora que você encontrou a passagem, o que ela diz? — eu a instiguei.

Charlie colocou o dedo sob cada palavra e leu a passagem que pedi para ela encontrar.

— *Aqueles que conhecem o Teu nome confiarão em Ti, porque Tu, Senhor, nunca abandonas aqueles que Te buscam.*

Caramba. Deus mandou a passagem certa para o momento.

— Para mim, isso significa que se você conhece o Senhor, ou realmente deseja conhecê-lo no fundo do seu coração, ele nunca vai te abandonar. Basicamente, ele sempre estará ao seu lado.

— Você sabe que eu acredito em um poder superior. Certo, Lil? — Ela abaixou a cabeça e sussurrou. — Não estou aqui só porque sei que você adora vir e perdi uma aposta. Estou aqui porque também tenho fé em algo muito maior que nós, e depois do inferno que passamos, ir a algum lugar onde você se sinta segura me faz sentir assim também.

Sorri e a cutuquei novamente.

— Eu sabia que você tinha gostado de vir à igreja da última vez. Você não pode me enganar.

Ela riu e sentou-se ereta, seu olhar indo para algo do outro lado do salão. Ela semicerrou os olhos enquanto achatava os lábios. Segui seu olhar e meu coração parou de bater e meu estômago se apertou.

— Você não disse que o Omar te convidou para sair e que você estava esperando a ligação dele esta semana para marcar um horário? — Suas palavras continham uma pontada ácida nelas.

Segui para onde ela estava fuzilando com os olhos e engoli em seco contra o nó na garganta com o que vi.

— Aham — finalmente respondi.

— Então o que é que ele está fazendo com o braço em volta da cintura de outra mulher? — Ela ergueu o queixo para aquele lado da igreja.

Do outro lado, na segunda fileira de bancos, Omar estava usando um terno preto imaculado, com camisa branca e gravata. Seu braço estava ao redor da cintura de uma mulher usando um vestido justo cor-de-rosa. Eu só podia vê-la por trás, mas a essa distância, e ao lado de Omar, ela era apenas alguns centímetros mais baixa, com cabelos longos, pretos e lisos que desciam até seu traseiro curvilíneo.

— Eu não… eu não sei. — Minha voz tremeu em choque.

— Será que é a irmã, amiga ou prima dele? — Ela ofereceu outras alternativas.

Então nós duas assistimos horrorizadas enquanto Omar acariciava a bochecha da mulher com o nariz de brincadeira. O salão pareceu girar quando Charlie e eu estávamos com nossos olhos grudados no homem com quem eu deveria começar a sair a partir desta semana. Ele até me enviou uma mensagem na quarta-feira para me lembrar que eu tinha quatro dias restantes até que ele pretendesse me convidar para sair. Achei fofo. Doce mesmo.

Ele moveu a mão para o bíceps da mulher e esfregou seus ombros, apertando-a ao seu lado como se estivesse compartilhando um momento emocionante com ela e com quem quer que estivessem conversando.

A mulher virou de lado para colocar a bolsa no chão e Charlie e eu ofegamos alto e batemos as costas contra a superfície de madeira dura do banco.

Uma enorme barriga de grávida nos cumprimentou. Virei a cabeça com as mãos sobre a boca, sentindo vergonha e puro constrangimento esquentar minhas bochechas. A boca de Charlie estava aberta, seus olhos arregalados.

Só piorou a partir daí.

Omar começou a se curvar e esfregar a barriga da dita mulher. Então ele aproximou o rosto da barriga e encostou a testa, da mesma forma que tinha feito comigo há apenas uma semana, antes de me beijar intensamente no carro. Eu podia ver que ele estava dizendo algo contra a barriga da mulher, assim como um papai orgulhoso faria com sua parceira grávida.

— *¡Dios mío! ¡Dios mío! ¡Dios mío!* — *Ah, meu Deus,* murmurei baixinho. — Por favor, Deus, me livre. Não sei como isso pode estar acontecendo.

— Ah, eu sei. — Charlie se levantou, largou a bíblia no banco e prendeu o cabelo em um rabo de cavalo. — Eu cuido disso — ela grunhiu e eu mal consegui alcançá-la antes que ela fosse até lá.

— Não, não, não. De jeito nenhum! Ele não vai enganar minha irmã quando tem uma esposa e um bebê a caminho. Vá se foder! — Sua voz ficou alta o suficiente para perturbar as mulheres à nossa frente.

— Meu Deus, olha a linguagem! Que inapropriado, mocinha — uma das senhoras a repreendeu.

Charlie olhou para elas.

— A senhora acha que eu xingar é inapropriado? Estou prestes a gritar um… — Mal coloquei a mão sobre sua boca antes que ela causasse mais perturbação ao resto da congregação.

Girando Charlie, coloquei as mãos em suas bochechas. Sua pele pálida estava de um tom rosado brilhante que destacava suas sardas. Seus olhos verdes eram como um fogo branco ardente e sua boca estava em uma carranca tão profunda que beirava a feiura.

— *Me deixa*! — ela grunhiu entre os dentes.

Balancei a cabeça.

— Venha. Agora. — Puxei a mão dela e usei toda a força que pude reunir em meu corpo enquanto meu coração estava se partindo em pedaços com o que tinha acabado de acontecer.

Minha cabeça estava girando enquanto eu mal manobrei Charlie para fora e para a calçada antes que ela se virasse e puxasse o braço do meu aperto.

— Que se foda o barulho! Vou chutar o traseiro dele na frente de Deus e de todo mundo! E sabe de uma coisa? — Ela colocou as duas mãos na cintura e se inclinou para ficar diante do meu rosto e deixar seu ponto mais claro. — O próprio Deus provavelmente me agradeceria! Que babaca!

Respirei fundo duas vezes e olhei para minhas lindas sandálias enquanto balançava a cabeça.

— Ele não vale a pena, Charlie. Tive a sensação de que

ele acabaria como os dois últimos. E foi o que aconteceu. Honestamente, não estou surpresa.

A humilhação correu pelas minhas veias ao perceber que, mais uma vez, eu estava sendo manipulada por um homem. Eu estava cansada de ser tomada por uma tola.

Charlie andava de um lado para o outro na calçada, caminhando para um lado por cerca de cinco metros e depois repetindo na direção oposta.

— De jeito nenhum. Ele merece ser desmascarado bem na frente da mulher grávida. Ela tem que saber que tipo de homem a engravidou. Seria bem-feito para ele.

Balancei q cabeça e segurei seu pulso.

— Charlie, não seria certo. Ele não me fez nenhuma promessa e talvez eu tenha pensado que havia mais do que realmente tínhamos. O Omar apareceu durante um período louco da minha vida. — Olhei para o céu azul enquanto grandes nuvens brancas e fofas passavam. Deixei escapar um suspiro de dor. — Sinceramente, não sei mais o que pensar. Vamos sair daqui. Não posso voltar para lá agora de qualquer maneira.

Nunca mais poderia voltar para minha igreja. Especialmente se planejava levar a mulher grávida com ele. Isso não era algo que eu poderia me sujeitar todos os domingos, repetidamente. Não, obrigada.

— Eu estou muito irritada. Por que você não está chateada? — Charlie resmungou. — Normalmente, algo assim te deixaria em chamas! Despertaria a *loca* que há em você. — Ela colocou as mãos nos quadris. — Por que você está o deixando escapar fácil? Ele merece ser queimado na fogueira pela merda que fez.

— Queimado na fogueira? — Bufei. — Em que época estamos? Nos anos 1600?

— No mínimo, ele deveria ser repreendido. Ele te beijou, três vezes. *Três.* Ele fez avanços sem fim. Falou várias vezes como iria te conquistar e te levar para conhecer sua mãe! Quem faz esse tipo de merda quando tem uma mulher grávida? Cara, agora eu odeio os homens de novo. *Argh*! Por um longo tempo, só vou querer saber de mulheres.

Ela se calou e franziu o cenho.

— As mulheres também são maliciosas — lembrei a ela com tristeza, porque isso era tudo que sentia agora. Tristeza. Vê-lo com uma mulher grávida apagou meu fogo. Eu não passava de cinzas secas.

— Argh — ela resmungou, segurou minha mão e começou a descer a rua.

— Onde estamos indo? — Dei um passo rápido para não ficar para trás.

— Ficar bêbadas. Chapadas. Quem sabe a gente encontre um gostosão para aliviar suas mágoas?

Balancei a cabeça.

— Sim para a bebida. Não para os homens. Eu nem quero olhar para um homem por, pelo menos, mais um ano. Estou cansada disso.

— Tudo bem. Que se fodam os homens! — Ela ergueu a mão no ar como se fosse uma poderosa guerreira.

Uma bebida se transformou em duas, que se transformaram em uma dose de tequila após a outra. A melhor parte, Simone, Sonia, Genesis, Blessing e até Addison apareceram em solidariedade à irmã. Killian, seu amigo Atticus e Jonah também vieram, mas ficaram sozinhos do outro lado do bar. Sempre à nossa vista. Com os *paparazzi* nos perseguindo, sem falar nas conversas sobre a possível candidatura de Sonia à presidência dos Estados Unidos, tínhamos que ficar atentas.

Mark, o incrível bartender que nos serviu nas últimas duas horas, alinhou mais sete doses de *Patrón* e as encheu até o topo antes de apresentá-las na frente de cada uma de nós. Jonah, Killian e Atticus estavam bebendo cervejas desde que prometeram nos levar para casa.

Concentrei minha atenção em Atticus, o amigo de Killian. Eles estavam rindo muito e pareciam muito sexy fazendo isso. O cara era enorme, muito parecido com Omar, mas mais alto e ainda mais forte. Aquele cabelo preto grosso e surpreendentes olhos azul-acinzentados claros poderiam ser a ruína de uma mulher. Assim que eles dessem uma olhada em seu corpo, estaria acabado.

Em minha névoa bêbada, encarei o homem, tentando decidir se queria dar em cima dele e levá-lo para casa comigo. Fazia muito tempo desde que fui para a cama com alguém, e Atticus era do tipo rude e pecaminosamente bonito. Ele podia ser exatamente o que eu precisava para superar o desgosto pelo homem que eu nem estava saindo oficialmente.

— No que você está pensando? — Simone me perguntou, bêbada.

— Em transar com o Atticus — respondi honestamente.

Sua boca se abriu e se transformou em um enorme sorriso.

— Que safada. Você está pensando que a melhor maneira de superar um cara... é ficando com outro?

Charlie colocou o rosto diretamente sobre o ombro de Simone.

— Eu aprovo. O Atticus é gostoso. Eu o lamberia como um pirulito, ele é tão gostoso! — ela gritou, com a voz um pouco arrastada.

— Quem é gostoso? — Genesis perguntou enquanto voltava com Blessing ao seu lado. Elas foram ao banheiro juntas. Porque era mais seguro ir em dupla. Principalmente em bares.

— Atticus. — Apontei para o homem a pelo menos dez lugares de onde eu mal conseguia manter minha bunda no banco.

Genesis olhou por cima do ombro.

— Gostoso mesmo, mas... — Ela deu de ombros. — Você realmente acha que é uma boa ideia? Quero dizer, estamos aqui para te ajudar a superar o homem que não deveria ser nomeado...

Eu franzi o rosto.

Blessing cruzou os braços.

— Normalmente, eu diria para você ir em frente, mas não agora. Estamos muito emotivas, e adicionar sexo à mistura quando se está confusa, geralmente não é o plano mais sábio.

Charlie fez uma cara de desgosto.

— Vocês têm falado com a Mama Kerri? Estão falando exatamente como ela, suas estraga-prazeres! — Charlie apontou um dedo de forma acusadora.

Blessing riu e então fingiu morder o dedo, o que fez Charlie dar uma gargalhada hilária.

Sonia passou a mão pelas minhas costas de onde ela estava sentada à minha esquerda, as outras garotas à nossa direita.

— Odeio dizer isso, mas a Blessing tem razão. Você precisa de tempo, Lil. Todas nós precisamos. Os últimos meses foram péssimos.

Assenti, pensando em Simone e em sua situação assustadora, depois na de Addison. Além de tudo isso, perdemos uma irmã. Tabita. Quase perdemos Addy e Simone. Passamos por muita coisa nos últimos seis meses.

— Eu digo que devemos beber! — Charlie gritou, pegando seu shot e bebendo.

— *Salud*! — Bati meu copo com o delas. Um pouco se derramou no chão, mas estávamos bêbadas demais para nos importar. — ¡Las quiero tanto! Eu amo muito vocês — repeti em nosso idioma. Abaixei o copo e abri os braços. — Tenho muita sorte de ter irmãs incríveis.

— Abraço coletivo! — Charlie gritou e eu estava cercada pelo amor e força das mulheres que eu chamava de minhas irmãs.

Eu venceria esse desgosto por meio do amor, não da tristeza.

E talvez mais tequila.

— Outra rodada! — gritei, quando minhas irmãs me animaram.

OITO

Dia de hoje
Dia do assalto ao banco.

— Você será minha um dia, Liliana. Pare de lutar e aproveite o que está queimando entre nós. — Suas palavras foram diretas e cheias de desejo. Um desejo ao qual eu queria que sucumbir. Mas não daria certo. Eu não era a mulher que ele queria. Eu nunca me curvaria a ele. Nunca me encaixaria em um papel estereotipado que eu tinha certeza de que ele estava acostumado. E nunca seria a outra novamente. Jamais. Não me importava quantas vezes ele mandasse mensagens, ligasse, deixasse recados na caixa postal ou aparecesse em minha casa sem avisar nos últimos três meses. Não podia deixar de ver o que vi naquela igreja.

Consegui evitá-lo e continuaria a fazê-lo no futuro. Eventualmente, ele perceberia que eu não estava mais interessada em um relacionamento. Mesmo que meu corpo não concordasse. Traidor. Meu corpo já estava excitado com a visão dele. Absorvi o que pude e prontamente afastei o pensamento. Minha determinação voltou intacta.

— Não sou a mulher para você — sussurrei, sabendo que era a mais pura verdade de Deus.

— Você é a mulher exata para mim. E não vou parar até que você sinta isso também — ele sussurrou, e minha determinação vacilou, mas não foi fácil esquecer o que vi há três meses. Era muito sério. Eu precisava falar a verdade. Dizer a ele exatamente o que vi naquele dia, que destruiu qualquer esperança de algo mais entre nós.

Fechei os olhos e estava prestes a rejeitá-lo novamente quando uma série de tiros soaram.

Nós nos viramos, ele enganchando o braço em volta do meu corpo, até eu ser empurrada para trás. Seu corpo servindo de escudo.

Espiei e vi quatro homens mascarados entrarem com armas gigantescas. Maior do que qualquer coisa que eu já tinha visto na vida real.

As pessoas gritavam de terror. Senti calafrios quando a ficha caía do que realmente estava acontecendo.

O banco estava sendo assaltado.

Olhei para a entrada, onde os homens haviam passado e estavam se espalhando. Um homem branco grande em um uniforme de segurança estava caído, com o sangue ensopando seu peito, no chão de mármore branco. Ele não estava respirando.

— Ninguém se mova! Todos, de cara no chão. AGORA! Ou vocês irão morrer como ele — um dos homens mascarados ordenou.

Omar e eu nos jogamos no chão e colamos nossas barrigas no mármore frio. O medo correu em minhas veias enquanto os cabelos da minha nuca se arrepiavam.

— Vai ficar tudo bem, fique quieta e em silêncio — Omar sussurrou.

Rapidamente, ele empurrou a bolsa com o que imaginei ser dinheiro pelo chão, direto para debaixo de uma mesa. Talvez os bandidos a encontrassem. Talvez fôssemos mortos e nunca descobríssemos.

— Você, você. você. — Um dos homens gritou para as três

caixas que estavam atrás de uma barreira de vidro com as mãos para cima. — Toquem no alarme e todos aqui morrem.

As três pessoas empalideceram, enquanto uma por uma assentiam para o homem mascarado.

Outro atirador estava cercando os clientes do banco e empurrando-os contra a parede na área de espera dos caixas. Antes que eu entendesse o que estava acontecendo, estava sendo puxada pelos cotovelos por trás, o que fez minhas costas arquearem de forma dolorosa.

Gritei a plenos pulmões quando fui puxada para uma posição de pé e mantida na frente de um estranho por apenas uma fração de segundo antes de Omar reagir com uma série de movimentos de combate que eu só tinha visto em filmes de ação.

O atirador caiu no chão, com o rosto jorrando sangue no mármore branco, em uma exibição macabra que só poderia ser vista em um ringue de boxe. A arma do homem caiu no chão e escorregou a uma distância muito grande para qualquer um de nós alcançar.

— *Não. Toque. Nela.*— Omar sibilou por entre os dentes, pressionando a bota no pescoço do atirador. Infelizmente, ele desarmou um único homem, não todos os quatro. Antes que ele pudesse reagir a mais alguma coisa, havia uma nova ameaça atrás dele, vestida da cabeça aos pés de preto, com o rosto coberto, segurando a arma rente à cabeça de Omar.

— Afaste-se ou vou espalhar seu cérebro na sua namorada. — Ele falou em um tom calmo e sem emoção que eu acreditei ser verdade absoluta. Este homem não tinha medo de tirar uma vida e provavelmente já o fez inúmeras vezes antes.

— Omar, por favor.— Minha voz tremeu.

— Omar, por favor. — Minha voz falhou.

Observei-o cerrar os dentes e levantar as mãos enquanto tirava o pé do outro homem, que pulou e deu um soco no rosto de Omar enquanto eu gritava.

Omar recebeu o golpe e se livrou como um profissional, sem demonstrar nada, embora aquele soco devesse ter doído.

O homem atrás de Omar empurrou sua cabeça e costas com a ponta da arma.

— Encoste na parede agora! — ordenou.

Peguei a mão dele e entrelacei nossos dedos, enquanto éramos empurrados em direção aos outros clientes e depois com violência para o chão, o que fez meus joelhos baterem no mármore de forma dolorosa. Omar tentou me segurar e suavizar o golpe, mas era tarde demais. Eu me arrastei para frente e pressionei as costas contra o balcão de madeira. Ele se colocou na minha frente, com um braço em volta dos meus quadris, me segurando perto.

O atirador que Omar havia derrubado apontou a arma para os clientes assustados e seu olhar azul parecia uma marca de fogo em mim e em Omar, como se estivesse pronto para retribuir o fato de ter sido derrubado.

— Peguem o dinheiro e vamos embora! — um dos homens gritou.

As sirenes tocavam à distância, mas o grupo não parecia perturbado. Os bandidos continuaram obrigando os caixas, que choravam, a encherem as sacolas com o dinheiro das gavetas. Outro atirador ordenou a entrada no cofre. Continuei a ouvir com atenção, a esperança tomando conta de mim, enquanto o som das sirenes se aproximava. A salvação estava a poucos minutos de distância.

Assisti com horror enquanto carros de polícia corriam pelas ruas, as sirenes soando alto enquanto abriam uma trilha bem na margem, claramente em uma caçada diferente. Meus ombros caíram e o desespero tomou conta do meu coração. O atirador idiota na nossa frente começou a rir loucamente. Omar passou os dois braços em volta de mim, e eu pressionei a bochecha em seu peito, deixando o ritmo de seu batimento cardíaco acalmar o medo apenas o suficiente para manter as lágrimas sob controle.

Foi quando outro tiro soou alto, quase perfurando meus tímpanos e fazendo meus dentes baterem. Gritos ecoaram e o cheiro pungente de ferro encheu o ar.

Outro corpo caiu no chão.

Estremeci nos braços de Omar, mas ele me segurou com força.

— *Shhh, mi lirio*, vai ficar tudo bem. Estou com você. Ouça a minha voz — ele sussurrou contra o meu cabelo, passando a mão para cima e para baixo em minhas costas.

— Outro? — um homem gritou com raiva de onde ouvimos o segundo tiro. — Você deveria fazer o guarda como refém, não matá-lo. Agora o gerente do banco? Você está maluco? — ele rugiu.

Eu tremia nos braços de Omar, enquanto os outros clientes do banco se reuniam em grupos de dois ou três. Alguns choravam, outros se encolhiam e uma pessoa estava enrolada em uma bola, balançando para frente e para trás, com a cabeça apoiada nos joelhos, rezando.

— Puta merda! Você estragou tudo! — um dos homens disse.

— Fiz um favor a todos vocês. De nada! — Foi a resposta irada e sarcástica de um dos homens atrás de nós. Presumi que era o homem que matou o guarda e agora o gerente do banco.

Mortos.

Duas pessoas estavam mortas.

— Empacotem o que puderem e vamos dar o fora daqui — o homem armado à nossa frente declarou, levantando o queixo mascarado.

— Você assinou nossa sentença de morte. Isso não é mais um roubo. É assassinato. Agora, os policiais não vão parar até nos encontrar — outro homem mascarado reclamou.

— Não se matarmos todos os reféns. Os policiais estão nos

outros dois bancos, controlando os alarmes falsos que acionamos e ninguém aqui pode nos identificar — um dos bandidos disse.

Suas palavras ecoaram dentro de mim e fui capaz de somar dois mais dois, fazendo uma conexão importante. *Então é por isso que os vimos passar depressa.* O medo se aprofundou quando percebi o quanto a situação havia se tornado terrível. Segurei Omar com mais força, cravando as unhas nos músculos de suas costas, por cima da camisa.

— Não terei a morte de ninguém em minha consciência. Isso nunca deveria ter acontecido. Você não é confiável. Eu sabia que não devíamos ter te contratado! — um dos homens gritou de forma acalorada.

Talvez ele fosse o líder, talvez apenas parte do time, mas parecia chateado porque o outro cara atirou e matou duas pessoas. Isso tinha que significar que havia decência em pelo menos um deles.

Como íamos sair vivos disso?

Os dez minutos seguintes foram os mais assustadores da minha vida, enquanto os reféns eram conduzidos aos pares para uma sala dos fundos. Omar e eu nos levantamos quando o atirador tocou meu ombro com a ponta da arma.

— Por favor — resmunguei, me encolhendo perto de Omar.

— Anda, vadia! — O atirador pressionou a arma diretamente entre minhas omoplatas.

Eu gritei e tropecei para frente.

Omar empurrou o cara para o lado, enquanto me colocava contra seu corpo, me protegendo o máximo possível.

— Quer morrer, cara? Já quero te matar. Essa sua bravata não está ajudando.

— Estou apenas seguindo ordens — Omar declarou de

forma categórica enquanto seguíamos os outros clientes à nossa frente, que agora estavam alinhados em fila indiana.

Assim que o primeiro grupo de clientes chegou ao cofre, uma mulher na casa dos cinquenta gritou, jogando as mãos para o alto, e se virou enquanto caía em soluços. O homem logo atrás dela a agarrou e a segurou perto enquanto faziam um arco estranho em torno de algo.

Não precisei esperar muito para descobrir o que a deixou tão abalada.

Quando viramos a esquina, o resto de nós foi saudado pela imagem horrível do que presumi ser o gerente do banco. Um senhor mais velho, com cabelos brancos crespos e usando terno. Havia um buraco de bala no centro de sua testa e seus olhos azuis ainda estavam abertos.

Choraminguei quando o gosto azedo e a salivação que se seguia ao vômito encheram minha boca.

— Respire, *mi lirio*. Respire lentamente. Desvie o olhar, feche os olhos. Eu a conduzirei. Confie em mim. — Omar estava com as mãos em meus bíceps. Sua frente estava pressionada em minhas costas.

Engoli o gosto ruim e fechei os olhos, inspirando o ar pelo nariz e deixando-o sair pela boca.

Omar, como prometido, me conduziu ao redor do corpo do pobre homem até chegarmos ao nosso destino.

— Pode abrir os olhos agora — Omar falou baixinho contra o meu ouvido.

Obedeci e notei que o resto dos clientes estavam encolhidos em uma fila, amontoados contra uma parede de arquivos.

— Fiquem aqui e cale a boca! — um dos homens mascarados disse, em seguida foi até a mesa e arrancou o telefone da parede. Então ele jogou o computador que estava sobre a mesa no chão e quebrou o monitor com a bota.

Omar me levou para o lado esquerdo, onde mais uma vez colocou seu corpo como um escudo na frente do meu. Não tive tempo para realmente pensar sobre as ramificações dessa decisão, especialmente se ele tinha uma mulher com um bebê a caminho. Caramba, aquela mulher na igreja estava com a gravidez tão avançada, que a criança já poderia ter nascido.

Meu coração se apertou quando o pensamento me veio à cabeça. Se alguém precisava ser protegido, era um pai recente, não a mulher com quem ele planejava namorar paralelamente.

Trinquei os dentes, enquanto observava o atirador levantar a lata de lixo e despejar o conteúdo no chão. Ele estendeu a lata e a colocou em cima da mesa.

— Um de cada vez, quero que vocês coloquem suas carteiras e celular na lata. Não tentem nada ou estarão mortos antes mesmo de discar o primeiro dígito do telefone da emergência. — Ele acenou com a arma para o homem mais à direita. — Você, coloque a carteira e telefone na lata. Agora! — ele explodiu.

Um senhor mais velho, talvez na casa dos setenta anos, chamou a atenção. Ele usava terno azul-marinho, camisa branca e gravata vermelha. *Muito americano*, pensei entorpecida. Ele assentiu e suas mãos tremeram um pouco antes de ele colocar a mão no paletó, a outra ainda levantada, e lentamente retirá-la segurando o telefone. Ele jogou o aparelho na cesta.

— Minha carteira está no bolso. Vou pegá-la — ele disse ao homem mascarado.

O atirador assentiu.

— Se apresse — ele grunhiu.

O homem usou uma das mãos para pegar a carteira e jogou-a na lixeira, então ergueu as duas mãos em um gesto de rendição e se afastou da mesa até atingir os arquivos.

Isso continuou por um tempo. Cada pessoa da fila repetiu os movimentos uma a uma, até que fosse a vez da décima pessoa da fila. Um jovem nervoso, que devia ter uns vinte e poucos anos, usando boné de beisebol e camiseta com a bandeira americana estampada na frente. Ele enfiou a mão no bolso da frente da calça jeans para pegar a carteira ao mesmo tempo em que seu outro braço se erguia atrás das costas.

Omar me apertou ainda mais e me empurrou para o canto. Espiei por cima de seu ombro e observei com horror quando o jovem tirou uma arma de suas costas e disparou um único tiro. Isso foi tudo o que ele conseguiu. Não foi o suficiente. Antes que ele pudesse atirar novamente, o atirador o crivou com uma série de balas automáticas bem no peito. Seu corpo estremeceu de forma grotesca quando o sangue espirrou nas pessoas mais próximas a ele, no chão e no espaço ao redor de seu corpo.

Gritos de terror ecoaram na sala enquanto eu pressionava meu corpo contra o canto. Lágrimas escorriam pelo meu rosto. Não havia mais como ser forte. Isso era a vida e a morte sendo distribuídas bem diante dos meus olhos.

O atirador ergueu a arma, apontada para o teto. A outra mão pressionava o pescoço, onde a bala deve tê-lo atingido. O sangue escorria por entre seus dedos enquanto ele gritava.

— Idiota! Mais alguém quer tentar algo estúpido e morrer agora? Com certeza tornaria as coisas mais fáceis. Puta merda! — Ele continuou a xingar enquanto o sangue escorria por seu pescoço encharcando a camisa preta.

Tremi onde estava encolhida contra o canto e as costas de Omar. Ele não moveu um músculo sequer. Permaneceu forte, como meu escudo.

Outro homem com uma arma entrou correndo na sala e olhou para o homem morto e depois para o outro cara segurando o pescoço ferido.

— O que foi que aconteceu? — ele grunhiu.

— Ele tinha uma arma. — O homem apontou para a arma ainda na mão do jovem morto.

O outro atirador pegou a arma.

— Temos que ir. Agora. Os policiais estão a caminho. Algo os fez parar. Achamos que eram as pessoas esperando do lado de fora do banco para entrar.

Meu coração começou a bater forte enquanto a esperança enchia minhas veias. Talvez conseguíssemos sair vivos.

— O que vamos fazer com essas pessoas? Eles conhecem nossas vozes e meu sangue está por toda parte! DNA, cara. — Ele gemeu como se estivesse em extrema dor.

O outro atirador balançou a cabeça.

— Não sei. Vou perguntar — ele disse antes de desaparecer atrás da porta.

— Coloquem as carteiras e telefones na cesta! Todos vocês, agora! — o atirador ferido exigiu.

O resto dos reféns pegou seus telefones e carteiras e jogou--os no lixo. Eu não tinha nada comigo, pois minha bolsa estava no saguão desde que eles chegaram.

O atirador apontou a arma para mim.

— Você aí. — Ele ergueu o queixo. — Coloque. As. Suas. Merdas. Na. Cesta.

— Deixe-a em paz, cara — Omar alertou parando mais completamente na minha frente.

O atirador bufou.

— Você acha que isso é um jogo? Três mortos não são suficientes para você, hein, seu otário?

Omar não disse uma palavra. Ele ficou perfeitamente calmo.

— Preciso falar de novo, princesa? — ele alertou, colocando a arma bem na frente do rosto de Omar, a ponta a apenas meio metro de distância de seu rosto.

— Sinto muito. Minha bolsa está no saguão. Minha carteira e telefone estão lá também — eu disse rapidamente engolindo ar enquanto fazia isso.

— Venha aqui. — Ele acenou com a arma para mim.

— Eu disse para deixá-la em paz, cara. Ela não tem nada a ver com isso. O que você precisar, peça a mim. — O tom de Omar não permitia discussão, mas o fato era que ele não tinha qualquer poder nisso. Não tinha arma. Nem telefone. Nada.

O atirador riu e se aproximou tanto que a ponta da arma pressionou a testa de Omar.

— Me teste e veremos com que rapidez consigo puxar o gatilho. Você vai morrer antes mesmo de seu corpo atingir o chão, bem na frente da sua mulher.

Eu podia ouvir Omar grunhir enquanto o pavor se espalhava por toda a sala.

Empurrei Omar para o lado o melhor que pude.

— Estou aqui, bem aqui. Por favor, não o machuque — eu disse com as mãos para cima e de frente para o atirador.

Ele estendeu a mão livre e rodeou meu bíceps, apertando meu braço de forma dolorosa, enquanto me puxava para o seu lado com tanta força que meu ombro saiu do lugar. Senti uma dor como nunca antes.

Eu gritei quando um calor escaldante cercou meu ombro e meu braço caiu frouxamente.

— Filho da puta — Omar grunhiu, dando um passo à frente, mas o atirador foi mais rápido, levantou a arma e atirou, acertando Omar no ombro. Seu corpo estremeceu violentamente para o lado, atingindo a parede com a força da bala. O sangue encharcou a parede branca enquanto ele escorregava, para tentar se levantar em seguida.

— Isso foi um aviso. Alguém mais quer bancar o herói hoje? — ele perguntou aos reféns horrorizados, encolhidos contra a parede e uns contra os outros.

— Fique abaixado, Omar! Por favor, por favor, fique abaixado — implorei, com lágrimas caindo pelo meu rosto enquanto meu nariz escorria, e eu embalei meu braço o melhor que pude.

O atirador inclinou a cabeça e recuou. Meu braço ainda estava em seu aperto quando ele me forçou a recuar com ele.

Gemi quando minha visão falhou. Logo eu ia desmaiar. Estava com uma dor excruciante.

— Você nunca vai se safar disso — Omar zombou enquanto segurava a mão sobre o ferimento à bala.

— Observe! — o atirador se gabou e saiu da sala, me levando com ele. Ele usou a bota para fechar a porta de madeira.

— Fique viva! — Ouvi Omar gritar atrás da porta.

Eu com certeza esperava que pudesse.

O atirador grunhiu, enquanto o sangue continuava a escorrer por seu corpo alto enquanto ele manobrava uma pesada mesa lateral na frente da porta, sibilando de dor ao fazê-lo. Fiquei de lado e olhei ao redor do banco vazio, em busca de uma possível saída. Deste local, não conseguia ver a frente, mas pude ver o corpo do gerente do banco e o guarda morto, que havia sido arrastado para o outro lado do saguão. As manchas de sangue do ferimento no peito do guarda pintaram o chão de um vermelho horrível, onde ele foi deixado de lado como o jornal de ontem, não como um ser humano que provavelmente tinha uma família e muitas pessoas que o amavam e que logo lamentariam sua perda.

Antes que eu pudesse raciocinar, fui empurrada para frente. Meus passos vacilaram.

— Mova os pés, princesa — o atirador ordenou, me empurrando na sua frente. Os outros três homens mascarados carregavam sacos gigantes de lona com o que presumi ser dinheiro e os levavam por um pequeno corredor. Achei que aquele corredor levava aos fundos do banco.

Quando só havia um cara na nossa frente carregando as sacolas no ombro, ele grunhiu para o cara atrás de mim.

— Que merda você está fazendo com ela? — ele perguntou, me olhando de cima a baixo.

— Seguro — o bandido atrás de mim resmungou.

— Puta merda! Vai adicionar sequestro à lista de acusações? Primário vai ficar puto! Não acredito que você fez essa merda, cara. Você deveria ir com calma. Seguir com o fluxo. Agora temos um monte de cadáveres, uma sala cheia de reféns e uma mulher que você planeja sequestrar? Sem chance. De jeito nenhum! Nada disso deveria acontecer. Deus! — ele resmungou por entre os dentes.

O atirador atrás de mim empurrou minhas costas e eu mal conseguia me manter de pé.

— Pegue uma dessas bolsas, princesa. — Ele apontou para um dos sacos do lado de fora do cofre, cerca de três metros à nossa frente. Os outros dois homens mascarados pegavam os sacos carregados e os levavam de volta pelo corredor, dois de cada vez.

— Você dddd-desslocoouu meu bbb-braço. — Meus dentes batiam enquanto onda após onda de frio congelante me atingia completamente. Achei que ia entrar em choque.

— Jesus, cara, você está ferrado — o outro homem reclamou.

O homem mascarado que apontava a arma para mim tirou algo do bolso da calça cargo que parecia uma gravata com zíper. Então, sem aviso, ele agarrou meus dois pulsos e os puxou para trás.

Uma dor ardente e lancinante envolveu todo o meu corpo. Gritei a plenos pulmões antes que um som alto ecoasse em meus ouvidos, minha visão escureceu e perdi a consciência.

NOVE

A sensação de balanço fez meu estômago revirar enquanto eu piscava para abrir os olhos cheios de lágrimas. Minha bochecha estava pressionada contra um piso de madeira duro que estava frio contra a minha pele. Do outro lado de onde eu estava encolhida de lado, havia uma parede com uma porta de madeira e a maçaneta branca.

Tentei mover os braços e a dor rasgou meu ombro deslocado. Por longos momentos, respirei em meio à dor, rezando para não desmaiar novamente. Uma vez que consegui controlar, engoli a bile que ameaçava sair da minha garganta e me mexi contra o chão até que pudesse apertar os joelhos mais perto do meu peito.

Mais agonia me atingiu enquanto eu esticava as amarras o máximo que podia para prender meus joelhos, uma perna de cada vez. Quando a visão começou a falhar novamente, parei e apoiei a testa suada no chão, respirando por alguns instantes.

Eu precisava sair de lá.

Assim que pude ver além da dor que vinha do meu ombro, usei minha força central para levantar a parte superior do corpo até descansar nas panturrilhas.

Engoli a dor ardente que me rasgava, enquanto eu fechava meus olhos e respirava.

Inspirar uma vez, respirar.

Duas vezes.

Três.

Quatro.

Quando cheguei ao cinco, consegui controlar a dor um pouco melhor. O braço inteiro estava ficando dormente, e eu assobiei enquanto tentava mexer os dedos. Pelo menos eu estava finalmente em posição de olhar ao redor do quarto em que me prenderam.

Era estranho.

Como um quarto de hotel bem decorado, mas com tema náutico. O edredom era branco com âncoras douradas, bordadas nas almofadas decorativas. O chão era de um rico carvalho, assim como toda a parede atrás da cama. Havia duas mesinhas de cabeceira, uma de cada lado da cama *queen-size* e havia uma janela acima da cama com cortinas cobrindo-a. Eu ainda podia ver a luz do dia brilhando através das cortinas douradas escuras, então sabia que não tinha apagado por muito tempo. Havia outra porta aberta. Eu podia ver ladrilhos brancos, um banheiro e uma penteadeira onde me ajoelhei.

Respirei fundo, tentando me acalmar, e depois caí sobre um quadril e deslizei uma perna para cima em um ângulo de noventa graus. Em seguida, alavanquei meu peso para ficar em pé. O cômodo oscilou e balançou enquanto eu piscava contra a visão embaçada. Cerrei os dentes para afastar a agonia que ameaçava me fazer desmaiar e, em vez disso, respirei fundo até poder ver claramente.

— Você pode fazer isso, Liliana. É só ficar quieta — lembrei a mim mesma em um leve sussurro.

Passo a passo, caminhei até a única porta fechada com os pés descalços. Eu não estava mais com meus sapatos. Não fazia ideia de onde estavam.

Eu me virei e usei a mão boa para tentar a maçaneta. Claro, estava trancada.

— Droga! — murmurei com raiva.

Em seguida, me virei e encostei o ouvido na porta, na tentativa de ouvir alguma coisa. Podia ouvir vozes, mas não tinha como saber se estavam perto ou longe. E eu não tinha certeza se queria chamar a atenção.

Avaliando minhas opções, olhei ao redor novamente, procurando por qualquer coisa que eu pudesse usar para cortar as amarras dos meus pulsos. Havia um guarda-roupa na outra parede livre, mesinhas de canto sem gavetas e o banheiro.

Será que o banheiro tem uma tesoura?

Eu me movi o mais rápido que pude, enquanto ainda estava silêncio, e entrei no cômodo. Por um instante, vi meu reflexo no espelho. Cachos castanhos selvagens e bagunçados, esmagados contra o lado onde fui deixada no chão. Meus olhos, normalmente castanhos da cor de chocolate, estavam quase um tom de preto, e minhas pupilas estavam tão arregaladas que era óbvio que eu estava assustada. Segurei o ombro direito que pendia em um ângulo estranho. O mais surpreendente foi o respingo de sangue que escorreu pela frente da camisa. Não estava lá antes de eu desmaiar.

Sangue? pensei, confusa, tentando juntar as peças.

Avaliei minha dor. Se centrava principalmente no ombro direito e nos pulsos amarrados.

Meus pensamentos voltaram para o cara que me amarrou e matou aquele jovem bem diante de nossos olhos. O jovem que havia atirado no pescoço do atirador.

Ele provavelmente me colocou por cima do ombro quando desmaiei, transferindo seu sangue para minha camisa. *Bom!* pensei comigo mesma. *Pelo menos eu tinha o DNA dele em mim se o pior acontecesse.*

Deus, por favor, não deixe o pior acontecer. Orei silenciosamente.

Por favor, Deus, ajude Omar e todas aquelas outras pessoas. Continuei orando enquanto examinava a penteadeira. Me virei, segurei a borda da gaveta com a mão boa e caminhei para frente. Abriu quando me movi.

Eu me virei e verifiquei o conteúdo. Havia escovas de dente não usadas, pasta de dente e fio dental ainda na embalagem. Me abaixei para ver a parte de trás e notei toalhas e nada mais.

— Vamos — sussurrei, indo para a próxima gaveta e repetindo o processo. Uma escova de cabelo, espelho de mão e toalhas de mão enchiam o espaço retangular até que algo brilhante e metálico chamou minha atenção.

Tesoura de unhas.

— ¡Gracias, Dios! — Pulei na ponta dos pés em uma dancinha enquanto agradecia a Deus. Sem perder mais um segundo, apoiei o corpo na lateral da gaveta aberta e me inclinei sobre ela o máximo que pude para levar minhas mãos para mais perto do interior da gaveta.

Com as pontas dos dedos, toquei a tesoura ao redor da gaveta tentando agarrá-la.

Meus braços doeram e estremeci contra a ardência da gaveta fincando em meus pulsos. Eles não estavam apenas feridos, mas sangrando. A tira de contenção havia rompido a pele e o sangue escorria pelas minhas mãos.

Bom. Mais provas de que estive aqui.

Superando a dor extrema e a exaustão que ameaçavam me dominar mais uma vez, rezei para meus pais.

— *Mamá y Papá, por favor ayúdenme.* Ajudem-me, por favor — repeti para meus pais, no céu. Se alguém pudesse me ajudar, seriam eles e Deus. Mesmo que fosse apenas para me dar forças para continuar tentando. Para que eu não parasse até que eu estivesse livre.

Tentei várias vezes, passando pela agonia e acolhendo a dor em meu corpo enquanto estendia a mão, me inclinando sobre a gaveta. Eu não desistiria. Ponto final. Eu nunca pararia de tentar sobreviver.

Por fim, consegui empurrar a tesoura de unha contra as toalhas de mão e, finalmente, colocá-lo em pé, onde uma das pontas encostava em uma toalha. Enrolei os dedos ao redor do metal, enquanto meus olhos se enchiam de lágrimas de alívio.

Encostei o corpo contra a penteadeira, mexi e estiquei os dedos dormentes ao redor da tesoura até finalmente conseguir abri-la. Parecia ter passado horas manobrando a ferramenta de metal para abrir e girá-la para que eu pudesse pegar.

Assim que consegui, chorei de alegria e prontamente fechei a boca enquanto as lágrimas continuavam a cair.

— Certo, Liliana, agora se liberte — eu disse baixinho.

A primeira tentativa foi um grande fracasso. Coloquei a tesoura no lugar e a apertei com toda força, mas ela prendeu a pele do meu pulso. Quase gritei. Quase. Meu corpo arfava enquanto a bile subia pela minha garganta em reação ao forte choque de agonia.

Não! Não! Não! Agora não. Seja forte Liliana. Forte. Você consegue fazer isso.

Apertei os lábios com tanta força naquela forte explosão de dor que gemidos escaparam sem controle enquanto eu tentava enfrentar a dor e respirar para enfrentá-la.

Eu podia ouvir meu batimento cardíaco enquanto esperava para ver se meus captores me ouviram.

Respirei fundo três vezes e esperei. Ouvi atentamente e enrolei as mãos ao redor da tesourinha como se minha vida dependesse disso.

Nada aconteceu.

Eles não tinham ouvido.

Duplicando meus esforços, mexi os dedos, torci e virei até que pude ver por cima do ombro e através do meu reflexo no espelho que finalmente estava com a tesoura bem em cima de uma das tiras. Arrebentei-a e meus braços se soltaram.

Caí de joelhos ali mesmo no chão do banheiro enquanto uma angústia torturante se cobria a parte superior do meu corpo.

Lágrimas caíram e meu corpo estremeceu em uma resposta física ao choque correndo por cada braço até meus dedos dormentes, tornando-os ardentes.

Não desmaie. Não desmaie. Não desmaie, eu murmurava internamente.

Quando o pior finalmente passou, me recompus e me levantei.

Eu queria desesperadamente tomar um gole d'água, mas não queria que eles ouvissem o som se estivessem por perto.

A sensação de balanço continuou a me deixar tonta e desequilibrada quando percebi que havia uma janela circular do tamanho de um prato perto do box. Vi a água azul ao me aproximar e olhei para o que agora sabia ser um portal. O horizonte de Chicago estava distante, mas não muito longe para nadar se uma pessoa estivesse desesperada. O que eu estava.

Eles me colocaram em um barco.

De um banco para um barco? Por quê? E por que estávamos no Lago Michigan?

Balancei a cabeça com a estranheza, porque não importava no grande esquema das coisas por que eles fizeram isso. O objetivo era dar o fora daqui. Escapar.

Com o objetivo em mente, corri para fora do banheiro e subi na cama. Ela afundou junto com o balanço. Tive que esticar bem as pernas para me equilibrar. Então, afastei as cortinas com cuidado e não vi nada além de água e o horizonte ao longe. Havia toneladas de barcos não muito longe daqui. Se eu pudesse entrar na água, talvez, apenas talvez, eu pudesse nadar para perto de um deles e gritar por socorro.

Se eu não morresse afogada.

Precisando correr o risco, destravei a fechadura e abri a janela o mais silenciosamente que pude com uma mão boa. Quando estava aberto, escutei para ver se conseguia ouvir alguma coisa. À distância, havia vozes elevadas de homens, como se estivessem em uma discussão acalorada. Eu não estava perto o suficiente para ouvir o que eles diziam, mas percebi que tinha que arriscar. Usando a palma da mão, empurrei com força contra a tela. Ela caiu. Coloquei a cabeça para fora da janela e a vi flutuando na superfície da água.

Esperei um instante para ver se havia sido notada, e até agora, nada. Enfiei a cabeça o máximo que pude e percebi que estava em um pequeno iate. O comprimento do barco era longo, com janelas percorrendo a maior parte. A água abaixo batia calmamente contra a lateral, o que significava para mim que provavelmente estávamos ancorados. Eu não conseguia ouvir um motor e não estávamos nos movendo.

Usando a força do braço bom e o balanço da cama, pulei no parapeito. *Obrigada, Senhor, por me fazer pequena.* Eu não poderia imaginar passar por esta janela se eu fosse uma amazona como Blessing ou Addy.

Deus, eu queria ver minhas irmãs. A essa altura, elas já saberiam que eu não tinha chegado à prova do vestido e estariam me ligando como loucas. A princípio, seriam reclamações e queixas, que rapidamente se transformariam em preocupação. Todas elas ligariam. Mama Kerri seria informada. Ela ligaria também. E daí Sonia se envolveria. O que significava que Jonah e o FBI também iriam se envolver.

— ¡Mierda! — sussurrei enquanto levantava as pernas para fora da janela.

Não tive tempo de ficar com medo. Tinha que me concentrar na fuga.

— *Fique viva!* — Essas foram as últimas palavras que Omar me disse no banco.

Olhando para a água fria abaixo, estremeci quando o vento soprou meu cabelo contra meu rosto.

— É o meu plano — respondi às últimas palavras de Omar para mim e me deixei cair pela janela, com os pés na direção da água gelada abaixo.

A água do Lago Michigan congelou minha pele, e eu gritei debaixo d'água enquanto tentava voltar a cima com apenas um braço.

Em um ambiente normal, eu era uma boa nadadora, mas com um ombro ruim, dor, exaustão extrema e o medo liderando minha habilidade, eu carecia seriamente de força em minhas braçadas. Ainda assim, continuei. E segui em frente.

Até que cheguei a cerca de trinta metros do barco e ouvi a voz de um homem.

— Homem ao mar! — ele gritou.

Me empurrei com mais força, chutando os pés descontroladamente enquanto gritava o mais alto que podia na esperança de que alguém, qualquer um, ouvisse e inspecionasse a situação mais a fundo.

— Ela está fugindo! — alguém gritou e ouvi o som assustador de respingos de água não de um, mas de duas coisas grandes atingindo a água.

Tentando outra opção, virei de costas, boiei e chutei como se minha vida dependesse disso, porque dependia mesmo!

Usando meu único braço bom o melhor que pude, nem olhei para o barco em que estava, apenas queria colocar o máximo de distância possível entre mim e meus captores.

A água continuou entrando em minha boca enquanto eu chutava, gritava e tentava nadar. Parecia que horas haviam se passado enquanto eu nadava, mas provavelmente foram apenas cinco minutos no máximo quando fui puxada pelo tornozelo e para baixo na água, o que fez minha cabeça afundar completamente.

Subi à superfície, cuspindo e gritando, enquanto empurrava para trás e chutava com força meu atacante, batendo o pé em seu rosto, enquanto me esforçava para nadar para longe, ganhando distância.

Eles eram muito rápidos.

Muito fortes.

Em segundos eu estava sendo puxada por ambos os braços. Gritei quando algo estalou em meu ombro. Minha visão falhava enquanto a água entrava em minha boca e eu tossia, sendo arrastada de volta para o barco do qual acabei de escapar.

Quando eles me levaram para a plataforma de madeira na parte de trás do barco, os outros dois caras, ainda com máscaras, me arrastaram pelas axilas para cima e para fora da água. Cuspi a água de meus pulmões, lutando para trazer o ar de volta ao meu corpo.

— Você está bem? — um deles perguntou.

Virei a cabeça e senti meus cachos grudados em minhas bochechas e pescoço, enquanto a água escorria pelo meu rosto. Olhei diretamente para o homem que se dirigia a mim. Eu não conseguia entender o que estava vendo, minha mente girava de medo e instinto de sobrevivência. Assim que recuperei o fôlego, olhei mais de perto para os dois que me observavam usando máscaras. Aquilo me atingiu como uma tonelada de tijolos. Era como aquele personagem do jogo, do Banco Imobiliário. O personagem ilustrado que não te deixa passar e te manda direto para a cadeia.

Será que eu estava alucinando? Pisquei várias vezes e empurrei o cabelo, mas a água ainda encharcava meu rosto.

Meu estômago se revirou enquanto eu olhava, mas em pouco tempo, eu não conseguia mais me controlar. Me inclinei e vomitei nas tábuas de madeira. A água do lago e a bílis jorraram da minha boca enquanto eu engasgava e tossia, liberando tudo.

Em pouco tempo, alguém estava cobrindo meu corpo molhado com uma toalha quente. Meu cabelo caiu na frente do rosto, enquanto eu prendia a toalha em meus ombros. Meus dentes batiam, mas enquanto me encolhia, notei que meu ombro não ameaçava mais me fazer desmaiar em agonia. Isso doía. Muito. Mas não era aquela dor cortante que eu senti quando estava fora do lugar.

Eles o colocaram de volta no lugar quando me tiraram de lá, pensei. *Pequeno favor*, imaginei. *Agora, o que iriam fazer comigo?*

Esfreguei o rosto com a toalha seca.

— O que vocês querem de mim? — perguntei ao homem que me trouxe uma toalha.

— Qual o seu nome? — ele perguntou, ignorando a minha pergunta.

— Lily — eu disse, não dando meu nome verdadeiro completo. Se eles descobrissem que minha irmã era senadora dos Estados Unidos e minha família era muito pública, as coisas poderiam ficar muito ruins.

— Lily. Nome bonito para uma dama bonita — ele disse, estendendo a mão. — Eu não vou te machucar. Prometo.

Lambi a água dos meus lábios e segurei sua mão. Ele me puxou para uma posição de pé e me levou até uma cabine circular ao ar livre, com vista para a água.

Uma vez sentada, segurei a toalha ao redor do corpo e esperei.

— Você não deveria fazer parte disso, mas um dos meus homens fez uma má escolha. Então, por enquanto, você está nisso até que esteja terminado.

— A-até q-o que esteja terminado? — perguntei com os dentes batendo.

Ele se moveu na minha frente, pegou outra toalha de praia e me entregou.

— Vou pegar algo seco e quente para você vestir. Lamento que você tenha sido levada, mas quando percebi que estava amarrada na parte de trás do outro SUV, já tínhamos os policiais em nosso encalço.

— E os outros reféns? Você os matou como o guarda, o gerente do banco e aquele jovem?

O homem mascarado não disse nada por um minuto inteiro.

— Lamento profundamente que essas pessoas tenham morrido hoje. Subestimei a capacidade de minha equipe de não causar danos. Isso não vai acontecer de novo.

— E por que eu acreditaria em você? Acabei sendo sequestrada, ferida, amarrada e trazida para um barco, longe da minha família e de tudo que sei que é seguro — respondi.

Ele cruzou os braços e outro homem mascarado se aproximou, usando a mesma máscara estranha do homem do Banco Imobiliário. Não cobria suas cabeças inteiras, apenas seus rostos como uma daquelas máscaras da velha escola que eu costumava usar quando criança. Agora eu sabia que dois dos homens eram brancos. Estes tinham cabelos loiros escuros. Infelizmente, não vi como eram os que me puxaram para fora da água, e as máscaras de esqui que eles usaram na margem não mostravam nada além de um deles ter olhos azuis e outro escuros.

— Eu normalmente não faço negócios dessa maneira. Jamais.

Não deixo pontas soltas ou cometo erros de cálculo. E sempre cumpro minha palavra. Se eu disser que você não será ferida ou maltratada durante nosso tempo juntos, pode confiar.

Inclinei a cabeça para trás.

— *No puedo confiar en ti* — bufei, falando em espanhol, algo que era familiar e reconfortante para mim. Eu basicamente afirmei que não podia confiar nele.

— *Sí. Puedes. Lo juro.* — Ele me chocou ao falar em espanhol perfeito, afirmando: *Sim. Você pode. Eu juro.*

— E devo acreditar em você? Um ladrão de banco. Assassino. Sequestrador. Que aparentemente é rico o suficiente para possuir um iate chique no Lago Michigan?

Ele balançou a cabeça enquanto o homem ao lado dele ria. Ele gargalhou.

Ah, cara, eu estava bem ferrada.

O líder ignorou o homem ao lado dele.

— Olha, só me deixe ir. Vou nadar em segurança. Você pode me deixar em um porto qualquer. Onde você quiser. Eu não vou dizer nada. Vou apenas para casa e viver minha vida como faria em qualquer outro dia. *¿Comprendes?* Podemos fazer assim?

O cara ao lado dele se inclinou e deu uma gargalhada. Eu não estava impressionada.

Olhei para seu corpo inclinado.

— Calma, garoto — o homem no comando ordenou.

Ele se levantou, ainda contorcendo o corpo de tanto rir, enquanto tentava esconder sua resposta, mas falhou.

— Jesus, eu não posso lidar com você. Vá verificar o Quatro. — Ele ergueu o queixo para outra área do barco.

— Quarto?

— É como chamamos um ao outro. Eu sou Primário. Meu irmão é o Segundo. O resto vai a partir daí.

Seu irmão. Não achei que ele pretendesse compartilhar essa informação, especialmente comigo, mas guardei e não perguntei nada a respeito.

— Por que ele precisa checar o quarto? O homem foi ferido no assalto? — Não que eu me importasse, só sabia pelo treinamento de sequestro de Jonah e seu parceiro do FBI que deveria manter o captor falando. Se ele estivesse falando, estaria matando a vítima.

— Ele foi atingido de raspão no pescoço, mas isso não é da minha conta. Ele está desequilibrado. Preciso que entenda que o que aconteceu hoje não foi culpa minha, nem do Segundo ou do Terceiro. As balas que mataram aqueles três homens hoje vieram de uma única arma.

— Ah, e quem deu a arma para ele? — retruquei.

Ele inclinou um pouco a cabeça para frente e me xinguei por fazer esse comentário. Se esse homem achasse que eu pensava que ele era um cara legal, isso significava que ele realmente não pretendia me prejudicar ainda e acabaria me deixando ir.

— Olha, não sei o que dizer. Só quero ir para casa. Tenho certeza de que você pode entender isso. A necessidade de estar com a família. — Tentei apelar para sua humanidade.

— Palavra engraçada, *família*. Nunca significa exatamente o que as pessoas pensam, não é? — ele afirmou de forma enigmática.

Engoli em seco por causa do medo que começou a voltar quando notei que a linguagem corporal de Primário estava ficando frustrada. Seus músculos estavam flexionados contra a fina camiseta preta e calça que ele usava. E ele parou de falar.

Alguns instantes de silêncio se passaram, mas continuei esperando, precisando saber meu destino.

— Você vai me matar? — Minhas palavras soaram estranhas para mim.

— Não. Eu já te disse que não iria te machucar. Independentemente do que você pensa, sou um homem de palavra.

— Certo — eu me esquivei. — Você vai me deixar ir para casa?

— Sim.

— Agora? — perguntei cheia de esperança.

Ele balançou a cabeça.

— Não.

— Por favor — implorei enquanto meu corpo começava a tremer.

— Sinto muito. Temos que manter o rumo. Há trabalho a ser feito. Quando acabar, eu a libertarei pessoalmente.

Afundei no encosto do assento, imaginando se poderia pular e nadar mais rápido agora que meu braço não mais deslocado.

— Nem pense nisso, Lily. Meu irmão é praticamente um nadador olímpico.

Veríamos isso. Eu teria que esperar por outro momento. Planejar melhor. Se eu tivesse mergulhado à noite, eles não teriam notado minha saída.

— Venha.— Ele bateu palmas e eu fiquei de pé, meu corpo respondendo no piloto automático. — Deixe-me mostrar-lhe o caminho para o seu quarto.

Com os pés pesados, segui.

Se eu pude escapar uma vez, escaparia novamente.

DEZ

Mantive as duas toalhas enroladas em volta do meu corpo encharcado, enquanto o homem mascarado sorridente me conduzia pela espaçosa e chique sala de estar do barco, e depois para o andar de baixo. As escadas se abriam em um corredor cheio de portas. Uma estava aberta e notei um homem usando máscara contando pilhas de dinheiro. Era muito estranho.

Em seguida, passamos por uma porta onde pude ouvir alguém furioso.

— Me deixe sair daqui! — Então pude ouvir um som de batida, como se ele estivesse batendo o pé contra o chão de madeira.

— Parece que há outro hóspede infeliz no barco — murmurei.

— Esse aí é o Quatro. Ele vai ficar lá até que eu decida o que fazer com ele — Primário disse.

Parei no meio do caminho e pressionei as costas contra uma das paredes para poder ver tanto Primário quanto segundo, que pararam e me encararam com aquelas máscaras.

— Você vai matá-lo? — Engoli em seco.

— Por que você se importa? Ele matou três pessoas inocentes. Arruinou tudo o que planejamos por anos — Primário retrucou de forma rude.

— Você roubou um banco. Coisas ruins estavam prestes a acontecer — eu disse o óbvio.

Primário balançou a cabeça e a máscara balançou de um lado para o outro de um jeito estranho. Desviei o olhar e olhei para baixo, para meus pés descalços molhados, onde a água se acumulava ao meu redor.

— Não assim. Não prejudicamos os outros. Nosso objetivo é específico e importante, mas não à custa de vidas — ele pronunciou as palavras em um tom cortante, como se houvesse uma necessidade possessiva que os levasse a agir dessa maneira.

— E ele estragou tudo. — Assenti. — O que você vai fazer com ele? Comigo? — Sufoquei o medo, levantei o queixo e endireitei a coluna, tentando mostrar que não estava aflita, embora estivesse apavorada. Eu queria apresentar confiança aos meus captores, embora não tivesse ideia de qual seria meu destino.

— Você vai ficar bem. Infelizmente, vai ficar conosco por um tempo, mas prometo que sairá ilesa. Só precisa esperar — Primário respondeu.

— Esperar o quê?

Ele balançou a cabeça.

— Quanto menos você souber, melhor.

Fechei os olhos e assenti.

O segundo captor abriu uma porta que percebi ser o mesmo quarto do qual eu havia escapado. A janela havia sido fechada com tábuas de madeira e pregos.

— Lamento ter que fazer isso com você — Primário disse, enquanto o outro homem ia até o guarda-roupa e tirava um moletom e uma camiseta. Ele os levou para o banheiro e colocou as roupas no balcão. — Vá tomar um banho, se aquecer e se refrescar. Segundo vai esperar você terminar, para se certificar de que não será capaz de fugir novamente.

— O que você quer dizer com se certificar? — Minha voz falhou.

Primário acenou para segundo, que havia amarrado cordas na cabeceira da cama.

Balancei a cabeça e me afastei.

— Não, não, não, por favor. Vou ficar aqui e esperar, só, por favor, não me amarre na cama. — Não pude evitar o pavor natural que corria em minhas veias ao me ver amarrada com os braços abertos. — Quatro deslocou o meu braço. — Eu o embalei na minha frente. — Então, quando me alcançaram na água, eles de alguma forma o colocaram de volta no lugar, mas está doendo. Estou falando sério.

Primária me encarou por um longo tempo com aquela máscara esquisita do Homem do Banco Imobiliário e então gesticulou para que Segundo se aproximasse de mim.

— Dê uma olhada nela.

Ele se aproximou e eu deixei as toalhas caírem no chão enquanto ele avaliava meu braço, tocando aqui e ali sobre minha roupa molhada, da mesma forma que um médico faria.

— Ela vai precisar de uma tipoia por enquanto e um raio-X para determinar os danos. Parece estar no lugar, mas não há como dizer se alguma coisa está quebrada ou fraturada. — Ele segurou meus dois antebraços e os levantou. Assobiei com o movimento do braço, mas o deixei fazer sua inspeção. Ele traçou a pele. — Isso vai infeccionar se não for tratado. Tenho um pouco de pomada antibiótica na maleta médica no meu quarto. Tome um banho, se esquente, vista a calça e a camiseta que vou cuidar disso — ele falou, me soltou e saiu do quarto, para, presumi, pegar a bolsa.

— Lamento que você tenha sido machucada. Mais uma vez, meu irmão e eu detestamos qualquer tipo de violência. — Primário parecia muito perturbado com meus ferimentos.

— Então por que você roubou um banco com um monte de armas? Isso é muito violento.

— Temos nossas razões, mas, no final das contas, ninguém deveria ter morrido e você não deveria ter sido pega. Sinto muito. Sei que isso não significa nada para você agora, mas com o tempo, espero que entenda que nada disso era nossa intenção.

— Então me deixe ir. Me deixe no porto. Encontrarei meu caminho de volta para casa.

— Sinto muito, Lily. Isso não é possível neste momento. Por favor, vá tomar um banho e se limpar. Deixamos alguns cosméticos no chuveiro. Fique à vontade para usar o que quiser.

— Mas...

— Vá agora. — Sua voz se elevou a um tom de exigência. — Não vou falar de novo.

Pela primeira vez desde que estive na presença desse homem mascarado, senti um medo real. Ele estava no seu limite e a última coisa que eu precisava era que o cara legal que dava as ordens ficasse com raiva de mim.

— Tudo bem, eu vou. Por favor, peço que não me amarre. Isso me assusta. Me faz pensar que vou ser estuprada. — Falei a coisa mais hedionda que eu poderia pensar. E era verdade. Como mulher, a primeira coisa que acreditamos que acontecerá se um homem estranho nos captura, e especialmente se ele nos amarra a uma cama, é que seremos violentadas.

Como eu esperava, Primário reagiu instantaneamente a essa preocupação com um suspiro. Ele colocou distância entre nós ao dar um passo para trás enquanto levava a mão ao peito, em afronta.

— Pela minha honra, nenhum homem tocará em você dessa maneira.

— Eu não sabia que ladrões podiam ser honrados — murmurei antes de entrar no banheiro e fechar a porta atrás de mim. Procurei a tranca, mas não havia. Droga.

Pesando minhas opções, abri a água do chuveiro e a deixei esquentar enquanto removia a roupa de forma desajeitada com um braço. Então fiquei debaixo da água quente até que finalmente pude sentir as pontas dos dedos das mãos e dos pés.

Deus, por favor, me ajude a encontrar uma maneira de escapar novamente. Esse cara pensava que era um bom humano, mas suas ações diziam o contrário. Roubar um banco não era algo que uma boa pessoa fizesse, não importava o motivo.

Depois de tomar banho e vestir roupas secas, respirei fundo e abri a porta da minha cela. Segundo estava esperando por mim com a bolsa aberta. Alguns suprimentos médicos estavam no canto da cama em cima de uma toalha limpa.

— Sente-se aqui que vou envolver seu ombro e braço contra peito por enquanto, até que eu consiga uma tipoia adequada.

— Por que vocês não me deixam em um hospital? Não vi nenhum de seus rostos, não sei quem você é, nem quero saber. Só quero ir para casa. — No chuveiro, elaborei o plano de fazer os dois bonzinhos se sentirem mal por mim. Eles realmente não pareciam querer me machucar e afirmaram mais de uma vez que eu seria libertada depois que seu trabalho fosse concluído. Não fazia ideia do que esse trabalho envolvia e, caramba, também não queria saber.

— Sinto muito, Lily, isso não vai acontecer por enquanto. Por favor, sente-se. — Ele apontou para o espaço perto dos suprimentos médicos.

Assim que me sentei, ele tratou dos cortes em meus pulsos, enfaixando-os com um pouco de pomada e gaze. Em seguida, ele envolveu a gaze com facilidade ao redor das minhas costelas, sobre meu ombro e antebraço para manter o braço machucado protegido, no lugar e fora de perigo.

Na verdade, senti que poderia respirar com mais facilidade.

— *Gracias*. Quero dizer, obrigada — murmurei, sentindo a exaustão me atingir.

— De nada, Lily — ele respondeu, olhando para o meu rosto com aquela máscara de desenho animado. — Você me parece muito familiar. Como se eu já tivesse te visto muitas vezes antes. — Ele balançou a cabeça.

Tinha certeza de que ele já tinha me visto. Se o homem tivesse lido os jornais ou assistido a um canal de notícias e/ou fofocas, como o TMZ, nos últimos seis meses, as chances eram boas de que ele tivesse visto fotos minhas com minhas irmãs. Mais especificamente com Sonia, senadora dos Estados Unidos, ou Addison, a modelo plus size mais famosa do mundo atualmente. As duas eram minhas irmãs adotivas. E com todas nós entrando e saindo da casa de Mama Kerri, a imprensa tinha muitas imagens nossas.

— Acho que tenho um rosto comum. Todo mundo sempre me diz que pareço uma amiga ou membro da família. — Engoli em seco com a mentira e olhei para as bandagens em meu braço bom.

Antes que ele pudesse dizer mais, Primário entrou com uma bandeja de madeira contendo um prato de comida. Era um prato de dar água na boca: macarrão Alfredo, com frango e legumes. Havia também um grande copo de água, pelo qual fiquei grata. Bebi o máximo que pude durante e após o banho, mas meu corpo precisava de líquidos.

Primário colocou a bandeja onde o outro homem tinha acabado de guardar os suprimentos médicos.

— Vá verificar o Quatro — Primário instruiu.

Segundo assentiu e saiu do quarto, com a mala na mão. Eu esperava que ele esquecesse a bolsa e eu pudesse pegar um bisturi ou algo igualmente valioso como arma. Esses caras eram espertos, mas fui instruída por agentes do FBI sobre o que fazer quando sequestrada. Jonah e seu parceiro Ryan martelaram a informação em nossas cabeças regularmente por causa do risco que corremos nos últimos meses.

Perdemos Tabitha durante o sequestro de Simone e Addison. Eles estavam empenhados em manter o resto de nós a salvo. E aqui estava eu, sequestrada. Eu poderia jurar que nossa família havia sido amaldiçoada.

— Você deve estar faminta. — Primário me tirou de meus pensamentos e continuou. — O sol se pôs. Foi um longo dia para todos nós. Concordei que você fique aqui desamarrada de boa fé. Mas a porta estará trancada e a janela pela qual você desceu mais cedo — ele apontou para a referida janela — será monitorada do lado de fora o tempo todo durante a noite. Portanto, não tente arrancar a madeira e escapar por ali. Você só correria o risco de se machucar mais.

Assenti.

— Tudo bem, não vou mexer na janela. Prometo. — Levantei a cabeça. — Obrigada. Por ser gentil mesmo com tudo isso.

— Como estão seus braços e pulsos? — ele perguntou.

— Melhores. Ele é um bom médico — acrescentei para ver o que ele diria.

— Sim, ele é. O melhor, na minha opinião. Agora, por favor, coma. — Ele gesticulou com a mão para a comida ao meu lado.

— Eu vou. — Eu estava faminta. Não tinha almoçado e, depois do banco e da tentativa de fuga, estava faminta.

Primário caminhou até a mesa de cabeceira, onde pegou um controle remoto. Do outro lado do quarto, uma TV de tela plana ligou em um menu de canais.

— Assista ao que quiser. Conversaremos mais pela manhã. — Ele jogou o controle remoto no centro da cama.

— Você vai me deixar ir embora amanhã? — perguntei, sem esconder a esperança.

Ele balançou a cabeça.

— Sinto muito, Lily, mas não. Devemos terminar nossos negócios no final da semana. Só então tomarei providências para que você seja encontrada.

— Encontrada? O que isso significa? — Ser encontrada poderia significar qualquer coisa, dependendo do contexto.

— Você é uma mulher inteligente. Descubra — ele disse com um suspiro frustrado. — Boa noite. Durma um pouco.

Assenti quando ele se virou e saiu.

O clique da fechadura soou como um martelo caindo em um tribunal silencioso. Meu destino estava selado. Esse cara queria que eu aguardasse até que ele pudesse me colocar em algum lugar seguro onde eu seria "encontrada".

Encontrada de que forma? Ele estava planejando me deixar no barco e depois chamar a Guarda Costeira ou a polícia e dizer onde eu estava? Ele me colocaria no porta-malas de um carro e esperaria até que algum inocente pudesse ouvir meus gritos e me tirar de lá? Minha imaginação correu solta, criando uma centena de cenários assustadores onde meu corpo era encontrado morto, não vivo.

Peguei o garfo de plástico e enfiei na massa, colocando uma porção enorme na boca. O molho Alfredo amanteigado e cremoso explodiu em minhas papilas gustativas, e eu mastiguei e engoli, avidamente procurando por mais. Estava uma delícia. Melhor do que eu poderia esperar, mas eu estava em um iate. Ricos não costumam contratar chefs? Havia outras pessoas no barco que talvez não soubessem o que estava acontecendo e estivessem dispostas a me ajudar? Talvez eu pudesse sair do quarto de alguma forma e pedir ajuda de alguém que já estava ali?

Primário me disse para esperar que eu seria libertada.

Mas eu poderia confiar em um estranho?

Caramba não, não poderia. Três homens foram mortos por causa de um bandido que ajudou este Primário e seu irmão a roubarem um banco. Omar foi baleado no ombro. Eu fui sequestrada. Não importava o que eles diziam ou o quanto me tratassem bem, eu estava em perigo. Ponto final.

Enquanto comia, pensei no que sabia até agora.

Eu sabia que Primário estava no comando. Eu sabia que Segundo era seu irmão. Ele também era mais jovem, porque o chefe se referiu a ele como "criança" em certo ponto e ele parecia se submeter a tudo que Primário dizia e fazia. Segundo tinha conhecimento médico e, quando fiz o comentário a esse respeito, Primário não apenas concordou, mas também se gabou de que Segundo era o melhor de todos. Ele também mencionou que *era* um nadador de nível olímpico.

E se ele não estivesse brincando? Será que Segundo praticava medicina? Talvez ele fosse nadador olímpico. Eles certamente tinham dinheiro, já que eu estava presa em um iate caro. Mas eles poderiam ter dinheiro porque eram ladrões de banco. Talvez fizessem isso o tempo todo em ao redor do país ou, caramba, do mundo.

O que mais?

Eu sabia que o bandido que eles chamavam de *quatro* também estava sendo mantido em cativeiro. Então, eles estavam bravos o suficiente para que agora ele fosse um prisioneiro e não parte da tripulação. Por um segundo, me perguntei o que fariam com ele, já que o bandido supostamente agiu fora do planejado. Eu sabia que um dos quartos estava ocupado por um terceiro homem mascarado ou talvez outro membro da equipe, porque eu tinha visto alguém contando dinheiro. A última coisa que sabia era que a comida era incrível, o que significava que poderia haver outras pessoas aqui.

Terminei tudo no prato e bebi toda a água. Depois fui ao banheiro, enchi o copo de água e o trouxe de volta para a cama comigo. Com uma mão, me abaixei, apoiei a bandeja em meu quadril e a coloquei na mesa de canto. Em seguida, peguei o controle remoto e coloquei no noticiário, desesperada para descobrir qualquer coisa sobre o roubo.

Demorou alguns minutos, mas finalmente consegui encontrar uma reportagem.

Me aproximei da tela plana na parede e aumentei o volume o suficiente para poder ouvi-la claramente. Não queria aumentar o volume a ponto de o barulho chegar aos outros cômodos.

Uma mulher com cabelo loiro curto e usando terno azul royal sem graça falou diretamente para a câmera.

— Hoje cedo, quatro homens mascarados entraram no Liberty National Bank, no centro de Chicago, portando armas automáticas. A intenção era roubar o banco. Ao fazê-lo, três homens foram mortos. O segurança, o gerente do banco e um dos reféns. Outro refém foi ferido a bala e levado ao hospital do Sagrado Coração. Os médicos disseram que ele terá uma recuperação completa. Não temos nenhuma informação sobre como os assaltantes conseguiram fugir, nem quanto dinheiro foi roubado.

Ela continuou, olhando diretamente para a câmera.

— O que sabemos é que, ao mesmo tempo em que o roubo estava ocorrendo, outros dois bancos em Chicago tiveram seus alarmes acionados. Enquanto a polícia era chamada para os dois alarmes falsos, o Liberty National Bank estava sendo assaltado. Por sorte, um cidadão que queria fazer um depósito, espiou pelas janelas do banco depois de encontrar as portas da frente trancadas durante o horário comercial. Vamos falar agora com Tom Conners, que está com nosso herói local e ver o que o jovem Ricky Lowe tinha a dizer sobre sua experiência hoje.

A câmera mudou para um rapaz de cerca de vinte anos usando camiseta preta que tinha "Ultimate Gamer" escrito em verde neon no peito.

— Ei, mano. Fui até a porta do banco e tentei abrir a porta, mas estava trancada. Algumas pessoas estavam encostadas, como se esperassem que ele abrisse. Eu tinha que fazer um depósito rápido porque estava com pressa para voltar ao meu jogo de Fortnight, sabe?

— E você viu algo suspeito? — Tom Conners, repórter da emissora, ergueu um microfone para o jovem.

— Não, cara. Eu ia usar o caixa eletrônico, mas por algum motivo, estavam todos desligados. Mas eu precisava depositar o dinheiro do pagamento da pizzaria onde trabalho, ou eu atrasaria o aluguel para minha mãe, e ela ficaria no meu pé por uma semana. Sabe como é?

— Hum, e o que aconteceu com o banco? — Tom Conners direcionou o rapaz de volta ao assunto em questão.

— Sim, mano, eu bati no vidro e espiei lá dentro. Vi uma pessoa toda de preto à distância. Bati com mais força, mas ele continuou andando até desaparecer de vista. Então, olhei para o saguão e foi quando vi manchas vermelhas de sangue ao lado de uma grande poça, cara. Eu sabia que tinha algo errado, mano, então mostrei para algumas das outras pessoas esperando. Até que ouvimos um tiro e corremos. Quando desci a rua, chamei a polícia. Avisei que achava que o banco estava sendo assaltado.

— Isso deve ter sido muito assustador — o repórter falou.

— Bem, foi, mas eu estava mais preocupado com quem perdeu aquele sangue, cara. Isso não parecia nada bom. Além disso, ainda precisava depositar o dinheiro ou minha mãe ficaria chateada.

Tom Conners piscou e franziu a testa para o cara, como se não pudesse acreditar no quanto ele estava despreocupado antes de voltar a olhar para a tela com uma expressão mais neutra.

— Bom, é isso, pessoal. Um jovem, fazendo o certo, chamando as autoridades ao primeiro sinal de problema. Bom trabalho. — Ele deu um tapinha no ombro do rapaz em agradecimento.

— Sim, isso aí. Um recado para a minha mãe! Eu te amo, mãe. Não me expulse!

— Certo, bem, é isso, direto do Liberty National Bank, com a primeira testemunha ocular do assalto ao banco de hoje, onde três vidas inocentes foram perdidas.

— Sim, obrigada, Tom. Nossos pensamentos e orações vão para as famílias daqueles homens que perderam suas vidas e para o único homem que ficou ferido. Continuaremos a compartilhar atualizações sobre o assalto ao banco à medida que a história avança. O chefe de polícia prometeu uma entrevista amanhã à tarde com informações sobre quem foi morto, ferido e o que acontecerá a seguir. Obrigada a todos por se juntarem a nós nesta transmissão especial. Agora, retornaremos à programação normal.

A história se encerrou e foi para o comercial.

Fui até a cama e me sentei, apoiando as costas na cabeceira. Não houve menção ao sequestro, o que significava que os policiais estavam mantendo tudo em segredo. Respirei fundo e soltei lentamente. Sonia já deveria estar envolvida. Jonah, meu futuro cunhado, não pararia até me encontrar.

Por enquanto, eu estava um pouco segura. Cansada, estressada, com dor, mas viva.

Havia pessoas procurando por mim. Isso eu sabia de todo o meu coração.

Deitei meu corpo dolorido na cama e fechei os olhos. Eu descansaria um pouco e esperaria que um novo plano de fuga surgisse pela manhã.

Tinha que haver outra maneira de sair daqui.

ONZE

Acordei atordoada, com o ombro latejando no mesmo ritmo das batidas do meu coração. A TV ainda estava ligada e o quarto escuro. Sem poder ver as janelas, que estavam fechadas com tábuas acima da cama, eu não tinha como saber que horas eram. Eu sabia que tinha apagado no momento em que fechei os olhos. A exaustão finalmente cobrou seu preço.

Rolando sobre meu braço bom, me remexi até chegar à beira da cama e me levantei. Esperei que meu equilíbrio se estabelecesse antes de entrar no banheiro. Ao terminar, olhei pelo vão e notei que o céu ainda estava preto e o lago brilhando ao luar.

Cerrei os dentes e firmei a mandíbula. *Hora de pensar, Liliana.* Tinha que haver uma maneira de escapar deste quarto.

Minhas calças molhadas ainda estavam penduradas no box, secando. Ao vê-las, uma ideia me veio à cabeça.

A tesourinha de unhas!

Peguei o jeans ainda úmido e o coloquei sobre a penteadeira. Eu só podia usar um braço, mas daria um jeito. No bolso de trás, encontrei a ferramenta de metal que me deu a liberdade na primeira vez.

— Vamos ver se podemos fugir pela segunda vez. — Ri com malícia, sentindo a emoção pela fuga me tomar.

Na pior das hipóteses, eles me ouviram tentando escapar e

decidiriam me amarrar, estuprar e matar. Como eu realmente não acreditava que Primário ou Segundo fossem tão malvados, decidi arriscar.

A coisa inteligente a fazer era, primeiro, tentar ver se a porta estava destrancada. Não estava. Certo, eles não eram burros. Ainda assim, foram burros o suficiente para me deixar desamarrada e eu precisava aproveitar essa oportunidade. Por trinta ou quarenta minutos, cutuquei a fechadura com a ponta, tentando abrir. Nada funcionou. Meu braço estava cansado e eu não estava chegando a lugar nenhum.

Indo para as dobradiças da porta, passei os dedos pelas placas de aço inoxidável e pude sentir a aba do pino do meio se mover. Puta merda! Imediatamente comecei a puxar o parafuso com as unhas até que ele se soltasse e saísse. Havia outra dobradiça superior e uma inferior. Em silêncio, puxei a dobradiça inferior mais próxima do chão. Não estava solta.

Me ajoelhei, estremecendo ao bater com os joelhos doloridos, que estavam machucados desde que Omar e eu fomos empurrados para o mármore duro ontem no banco. Sibilei com a dor e abaixei a cabeça em direção ao chão para que eu pudesse ver sob a dobradiça. Era oco.

— ¡Fantástico! — sussurrei contra o chão e, em seguida, dei um suspiro chocado quando vi sombras de botas pararem diante da minha porta.

Por favor, não entrem aqui. Orei em silêncio.

Então ouvi vozes.

— Vou te tirar daqui, primo, eu juro. — Ouvi uma voz masculina, que não reconheci, sussurrar. Definitivamente não era Primário ou Segundo, nem o cara que chamavam de quatro. A voz maligna daquele homem alimentaria meus pesadelos enquanto eu revivesse cada momento do assalto ao banco e revendo aquele jovem morrer na nossa frente. Isso desde que eu realmente saísse viva dessa situação.

Tremi e apertei os lábios para não fazer nenhum som.

— Antes de sairmos para o banco em Gary, amanhã à tarde, vou cortar suas amarras, cara. Então, tudo o que você precisa fazer é esperar até sairmos. Pegue a sua parte e corra. Esses caras têm mais dinheiro que Deus. Não é de dinheiro que eles estão atrás. Não sei o que eles querem, mas sei que não se importam com isso. Têm algo errado com aqueles dois.

— Foi você quem me meteu nisso, Tucker. Você precisa me tirar dessa situação — o outro homem grunhiu. E lá estava a voz que me assustou. O bandido número quatro.

— Eu sei, Mac. Sinto muito, cara. Não achei que eles te manteriam em cativeiro, mas, primo, você matou pessoas — Tucker, que presumi ser o bandido número três, o lembrou.

— Todos nós tiramos vidas, não aja de forma piedosa. Você não é um deles. — O desdém atravessava cada palavra que ele falava. — Todos aqueles soldados que não voltaram para casa do lado do inimigo. Eles tinham famílias, entes queridos. Estavam apenas fazendo um trabalho. Bem, sabe de uma coisa, primo, eu também — ele retrucou em tom maldoso. — Fiz o trabalho que precisava ser feito ontem. O trabalho que nenhum de vocês poderia fazer. Saímos vivos por minha causa e minhas ações. Aquele guarda tinha uma arma. Aquele cara na sala com os clientes do banco tinha uma arma! — Suas palavras ficaram mais acaloradas enquanto eles conversavam. — Aqueles dois deveriam estar me agradecendo por salvá-los, não me prendendo! — Sua voz aumentou e eu sabia que ele estava prestes a atrair atenção.

— *Shhh*, cara. Merda! — Ouvi um farfalhar e então a porta em frente à minha se fechou ao mesmo tempo em que ouvi passos descendo as escadas em um ritmo rápido.

Eu sabia que era a minha deixa. Fiquei de pé e corri para a cama. Deitei de costas, puxei a colcha sobre meu corpo e tentei diminuir o batimento cardíaco errático e a respiração pesada. A adrenalina corria pelo meu corpo, e eu precisava me acalmar se quisesse ficar fora do radar deles.

Como eu suspeitava, pude ouvir vozes do lado de fora do

quarto, mas estando tão longe, não consegui decifrar o que estavam dizendo.

Para meu choque, ouvi uma batida na porta do meu quarto antes que ela se abrisse. Fingindo, pisquei e esfreguei os olhos, como se tivesse acabado de acordar.

— O que está acontecendo? — perguntei ao homem mascarado que eu sabia que era Primário, com base na silhueta do seu corpo através da luz que vinha do corredor atrás dele. Primário era um cara grande. Não tão musculoso quanto Omar, mas mais magro e em forma. Mais como Jonah que como o meu homem.

Meu homem. Argh. Não. De onde foi que isso veio?

— Nada que diga respeito a você, Lily. Lamento que tenha acordado — Primário se desculpou.

— Isso foi uma discussão? — pressionei e bocejei, para efeito.

— Como eu disse, não é da sua conta. Quanto menos você souber, mais segura você vai estar — ele respondeu.

Ah, certo. Eu acreditaria nisso assim como acreditava que precisava de um homem para tornar minha vida completa. De jeito nenhum.

— Volte a dormir. Venho buscá-la de manhã para tomar café da manhã e discutir… algumas coisas — ele falou em tom enigmático.

Assenti e puxei as cobertas até o queixo, como um sinal de que estava sendo boa e seguindo suas instruções. Olhei para a porta aberta, vendo o parafuso caído no chão. Se ele desse mais um passo, pisaria nele e minhas esperanças seriam frustradas.

Meu coração batia a mil por hora enquanto meu olhar se afastava daquele único parafuso e voltava para Primário.

— Boa noite — resmunguei, felizmente parecendo cansada e não assustada.

Ele me encarou por mais tempo do que eu poderia aguentar sem tremer. Então, me virei para o meu lado bom e fechei os olhos.

A porta se fechou um ou dois segundos depois e eu estava de volta sozinho na sala com apenas a luz da TV lançando tudo em um brilho sinistro.

De volta ao trabalho.

Imaginando que ele não voltaria imediatamente, fui até a porta na ponta dos pés, me ajoelhei e espiei por baixo. Eu só conseguia ver um centímetro de espaço entre a porta e o chão, mas era o suficiente para ver que não havia ninguém parado no corredor. Pelo menos, não em frente à porta deste quarto.

Enquanto voltava a tentar soltar os parafusos, me lembrei de mais informações que havia descoberto.

O nome do bandido número três era Tucker.

E Mac era o nome do quatro.

Eles eram primos. Tucker era claramente submisso a Mac.

Eram veteranos que mataram soldados inimigos.

Mac insinuou que eram diferentes dos outros, ou seja, de Primário e Segundo. Isso significava que eram inimigos? Foram soldados ao mesmo tempo, possivelmente na mesma unidade? Eles ainda tinham uma rixa? Ou eram diferentes em termos de riquezas? A maneira como Primário falava parecia mais educada, compassiva e culta. Ele sabia espanhol. Segundo era médico e grande nadador. Talvez eles tenham ficado ricos juntos e contratado os dois soldados.

Eu queria me lembrar de todos os detalhes que pudesse sobre essa experiência para contar a Omar e aos policiais quando fosse encontrada ou escapasse. A morte não era uma opção. Eu era inteligente e astuta. Sairia dessa por cima. Não havia outra opção.

Finalmente, o parafuso inferior se soltou da dobradiça e caiu no chão. Imediatamente, pressionei a bochecha contra a madeira e examinei debaixo da porta. Esperando para ver se eles ouviram aquele barulhinho.

Não. Eu estava quase livre. Tudo o que eu precisava agora era tirar o de cima e remover a porta de suas dobradiças. De alguma maneira. Eu não tinha certeza de como exatamente faria isso acontecer, mas lidaria quando chegasse a esse ponto.

Um passo de cada vez.

Me levantando, olhei ao redor do quarto. Não havia cadeira à vista.

Não havia como uma mulher de um metro e sessenta e três conseguir remover o parafuso da dobradiça superior sem algo para se apoiar.

Bati em meu queixo e vasculhei o quarto. Então sorri enquanto ia até a mesa de canto, removia o abajur e a caixa de lenços, colocando-os no chão. A mesinha de cabeceira não era muito pesada, mas fez mais barulho que eu esperava quando os quatro pés arranharam a madeira em um som agudo que perfurou meu tímpano como pregos em um quadro-negro.

Será que eu conseguia levantá-la?

Usando toda a minha força, pressionei a frente do corpo contra o topo plano, mas meu braço machucado não me dava uma boa sustentação, o que não me impediria de tentar. Mesmo com o braço enfaixado, pressionei meu peso contra o topo plano, passei o braço bom na parte de baixo e levantei a mesa.

Era muito mais pesada do que imaginei e não consegui levantar totalmente. Fiquei curvada sobre o móvel e me arrastei alguns metros, parando para recuperar o fôlego, conter a pressão e a dor que estava causando em meu ombro ferido, depois andei mais alguns metros carregando o móvel. Repeti esse processo por todo o quarto até chegar em frente à porta. Uma vez lá, verifiquei o chão e fiquei aliviada ao não ver, nem ouvir nada.

Esperando que a tripulação estivesse dormindo, eu me apoiei na parede ao lado da porta, coloquei o pé descalço no centro da mesa e me ergui, apoiando o outro pé em cima do móvel. Fiquei sem respirar por alguns instantes, rezando para que a madeira aguentasse meu peso.

Aguentou.

Enfiando a mão no bolso do moletom que eu usava, tirei minha fiel tesoura de unhas. Quando saísse disso, eu a deixaria emoldurada em ouro, pendurada na parede em gratidão por me ajudar a escapar da situação mais assustadora da minha vida.

O parafuso foi muito mais difícil de se soltar do que os dois anteriores. Ainda assim, não desisti, até que todas as unhas da minha mão boa estivessem completamente destruídas. As pontas dos meus dedos doíam de puxar o parafuso por tanto tempo, e meu braço bom doía por ter sido mantido acima da cabeça por uma hora.

Finalmente, consegui remover o último parafuso, segurando aquela porcaria contra meu coração enquanto comemorava em silêncio.

Obrigada, obrigada, obrigada, eu cantava a Deus repetidamente em minha mente enquanto descia da mesa de cabeceira e enfiava os parafusos e minha fiel tesoura no bolso.

Foi também quando a porta se soltou de sua posição conectada às dobradiças e balançou, caindo no chão e com um estrondo alto.

¡Mierda!

A porta balançou e eu empurrei a mesa de cabeceira com a perna muito mais ruidosamente do que queria, mas mantive a palma contra a porta. Por alguma razão, a coisa estava praticamente caindo na sala.

Usei meu corpo e segurei a maçaneta com a mão ruim e envolvi o braço bom em volta da porta, empurrando-a até que estivesse completamente aberta.

O mais rápido que pude, manobrei a porta contra o batente e a parede e passei por ela para o corredor. Sabendo que os quartos ficavam no andar de baixo, subi a escada o mais rápido que meus pés permitiam, ficando o mais quieta que pude enquanto corria. Alguém devia ter ouvido a porta se soltar das dobradiças e logo sairia para verificar o barulho. Eu sabia disso.

Cada passo soava como um estrondo na minha cabeça enquanto eu subia. Finalmente cheguei ao topo e espiei por cima do ombro.

Nada ainda.

Primário disse que alguém ficaria vigiando a janela a noite toda, o que significava que eles tinham mais membros na equipe. Os motoristas da fuga deveriam estar nos dois SUVs enquanto os quatro assaltavam o banco. Isso significava que poderia haver duas pessoas vigiando o lado do iate onde meu quarto estava situado, então minha melhor aposta era o lado oposto. Me abaixando, me esgueirei pela área da sala de estar examinando os dois lados das janelas enquanto o fazia. Ainda estava escuro, mas pude ver uma cor mais clara cobrindo o céu em direção ao horizonte, onde espiei pelas portas de vidro.

Eu estava quase livre.

Passar pelas portas de vidro, evitar quem estava do lado de fora e pular no mar. Nadar até a costa ou outro barco. Esse era o meu plano.

Cheguei às portas de vidro da sala de estar que se abriam para o deck. Olhei ao redor uma última vez antes de sair.

Um alarme estridente como uma ambulância correndo pela estrada a cento e vinte quilômetros por hora, ecoou por todo o barco. Ele anunciou minha fuga antes mesmo de eu dar um passo para fora.

Corri o mais rápido que pude pelo convés aberto, olhando para trás enquanto alguém de uma posição mais alta que eu gritava:

— Ei! Você! Pare!

Não parei. Nada me impediria. Correndo o mais rápido que meus pés descalços permitiam, voei até a área dos assentos e subi no casco. Eu não estava olhando onde estava pisando e pousei o arco do meu pé em uma coisa de metal em forma de T que usavam para prender os barcos nos portos. Ele bateu na sola do meu pé e eu gritei quando meu impulso me lançou em direção às ondas agitadas do lago.

Nem senti o frio da água desta vez quando subi à superfície, lutando contra as ondas enquanto o barco passava por mim. Virei de costas e me impulsionei o mais forte que pude, independentemente da dor no pé.

Nadei, usando o único braço bom para me manter em direção à costa. Pude ver o barco diminuindo a velocidade e um homem mergulhou na água atrás de mim.

Por que eles não podiam me deixar em paz? Dobrei meus

esforços . Não conseguia ver a pessoa, mas não significava que ele não estava lá.

Infelizmente, meu pé estava ficando dormente por causa da dor e do frio. Meu peito mal conseguia ficar acima da água e me engasguei quando comecei a afundar.

A água estava escura como breu enquanto eu lutava para subir. Eu levantava a cabeça, respirava fundo e então uma grande onda me levava para baixo de novo. A água estava tão agitada que eu não conseguia mais ver onde ficava a margem na escuridão da noite. Tudo parecia preto, exceto a lua.

Fui levada para baixo novamente, minha respiração explodindo em meus pulmões enquanto tentava voltar ao topo, a lua desaparecendo em minha visão quando não consegui alcançar a superfície.

Meu corpo convulsionou quando mais água entrou e o ar dentro de mim saiu. Senti como se estivesse sendo pressionada entre duas placas de vidro enquanto meu corpo começava a se contorcer e lutar contra a invasão.

Eu estava me afogando.

Uma forma escura se aproximou, talvez um peixe preto ou um tubarão veio até mim, quando outro suspiro roubou o ar de meus pulmões, trazendo mais água com ele.

Eu estava perdendo a consciência, sentindo o corpo ficar leve como uma pena, pois a última coisa que vi foi um par de lindos olhos azuis contra um belo rosto de Príncipe da Disney flutuando na água diante de mim.

Então a água me levou mais fundo na escuridão.

Achei que tinha morrido.

Tudo doía.

Por que eu sentiria dor se estava no céu? Isso parecia contraintuitivo para tudo o que eu acreditava que o *Santo Padre* faria por um de seus filhos após a morte.

A dor, no entanto, era intensa, tudo latejava, era uma dor sem fim.

Tentei abrir os olhos, mas estavam muito pesados e eu estava cansada. Até meus ossos estavam cansados.

Algo acariciou o lado do meu rosto.

— Omar — murmurei em meio à névoa, querendo me aproximar daquele toque doce.

— Você está bem. Está segura.

Eu conhecia aquela voz.

Primário.

Eu não estava morta, mas naquele momento, queria estar.

— Dói — resmunguei e finalmente consegui abrir os olhos com um gemido de dor.

A luz estava baixa e eu estava em um quarto diferente, em uma cama maior. Tentei me virar, mas percebi que não podia. Não porque eu estava machucada, o que estava, mas porque minhas pernas e braço bom estavam amarrados a alguma coisa.

— O que é que você fez? — implorei.

— Salvei sua vida. — A voz de Segundo veio de perto do pé da cama, onde eu podia sentir uma bandagem sendo enrolada no arco do meu pé e calcanhar, e então sobre o pé e tornozelo. — Você torceu e machucou o tornozelo. Quase se afogou e tive que recolocar seu braço, fazer um curativo, despi-la e te vestir com roupas quentes e secas.

— Lily, por que você continua tentando escapar? Prometi que a libertaríamos quando nossos negócios terminassem no final da semana.

Umedeci meus lábios secos e rachados e me movi para falar, mas fui interrompida por uma tosse como a de um fumante.

Primário levantou a parte superior do meu corpo, enquanto Segundo me trazia um copo e me ajudava a beber. Depois de ingerir a água, me deitei de volta.

— Me diga o porquê — Primário perguntou novamente, em tom de exigência.

— Não sou o tipo de garota que fica sentada e aceita ser sequestrada. ¡Jesus, Maria e Jose! Para sequestrador, você é bem burro. — Estremeci quando a dor em meu corpo irradiou até minha cabeça e tive que fechar os olhos contra a pura necessidade de desmaiar novamente.

— Não somos sequestradores. — A voz de Primário era mordaz, como se ele não pudesse imaginar ser rotulado com tal termo.

— Diz o homem que me amarrou depois de me prometer que não o faria — retruquei.

— Você quebrou sua promessa primeiro — ele brincou.

— Não. Prometi não tentar escapar pela janela. Eu nunca disse que não usaria a porta, ou sairia do quarto ou do barco.

— Você percebe que se meu irmão não fosse um nadador incrível, você teria se afogado? Você ao menos olhou para ver que não estávamos mais em Chicago, mas no meio da porra do lago Michigan, a caminho de Indiana?

Olhei para ele e tentei ignorar a máscara.

Ele não estava errado. Presumi que a costa estava no mesmo lugar de ontem. Nem percebi que os motores estavam funcionando e o barco em movimento, até que pulei.

— Tivemos que fazer reanimação cardiorrespiratória em você. Você poderia ter morrido, e não preciso de outra vida inocente em minha consciência. — Ele empurrou um cacho do meu cabelo para longe do meu rosto.

— Então me deixe ir — implorei.

Ele balançou a cabeça e olhou para baixo, parecendo triste.

— Sinto muito. Ainda não podemos. Nosso objetivo é muito importante. Há mais vidas em jogo que a sua ou a minha, ou qualquer uma das nossas. Por favor, faça o que pedimos e você estará segura. Juro.

— E se aquele tal Quatro escapar, como o primo dele, Tucker, estava planejando antes de vocês saírem hoje, o que acontecerá? Você acha que estarei segura então?

— Do que você está falando? — ele questionou.

— Eu os ouvi antes de você entrar no meu quarto mais cedo. Tucker estava conversando com Mac. Dizendo que ia cortar as amarras antes de vocês saírem hoje. Se você me deixar aqui, aquele cara *vai* me matar. Ele planeja te matar. — Fiz um gesto para ele e depois para Segundo, que estava andando de um lado para o outro na ponta da cama, esfregando o pescoço. — E a você.

— Nós cuidaremos disso. — Primário se levantou e segurou o braço do irmão, conduzindo-o em direção à porta.

— Não! E quanto a mim? Me deixe ir! Por favor! — Puxei as cordas que me prendiam à cama king-size.

— Você estará segura aqui. Vamos te trancar e deixar homens de guarda. Mac não vai chegar até você. Ninguém irá. — Essa foi a última coisa que ele disse antes de apagar a luz e fechar a porta.

A segunda tentativa de fuga foi um grande fracasso. Eu estava começando a pensar que seria sensato esperar o plano deles.

A menos que Omar e sua equipe, o FBI, o pessoal de Sonia ou os policiais me encontrassem primeiro.

Deus, eu esperava que eles me encontrassem primeiro.

DOZE

No dia seguinte, a porta do meu quarto foi aberta e eu acordei. Era muito tarde, com base na iluminação que entrava pelas janelas. Eu devia ter dormido muito, o que me fez pensar se me drogaram na noite de ontem.

Primário apontou para mim.

— Você não foi honesta conosco — ele disse com raiva, enquanto se aproximava da mesa de cabeceira, pegava o controle remoto e apertava o botão.

A TV foi ligada, e eu esperei enquanto meu coração batia rapidamente contra o meu peito. Primário apertou os botões quando o Segundo entrou, se encostou na parede e cruzou os braços, sem dizer uma palavra. A TV exibia um noticiário local. Percebi que a hora indicada eram quatro da tarde.

Meu rosto sorridente apareceu em uma foto na tela. Era uma foto do anuário escolar.

— Últimas notícias! Fomos informados de que Liliana Ramírez-Kerrighan, de vinte e oito anos, professora de espanhol na *Franklin D. Roosevelt High School*, em Chicago, Illinois, foi a única refém sequestrada no assalto ao Liberty National Bank, onde os ladrões mataram três homens, feriram outro e fugiram com pouco mais de dois milhões de dólares em dinheiro. Sabemos muito pouco sobre o sequestro da srta. Ramírez-Kerrighan, mas a senadora de Illinois está ao vivo em uma coletiva de imprensa em frente ao banco agora.

— A porra da senadora — Primário vociferou.

Tremi onde estava amarrada, mas não pude deixar de absorver o lindo rosto da minha irmã. Seu cabelo era liso e estava bem preso para trás, longe de seu rosto. Ela usava jeans, blusa de seda branca e um blazer azul-marinho. Seu rosto estava corado e sem maquiagem. A normalmente imaculada, elegante e sofisticada Sonia, a senadora, se foi. Em seu lugar, estava minha irmã mais velha. A garota que me abraçou quando eu chorei à noite, porque sentia falta da minha mãe e do meu pai quando cheguei à Kerrighan House. A mulher que garantiu que eu tivesse dinheiro extra quando eu estava na faculdade, estudando para me formar em professora.

— Meu nome é Sonia Wright-Kerrighan. A mulher sequestrada no assalto ao Liberty National Bank há dois dias é a minha irmã adotiva, Liliana. — Os olhos de Sonia brilharam com lágrimas quando ela engoliu em seco e limpou a garganta. A câmera retrocedeu. Ao lado dela estavam Mama Kerri, Simone, Addison, Genesis, Blessing e Charlie. Logo atrás de Sonia estava Omar, usando terno preto e com o braço em uma tipoia azul, parecendo zangado e tão bonito que chegava a doer. Enrijeci os dentes enquanto observava. Graças a Deus ele estava bem. Ele estava com Holt, Jonah, Ryan, o chefe de polícia e vários outros que reconheci das tragédias de minhas irmãs.

Meus olhos se encheram de lágrimas e escorreram pelo meu rosto ao ver os rostos desanimados e tristes de minha família. Mama Kerri parecia abatida, os olhos avermelhados e com olheiras, como se ela não tivesse dormido nos últimos dois dias. O resto das minhas irmãs não parecia melhor, exceto pelo comportamento frio de Blessing e as sobrancelhas franzidas, que demonstravam que ela estava pronta para matar alguém com as próprias mãos.

— Por favor, quem quer que esteja com a minha irmã, imploramos que a libertem… — Sua voz falhou e as lágrimas rolaram pelas bochechas de minha irmã. Ela nem se deu ao trabalho de enxugá-las. Olhou diretamente para a câmera e continuou bravamente. — Passamos por muita coisa nos últimos meses. Já perdi uma irmã adotiva para um louco. Por favor, se houver algo de humano e decente dentro de seu coração e alma, traga Liliana de volta. Ligue para polícia ou para o meu escritório. Temos pessoas disponíveis para atender aos telefones vinte e quatro horas por dia, sete dias por semana. Um telefonema nos dizendo onde encontrá-la é tudo que você precisa fazer. Só isso. Isso é tudo de que precisamos. Por favor, *por favor*, mandem minha irmã viva para casa. — Sonia ofegou com um soluço e cobriu a boca, abaixando a cabeça enquanto Mama Kerri a puxava em seus braços.

Jonah se aproximou do microfone em seguida.

— Meu nome é Jonah Fontaine, do FBI de Illinois. A minha equipe caçou o *Estrangulador do Banco de Trás* e o assassino imitador no ano passado, ambos os quais tinham esta família como alvo. Os dois já estão mortos. Vocês sequestraram a mulher errada — ele grunhiu, contorcendo o rosto em uma carranca como eu nunca vi antes. — O FBI, o Departamento de Polícia de Chicago e uma equipe especializada de caçadores de recompensas altamente treinados foram encarregados de encontrá-los. — Ele apontou diretamente para a tela. — E nós vamos te encontrar. Não vou parar até que a Liliana esteja segura nos braços de sua família. É melhor deixá-la em algum lugar seguro e sair da cidade. Não há nenhum lugar onde você possa se esconder que não o acharemos. Nenhum buraco escuro que não vamos vasculhar. Tragam-na de volta. A família precisa dela em casa. — Suas narinas se dilataram e seu olhar castanho escuro fixou-se diretamente na câmera.

Estremeci com a raiva em sua expressão. O homem estava desequilibrado. Então ele se virou e puxou Simone, que estava chorando, em seus braços. Meu coração doeu por elas. Minha família, minhas irmãs e Mama Kerri estavam muito perturbadas. Não era justo, caramba! Já tínhamos passado por bastante.

Quando o delegado se aproximou do microfone, Primário desligou a TV e se virou para mim.

— Você pode ter mencionado que a porra da sua irmã era a senadora dos Estados Unidos — ele acusou.

Dei de ombros, movendo o ombro bom, e mordi meu lábio inferior, tentando não deixar o medo transparecer em meu rosto.

— Você não perguntou — sussurrei.

Primário jogou o controle remoto pelo quarto, que se espatifou contra a parede, e os pedaços de plástico caíram no chão como confete.

— Puta merda! Isso ficou cem vezes mais complicado! — ele rugiu.

Senti meu corpo esquentar e mais lágrimas caíram pelo meu rosto enquanto o medo me envolvia. A merda finalmente atingiu o ventilador. Eles me matariam agora que sabiam que eu estava conectada a pessoas importantes ou finalmente me deixariam ir?

— Irmão, eles vão procurar por ela em todos os lugares. As câmeras das ruas já devem estar mostrando as placas dos carros e, embora sejam falsas, não demorará muito para que descubram que fomos ao porto e colocamos o dinheiro em um barco. Especialmente depois do assalto de hoje. Claro, as coisas foram mais tranquilas lá, mas qualquer um poderia ter capturado algo na câmera neste momento — Segundo explicou.

— *¡Dios mío!* Vocês roubaram outro banco hoje? Enquanto eu dormia? — Engoli em seco, percebendo que não deveria chamar atenção para aquela informação.

— Cristo! — Primário andou na frente da cama onde eu estava amarrada com as mãos atrás da cabeça.

— E o que você quer fazer sobre isso agora? — Primário fervilhava, e eu quase podia ver a saliva saindo por baixo da máscara frágil quando ele falou.

— Vamos ter que deixá-la e o dinheiro em algum lugar na próxima parada em Holland, Michigan, antes de passar para o Plano C.

— Plano C? Qual era o plano B? — perguntei.

Primário me ignorou.

— Tudo bem — ele retrucou. — Pegue o Seis e o Sete para lidarem com o Três e o Quatro. Esses dois não são confiáveis, depois do que a Lily compartilhou ontem. Eles vão nos dar problema.

— Qual é o Plano C? — perguntei. Me senti mais esperançosa depois de ouvi-lo dizer *tudo bem* para que eu fosse deixada em algum lugar no Michigan. Caramba, eles poderiam me deixar em um banheiro sujo de posto de gasolina, e eu daria a eles uma salva de palmas.

— Você verá em breve — Primário respondeu, mais uma vez me ignorando. — Desamarre-a. Vamos levá-la para a frente para comer. Podemos confiar que você não vai pular no mar ou gritará a plenos pulmões se a levarmos para o convés?

— Você vai mesmo me libertar hoje? — perguntei.

Ele assentiu.

— Sim, *Liliana* — ele pronunciou meu nome de forma mordaz. — Nós vamos mesmo te libertar hoje.

— Então sim, vou me comportar. — E falei sério. Eu queria ir para casa, para minha família. Abraçar Mama Kerri e chorar até não aguentar mais. Eu queria ver Omar, ter certeza de que ele estava bem e depois lhe dar um tapa por me deixar atraída quando ele tinha uma mulher e um bebê a caminho. Eu queria me sentir segura novamente.

Segundo desamarrou cada um dos meus tornozelos enquanto Primário soltava meu pulso bom. Segundo pressionou meu pé e esperei enquanto ele avaliava a entorse. Ele o flexionou para frente e para trás. Respirei fundo quando ele manipulou o calcanhar e o arco do meu pé, onde sofri o maior dano.

— Quando você for resgatada, peça para fazerem um raio-X do ombro e do pé, para garantir que nenhum deles esteja fraturado ou quebrado. Fiz o que pude, mas você pode precisar se consultar com um cirurgião.

Assenti.

— Pode deixar.

— Primeiramente, vamos comer e conversar — Primário ordenou.

Com a ajuda de Segundo, saí da cama e manquei ao lado deles. Tínhamos acabado de sair do quarto no final do corredor quando a porta do quarto de Quatro se abriu e outro homem mascarado apareceu na nossa frente.

— Eu vou matar cada um de vocês! — Quatro berrou por trás do novo cara mascarado.

Não pude deixar de espiar ao redor dele e olhar pela porta. Meu olhar foi direto para os assustadores olhos azuis escuros dele. Os mesmos que eu lembrava de ter visto quando ele me jogou no chão no banco. Que colocou uma arma na cabeça de Omar e na minha também. O mesmo que olhei quando ele matou aquele jovem. O mesmo que me machucou no banco.

Quatro tinha cabelos grisalhos compridos, escuros e pegajosos, que batiam nos ombros. A barba e bigode desalinhados estavam descuidados e emaranhados com o que presumi ser suor ou algo nojento. Seu nariz era grande e pingava ranho de uma narina. Ele sibilou e sorriu loucamente direto para mim.

— Ei, princesinha, que tal você vir aqui e sentar no colo do velho Mac, hein? — ele provocou.

— Mac, cale a boca! — Tucker, que eu sabia ser o terceiro bandido, também estava sem máscara e amarrado a uma cadeira ao lado do primo. Ele tinha cabelo castanho avermelhado tão curto no topo que eu podia ver seu couro cabeludo branco através das mechas. A barba por fazer aparecia em seu queixo. Seus olhos eram de um castanho escuro que eu me lembrava de ter visto no banco através da máscara de esqui também.

— Dê uma boa olhada, linda princesa. Esse é o rosto que você verá não apenas em seus pesadelos, mas onde quer que você deite a cabeça à noite. Assim que eu sair daqui, vou cortar essa linda cabeça do seu pescoço. Talvez eu a mantenha como prêmio. — Ele ergueu o queixo.

— Cale-se! — Tucker implorou ao lado dele.

— Vocês todos vão morrer. Marquem as minhas palavras. Vou matar cada um de vocês! — Quatro zombou e outro homem mascarado entrou por uma porta no fundo do quarto. Eu não conseguia me lembrar de ter visto um cara alto e magro antes e não dei uma boa olhada antes de ele bater a porta, cortando nossa visão.

— Desculpe, chefe — o homem diante de nós falou em um tom grave, profundo e estrondoso que eu não tinha ouvido antes.

— Está tudo bem, Cinco. Amordace os dois e pode sedá-los. Estaremos nos preparando para o transporte quando chegarmos ao porto da Holanda.

— Pode deixar, chefe — ele disse e voltou para o quarto.

— Vá se foder. Se afaste de mim com essa agulha, seu imbecil! Lute como um homem de verdade! — Ouvi Quatro gritar antes de tudo ficar em silêncio.

— Venha. Vamos acomodá-la antes de transportá-la. — Primário me conduziu até o convés.

Gemi ao dar uma garfada no robalo mais delicioso que já provei. Era amanteigado, fofo e derretia na boca.

— Uau, para bandidos, vocês com certeza comem muito bem — eu disse acrescentando outra garfada de risoto de queijo. A refeição foi combinada com aspargos grelhados, e comi como se não fizesse uma refeição há uma semana. Mas eu estava com fome depois de dormir o dia todo.

— Não somos bandidos — Primário reclamou.

Eles já deviam ter comido porque estavam sentados na mesa com vista para a água, me observando comer. Apontei o garfo para os dois rostos mascarados.

— Sequestro. Roubo. Essas não são coisas que os mocinhos fazem — eu os lembrei, não que eles pudessem esquecer.

Primário suspirou e se levantou, levando consigo a taça

intocada de vinho branco até a beira do barco, ficando de costas. Ele levantou a máscara e, creio eu, tomou um gole de vinho. Então ele se virou, com a máscara de volta no lugar, cruzou os tornozelos um sobre o outro e focou em mim.

— Liliana, a gente tinha que fazer o que foi feito. Um homem muito mau estava arruinando muitas vidas.

— Então, você roubou dois milhões de dólares para resolver isso? — Bufei e ri.

— Roubamos um total de seis milhões, após o carregamento de hoje, sem mencionar os outros que já havíamos roubado e que não receberam a mesma atenção da imprensa — corrigiu.

— S-seis milhões. Como isso ajuda todas as vidas arruinadas relacionadas a esse homem mau? — contra-ataquei.

Seus ombros caíram e ele suspirou novamente.

— Todo o dinheiro será devolvido. É parte do motivo pelo qual queríamos que você viesse jantar conosco. Assim, poderíamos compartilhar onde deixaremos o dinheiro. O dinheiro nunca foi o objetivo. Só precisávamos que ele fosse roubado para que uma auditoria e investigação massiva ocorresse em cada um dos bancos que atacamos, bem como daqueles que ativamos com os alarmes falsos.

— Mas por quê? Três pessoas morreram! — Empurrei o prato para longe. A comida agora tinha gosto de serragem em minha língua quando a lembrança dos olhos sem vida daquele gerente de banco apareceu em meus pensamentos.

— Admito que contratar os primos MacCreedy foi uma má ideia. Tucker e John "Mac" MacCreedy nos foram sugeridos por uma fonte sólida. Uma fonte que desde então desapareceu. Confiamos nessa pessoa, pois ela serviu com os dois. Eles eram irmãos de farda. Confiamos nesse recurso, nessa conexão, e planejávamos pagá-los de forma generosa por isso, com *nosso próprio* dinheiro. Não dos bancos. O plano sempre foi devolver o que foi roubado. E agora, meu irmão e eu temos que lidar com essa escolha infeliz, mas não puxamos o gatilho. Nem deveria ter munição em nossas armas. Francamente, nem sei como atirar com a arma que tenho na mão. Os MacCreedy devem tê-las carregado por conta própria.

— Então, as armas eram de mentira? — esclareci.

Ele assentiu.

— Esse era o plano, até que deu tudo errado.

— E o roubo de hoje? — perguntei.

— Ninguém se machucou. Nem mesmo um arranhão.

— Os outros?

— Também. Sem problemas — ele suspirou.

Assenti.

— E agora?

— Quando chegarmos a Holland, Michigan, vamos te deixar em uma das casas que alugamos por meio de uma corporação fictícia. Em seguida, faremos uma ligação anônima para as autoridades com sua localização.

— E os MacCreedy?

— Vão ficar no porta-malas de um carro, estacionado em um depósito ao lado de onde deixaremos o dinheiro para a polícia encontrar. Vamos te dar um bilhete com o endereço e pedir que você o entregue à polícia. — Primário veio até a mesa e sentou-se à minha frente. Ele pegou minha mão e segurou-a entre as suas. — Lamento que tudo isso tenha acontecido com você, Liliana. — Ele apertou minha mão, talvez tentando demonstrar a verdade por trás de suas palavras. — Nada disso deveria ter acontecido. Espero que um dia você entenda e seja capaz de perdoar a mim e ao meu irmão pelo que teve que ser feito. — Por fim, ele deu um tapinha gentil em minha mão e me soltou.

Segundo, que eu não tinha percebido que havia deixado a mesa, apontou para o horizonte de onde estava perto do pequeno bar.

— Ali está o Grande Farol Vermelho de Holland.

Olhei para onde ele apontou e notei um farol de dois andares, que era de fato vermelho brilhante e deslumbrante. Era lindo, como um farol para próxima liberdade.

Em trinta minutos, os homens estavam correndo ao redor do barco, se preparando para atracar. Foi também quando Segundo veio até mim e me ofereceu a mão. Ele me ajudou a ficar de pé e olhei para seu rosto mascarado.

— Eu realmente sinto muito por tudo, Liliana. Também sinto muito por isso — ele afirmou, e eu senti uma agulha ser espetada na lateral do meu pescoço.

— Você me drogou? — murmurei quando minha língua ficou grossa e comecei a oscilar. Meus joelhos, de repente, pareciam gelatina. Em instantes, eu era incapaz de me segurar. Bati no peito de Segundo e me apoiei. Olhei para seu rosto mascarado. — Você é péssimo — foi a última coisa que eu disse antes de mais uma vez, apagar.

Estava escuro quando acordei com o som de uma batida forte. Eu estava deitada em uma cama desconhecida, com os tornozelos e braços mais uma vez amarrados à cabeceira e ao estribo. Uma colcha macia havia sido jogada sobre meu corpo.

As batidas ficaram mais altas quando notei luzes vermelhas e azuis piscando pelas janelas, lançando um brilho estranho no teto.

Abri a boca e tentei falar, mas o sedativo estava tentando me puxar de volta para o sono.

— Socorro. — A palavra saiu da minha boca soando baixa.

Ouvi um outro grande estrondo e o som de madeira se partindo quando algo se abriu. Olhei ao redor do quarto, tentando manter os olhos abertos, mas eu estava muito cansada.

— Liliana! — Ouvi gritos.

— Liliana! — Um pouco mais alto e mais perto.

— Socorro! — resmunguei e tentei puxar os braços sem sucesso.

— Liliana! — Ouvi ainda mais perto, vindo talvez do lado de fora do quarto em que eu estava. Eu conhecia aquela voz. Parecia… Omar.

— Omar! — chamei assim que a porta se abriu.

Lá estava ele.

Meu cavaleiro vestido todo de preto, parecendo mortal e selvagem.

— *¡Mi lirio!* — ele ofegou quando veio para a cama e segurou meu rosto. Beijou meus lábios com força, e tentei beijá-lo de volta, mas estava grogue por causa das drogas. Ele se afastou e beijou minhas bochechas, minha testa, meu queixo e depois minha boca. — Você está viva. Obrigado, Deus. Você está viva, linda. — Ele me beijou novamente. — Nunca mais vou te deixar de novo, mulher. Nunca mais — ele grunhiu e pressionou sua testa na minha.

— Omar. — Sufoquei um soluço cheio de alegria.

— Liliana! — Ouvi outra voz que reconheci como a de Jonah vindo de fora do quarto.

— Aqui! Ela está aqui. Viva! — Omar gritou.

— Me desamarre, por favor — murmurei enquanto saía lentamente da névoa de drogas.

Jonah entrou no quarto e levou a mão direto ao coração.

— Ah, querida, estou feliz em vê-la! — Ele sorriu largamente e veio até mim.

— Ela está amarrada. Solte o outro pé dela — Omar ordenou. Não via a tipoia, embora eu soubesse que ele havia levado um tiro há alguns dias e que ele a estava usando na entrevista hoje cedo. Como ele estava aqui? Não que eu não estivesse imensamente feliz por vê-lo, senti-lo e tocar seu corpo poderoso, mas como eles me encontraram tão rápido?

Jonah e Omar me desamarraram e, em seguida, os dois homens deram a volta ao redor da cama para me ajudar a sentar.

— Por que seu pé e ombro estão enfaixados? — Omar perguntou no segundo em que o cobertor foi removido e eu estava sentada.

— Apenas me tire daqui. — Segurei seu rosto. — Preciso ir para casa.— Minha voz falhou enquanto as lágrimas caíam uma após a outra pelo meu rosto. As emoções muito intensas cresciam como um vulcão em ebulição. Eu podia me sentir perdendo o controle, com a onda de emoções reprimidas crescendo em um ritmo acelerado ao saber que finalmente estava na segurança de pessoas que se importavam comigo.

Omar se moveu para me levantar em seus braços e Jonah bateu em seu peito.

— Omar — ele o repreendeu. — Você levou um tiro há dois dias. Eu a carrego.

As narinas de Omar dilataram e sua mandíbula tensionou antes que ele assentisse uma vez.

Fui enrolada em um cobertor e levantada como uma princesa nos braços de Jonah. Ele me carregou para fora do quarto onde meus captores haviam me deixado, descendo as escadas da casa estranha e seguindo direto para fora. Não havia nada além de árvores até onde a vista alcançava.

— Onde estamos?

— Uma casa de temporada na Waukazoo Street, em Holland, no Michigan. Sabe como chegou aqui? — ele perguntou enquanto me carregava para uma ambulância.

— Mais ou menos... Ah! Precisamos verificar meus bolsos ou o quarto. Meus captores disseram que deixariam um bilhete.

— Um bilhete?

— Com a informação de onde estão os bandidos e o dinheiro. — Respirei fundo. — Precisamos verificar meus bolsos — insisti. O medo afastou a ilusão de segurança. — Aqueles homens me querem morta. Pelo menos um deles quer. Ele disse que cortaria minha cabeça. — Chorei e meu corpo começou a tremer quando o medo absoluto de sua ameaça e a seriedade com que ele a fez me atingiu em cheio. E se ele pegasse minha família? Mama Kerri...

Ofeguei contra o peito de Jonah com o pensamento assustador de Quatro ou "Mac" chegando aos meus entes queridos.

— Seus captores? — Jonah perguntou.

Balancei a cabeça quando tudo veio a mim, de todos os ângulos. O brilho ofuscante das luzes da polícia e da emergência, a dor no ombro e no tornozelo. Os beijos de Omar e seu rosto bonito. Jonah me segurando como se eu fosse uma carga preciosa. E os homens que me queriam morta, junto com os homens que finalmente me salvaram.

Era demais. Tudo se fundiu e se confundiu em uma grande bola gigante de medo.

De repente, fui consumida pelo pânico.

— Omar! Eu preciso do Omar — gritei, me debatendo nos braços de Jonah, me esquecendo de quem ele era, onde eu estava e o que estava acontecendo. Tudo o que eu sabia é que era demais. Eu ia morrer.

— Baby, estou bem aqui. — Ele me puxou para fora do aperto de Jonah, e eu enfiei o rosto em seu pescoço e o segurei com meu braço bom, cravando as unhas em sua camisa.

— Não deixe que eles me peguem. Por favor, não deixe que eles me levem de novo. Ele quer a minha cabeça. — Eu tremia tanto que não conseguia recuperar o fôlego.

— Ela está em estado de choque, senhor. Por favor, coloque-a na maca — alguém falou.

Segurei com mais força.

— Não! Não me toque! — gritei como um demônio sendo exorcizado.

Omar envolveu seu corpo no meu tão completamente que me aconcheguei ainda mais contra ele, me encolhendo contra a única fonte de segurança em que acreditava.

— Você está bem, está em meus braços. Bem onde você deveria estar, *mi amor*. *Shhh*, deixe-os cuidar de você.

Balancei a cabeça repetidamente e me agarrei a sua força, sua voz, seu cheiro, seu toque, seu *tudo* ao meu redor. Eu não estava segura em lugar nenhum, exceto em seus braços

— Eles vão me encontrar. O Jonah tem que pegá-los. Eles

querem a minha cabeça — eu resmunguei e tremi com tanta força que meus dentes batiam. Olhei desesperadamente para os olhos castanhos mais bonitos que já conheci. — Por favor. Não deixe que eles me peguem, Omar.

— Ninguém vai tocar em você nunca mais, Liliana. Estou aqui agora. Estou com você. Fique calma e respire. Respire por mim, baby.

Ele se sentou na maca comigo enrolada como uma bola em seu colo. A ambulância fechou as portas e saiu depressa, com a sirene tocando.

Estremeci, me lembrando das sirenes que soaram noite adentro na minha segunda tentativa de fuga do barco. A noite em que quase me afoguei.

— Estou com você. Ninguém vai te machucar, nunca mais. Nunca mais mesmo. Eu prometo, *mi amor*. — Ele entrelaçou a grande mão no meu cabelo e beijou meu rosto inteiro de leve. Me concentrei em cada toque de sua pele macia em meus olhos. Minhas bochechas. Minha testa. Meu nariz. Finalmente, ele beijou meus lábios até que comecei a me aquecer e responder, respirando mais normalmente, mesmo enquanto eu tremia em seus braços.

— F-frio — murmurei contra seus lábios.

Ele assentiu.

— Tudo bem, Liliana. Vamos aquecê-la, mas você tem que deixar os paramédicos cuidarem de você. Estou bem aqui.

Eu me agarrei a sua camiseta, mantendo-o contra mim, e balancei a cabeça, apoiando o rosto contra seu peito e ouvindo a batida de seu coração.

— Ela precisa de um pouco mais de tempo. Vamos tentar de novo no hospital — ele disse às pessoas que enrolaram um cobertor quente em nós dois. Eu me aconcheguei mais profundamente em seu peito.

— Você tem que encontrar o bilhete — sussurrei.

— Onde está? — ele perguntou enquanto eu o abraçava.

— No meu bolso? — respondi com uma pergunta, porque

não tinha certeza onde meus captores teriam colocado as informações já que fui sedada.

Omar passou a mão pela minha coxa até o lado do moletom masculino solto que eu usava. Ele puxou algo. Era um pedaço de papel pautado em amarelo dobrado.

— Peguei o bilhete, linda. Agora, descanse. Eu cuidarei de tudo.

Apoiei a orelha em seu peito e senti seu cheiro, deixando-o me confortar e acalmar os arrepios que não diminuíram desde que fui encontrada. Me concentrei naquele cheiro e em seu batimento cardíaco, e fechei os olhos cansados e ardendo.

Apesar de sonolenta, eu podia ouvir Omar falando.

— Sim, Jonah, é o Omar. Você precisa levar sua equipe para as Unidades cento e cinco e cento e seis de Armazenamento de Barcos de Holland. Os sequestradores deixaram um bilhete no bolso da Liliana. Tome cuidado. Pode haver dois homens que participaram dos assaltos ao banco e do sequestro dela. Eles podem estar armados. Talvez tenha dinheiro em uma das unidades. Sim, tudo bem. Ela não está bem, mas vai ficar. Vou me certificar disso. — Ele passou o braço em volta das minhas costas e me colocou mais perto de seu calor.

Enquanto eu estivesse nos braços deste homem, sabia com todo o meu ser que ficaria bem.

TREZE

Acordei com a sensação de alguém passando os dedos pelos meus cachos. Murmurei e suspirei, me aconchegando mais perto do calor que descia pela frente do meu corpo.

O calor começou a tremer enquanto um riso abafado me tirava de meu lugar sonolento e feliz.

— Vai abrir esses lindos olhos para nós, *mi amor?* — Eu não apenas ouvi o estrondo profundo, mas senti aquela voz contra meu peito e minhas pernas.

Pisquei, abrindo os olhos, e descobri que estava pressionada da cabeça aos pés contra um corpo masculino. O sabonete de Omar, misturado com um aroma rico e terroso de colônia, entrou em meus pulmões. Meu braço bom estava em volta de sua cintura, mantendo-o perto.

— Aí está ela. Oi, baby, como você está se sentindo? — ele perguntou e acariciou minha testa com a sua.

Engoli em seco e avaliei como meu corpo estava. Meu tornozelo e ombro latejavam, mas na maior parte, eu estava bem. Ontem à noite, quando chegamos ao hospital, não quis ser atendida até que pudesse me acalmar e ver as coisas com mais clareza. Minha saúde geral e sinais vitais estavam bons, mas os médicos estavam preocupados com meu estado mental, e decidiram me internar. Se não tivessem deixado Omar ficar, eu teria enlouquecido.

— Menina. — A doce voz de Mama Kerri entrou em minha mente nebulosa e me virei na direção do som.

— Mama? — Engoli em seco ao ver seu lindo rosto.

Lágrimas escorriam por suas bochechas enquanto ela sorria.

— Mama! — exclamei quando a sensação avassaladora de amor encheu o quarto e aliviou qualquer resquício de tensão que eu pudesse ter tido ao acordar.

Omar nos sentou na pequena cama de hospital onde dormi profundamente contra seu corpo. Ele se levantou quando Mama deu a volta e ocupou seu lugar. No momento em que a essência dela me envolveu, comecei a chorar de alegria.

— Ah, minha garota, eu estava tão, *tão* preocupada — ela admitiu e beijou o topo da minha cabeça.

Assenti contra ela, respirando a única unidade parental que tive desde que meus pais biológicos morreram há quase vinte anos.

— Eu estava com muito medo, Mama — confessei. — Mas tentei fugir. Escapei do iate duas vezes, mas fui levada de volta.

— Iate? — Omar questionou. — Você foi mantida em um iate?

Esfreguei o nariz na manga da bata do hospital e enxuguei os olhos.

— Sim. Era chique também.

— Liliana, você vai precisar dar um depoimento completo para as autoridades. Consegui afastá-los ontem à noite, porque você não estava em condições de falar. Receio não poder fazer o mesmo hoje, *mi amor.*

Suspirei e segurei a mão de Mama.

— Vou contar a eles o que sei. Encontraram os bandidos?

Seu rosto passou de suave a granito em um segundo plano.

— Vamos chamar o médico para te examinar, certo? Depois podemos discutir o resto…

— Omar, não! — Fiz uma careta. — Eu mereço saber a verdade. O que o FBI encontrou naquelas unidades de armazenamento?

Sua mandíbula se firmou e ele soltou um suspiro frustrado.

— Encontraram todo o dinheiro. Cada dólar que foi roubado. E não foram apenas os dois bancos que sabíamos que haviam sido roubados. Era de vários outros abrangendo toda a área do Great Lakes. Parece que todos os bancos estavam sob o mesmo guarda-chuva corporativo. Todos pertencem e são operados há trinta e cinco anos por Gregory Winston.

— Não reconheço o nome — falei. — E quanto aos MacCreedy?

Dessa vez, ele franziu a testa e arqueou as sobrancelhas.

— Quem são os MacCreedy?

Fechei os olhos enquanto sentia o pânico me envolver.

— Quem são os MacCreedy, Liliana? Você mencionou que dois homens estariam nas unidades de armazenamento, mas tudo o que encontramos foi um compartimento arrombado. Parecia que um veículo havia batido nele.

— Você quer dizer que eles fugiram? — Eu tremia nos braços de Mama. — Não, por favor, não me diga que eles fugiram? — Engoli em seco, sentindo o pavor me tomar.

— Querida, nenhum de nós tem certeza de nada neste momento. Nosso foco tem sido inteiramente em você. As garotas e eu estamos na sala de espera desde que você chegou ontem à noite, mas não deixaram nenhuma de nós vê-la. Você estava em tal estado que Omar era a única pessoa a quem você respondia de maneira positiva.

Peguei a mão dela e a apertei.

— *Lo siento*, Mama — murmurei. — Sinto muito por ter assustado vocês. Todos vocês. — Olhei de seu rosto cheio de tristeza para o rosto zangado de Omar.

— Menina, você está viva e falando comigo. Agradecerei à minha estrela da sorte e ao bom Deus por Ele ter te trazido de volta para mim, sã, salva e inteira. — Ela segurou meu rosto e enxugou as lágrimas dos meus olhos com os polegares. — Vamos resolver tudo o mais. Certo, querida?

Assenti, tentando me concentrar no bem em vez do fato de que as autoridades não tinham os MacCreedy sob custódia.

— Vou chamar o Jonah e o Ryan aqui para pegar seu depoimento. Mas primeiro, vou chamar suas irmãs. Tenho certeza de que você quer vê-las. Mas só um pouco. Precisamos começar a caçar esses homens antes que eles machuquem mais alguém — Omar falou.

Ou que venham atrás de mim, pensei.

Quatro, ou devo dizer John "Mac" MacCreedy, queria que eu morresse. Ele deixou isso bem claro em sua última ameaça antes de eu ser libertada por meus captores e encontrada pela equipe do FBI, Omar e Jonah.

E se eles também soubessem quem eu era? Se não soubessem, com certeza descobririam em breve. Eu sabia que a imprensa devia estar fazendo um ótimo trabalho, divulgando todos os detalhes sobre a mais nova tragédia da minha família.

Isso significava que nenhuma de nós estava segura.

Olhei diretamente nos frios olhos azuis daquele monstro chamado John MacCreedy e não vi nada além de desdém e ódio puro.

Não era uma questão de saber se ele viria atrás de mim. A verdadeira questão era *quando* ele viria. E se eu estaria ou não pronta para lutar contra.

Assim como no iate, eu faria o que fosse necessário para proteger minha família e permanecer viva.

Depois de abraços cheios de lágrimas e um belo encontro com minha família, passei algumas horas repassando tudo de que conseguia me lembrar sobre o sequestro e todos os detalhes de que me lembrava sobre os MacCreedy. Embora, por alguma razão, eu tivesse deixado de fora que as duas pessoas principais que me mantiveram trancada a sete chaves eram irmãos e que um deles era médico. Em vez disso, compartilhei lembranças vagas do meu tempo com os dois homens, confirmando que eles usaram máscaras o tempo todo, mas me tratavam bem. Deixei claro que sabia que havia pelo menos sete homens envolvidos, mas os MacCreedy foram os que saíram do roteiro e mataram aquelas pessoas no banco. Também contei que eles foram contratados e não tinham qualquer relação anterior com o restante do grupo.

O que também não contei foi o fato de que meus dois captores estavam roubando os bancos para resolver algo que eu achava que tinha a ver com o banco. Eu ainda não conhecia o lado deles, mas guardei essa parte da especulação para mim. Talvez quando descobrissem que os MacCreedy haviam escapado das unidades de armazenamento, meus dois sequestradores compassivos ajudariam a encontrá-los. Eu sabia que Primário e Segundo não estavam apenas enojados com o que havia acontecido, mas provavelmente sentiam uma intensa responsabilidade e culpa em relação às vidas que foram perdidas… e que ainda poderiam ser perdidas, agora que os MacCreedy estavam fugindo.

Esperava que aqueles dois estivessem fugindo. Definitivamente me faria sentir um pouco mais em segurança, mas nada agora me faria sentir segura.

Nada além de Omar.

Minhas irmãs concordaram em ir para casa e aguardar minha alta do hospital ainda hoje. Mama Kerri, no entanto, se recusou a sair sem a filha ao seu lado. Ela concordou em tomar café e comer alguma coisa enquanto Omar e eu esperávamos que o médico me desse alta. Dei todas as informações que estava preparada para dar às autoridades, e guardaria o resto para mim.

Omar tirou um moletom masculino de uma bolsa transparente que continha as coisas que eu estava usando quando entrei no hospital ontem à noite.

Balancei a cabeça ao ver aquelas roupas, sabendo que eram de Primário.

— Não vou usar isso. Pertencia a um dos meus sequestradores — declarei, curvando os lábios.

— Sem problemas, *mi amor*, pode usar minha roupa. — Ele pegou uma mochila preta que tinha o logotipo da Holt Security estampado na lateral em letras grandes e inclinadas. Omar tirou uma calça de pijama masculina verde floresta muito macia. Ele me entregou uma camiseta masculina preta dobrada com decote em V que também era supermacia.

— *Gracias*. Hum, você acha que poderia me ajudar? — Mordi o lábio inferior, odiando precisar da ajuda dele, mas ainda mais chateada comigo mesma por *querer* isso. Querer a ele.

Omar assentiu e tirou o cobertor das minhas pernas. Em seguida, ele me ajudou a me mover para o lado da cama. Ele ficou na minha frente e estendeu a mão para desamarrar a bata do hospital. Empurrou o tecido para longe, o que me deixou completamente nua diante de seus olhos. Ele não olhou para baixo, seu olhar se manteve fixo acima do meu pescoço.

No entanto, olhei porque não me observava desde o dia do assalto ao banco, quando saí do banho. Eu sentia dores em todos os lugares.

Ofeguei com a cor roxa e os machucados em meus joelhos, onde bati no chão no banco.

De repente, Omar estava traçando as grandes marcas com os polegares. Ele inclinou o copo e deu um beijo suave em um joelho e depois no outro, antes de seu olhar encontrar o meu.

Observei em silêncio enquanto ele olhava de um ferimento para outro. O próximo foi na minha coxa, onde ficou claro que fui maltratada por um bruto. Havia marcas escuras de polegar nos lados das minhas pernas. Cada mancha roxa recebeu um beijo suave de Omar que fez meu pulso disparar.

Passei os dedos por seu cabelo grosso e preto. Era tão macio quanto eu sabia que seria, como fitas de ônix.

Ele levou a mão até minha caixa torácica e abaixou a cabeça, dando um beijo logo abaixo do meu peito nu, onde outro feio hematoma roxo se formou.

Engoli em seco e ele olhou para meu peito e depois para o meu rosto. Com aqueles olhos castanhos deslumbrantes nos meus, observei que eles se iluminavam com uma possessividade ardente que eu não temia. Nesse momento, ele estava reivindicando meu corpo, cobrindo marcas que foram feitas com violência e não com amor. A cada carícia, parecia que ele estava fazendo promessas para mim através de seu toque. Cada beijo me dizia o quanto ele se importava. Quanto dano ele provocaria naqueles que me machucaram.

— Omar. — Umedeci os lábios enquanto ele inalava profundamente perto do meu peito, o calor de sua respiração estimulando um mamilo ereto. Por um segundo ele olhou direto nos meus olhos. Tinha certeza de que ele viu toda a minha necessidade, esperança e desejo. Apertei mais seu cabelo, levando seu rosto para mais perto do meu peito nu, uma oferta que ele aceitou com avidez, primeiro com um beijo diretamente sobre meu mamilo, em seguida tomando todo o pico no calor de sua boca. Ele girou a língua contra a ponta ardente e sugou até que gemi com a sensação de ter sua boca *ali*. Finalmente.

Gemi, arqueando com o prazer e querendo mais, enquanto ele provocava meu mamilo, lambendo, acariciando e sugando em um ritmo vertiginoso que fez a excitação se acumular no espaço entre minhas coxas.

Ele se afastou e eu quase gritei de frustração até que ele mudou a boca talentosa para o outro seio e repetiu suas atenções. No momento em que ele beijou cada seio, por cima do meu ombro e pelo meu pescoço, eu me sentia arder pela necessidade sexual. Suspirei com a sensação quente e prazerosa. Foi muito além do oposto da feiura que experimentei nos últimos dias. Eu ansiava por mais.

Em vez de me beijar como eu queria, ele se levantou e puxou a camiseta preta sobre minha cabeça e me ajudou a colocar o braço machucado dentro antes que eu pudesse enfiar o braço bom na manga, sozinha.

— Omar? — questionei, me sentindo tímida e indesejada de repente, depois que ele interrompeu as carícias.

Ele parou diante de mim, cerrando as mãos ao lado do corpo.

— Liliana, tudo o que quero é te deitar nesta cama e penetrar em seu corpo de forma tão profunda, que nos tornaremos um. Mas não quero que nossa primeira vez seja quando suas emoções estão abaladas. Quando você decidir fazer amor comigo, vai ser porque você quer isso mais que tudo. Não porque precisa substituir as emoções assustadoras com as quais está lidando agora.

— Mas eu te quero — admiti pela primeira vez desde que nos conhecemos meses atrás.

Ele segurou minhas bochechas.

— Sei que quer. E estou feliz com isso, *mi amor*, mas nossa primeira vez não será em uma cama de hospital depois que você foi sequestrada, está com medo e se recuperando de seus ferimentos.

Soltei um suspiro de raiva porque ele estava certo. No momento em que seus lábios tocaram meus joelhos, o hospital desapareceu e éramos apenas nós. Estar com ele fazia com que tudo desaparecesse. E parar era a coisa certa a fazer. Não apenas por causa das coisas que ele notou, embora todas essas razões fossem boas.

— E a mulher grávida com quem te vi há três meses? Ela ainda está em sua vida? — questionei, relembrando minha razão original para afastá-lo de minha vida.

Ele inclinou a cabeça e observou meu rosto.

— Que mulher?

Olhei para ele, minha ira voltando com força total agora que sua boca não estava em mim, e eu estava pensando com mais clareza.

Ele pegou as calças e as levou até meus pés, onde as puxou para cima das minhas coxas. Omar me ajudou a ficar de pé e a puxou para cima, enrolando o cós em seguida, para que não ficasse comprida demais.

— Charlie e eu vimos você na antiga Igreja de St. Patrick's uma semana depois que a situação da Addison terminou. Na mesma semana que você disse que queria me levar para sair, que desejava ter um relacionamento comigo. Você estava na igreja com uma linda mulher com longos cabelos escuros. Você foi amoroso com ela, abraçando-a, tocando sua barriga. — Tossi tentando esconder a tristeza em meu tom.

Omar colocou uma das mãos no meu quadril e a outra na minha bochecha, me forçando a levantar a cabeça e olhar em seus olhos.

— A única mulher grávida em minha vida é a minha irmã gêmea, Ophelia. Sim, ela é linda, mas sou tendencioso. Ela também está criando meu sobrinho sozinha. Eu fui seu companheiro de parto. Ela e o bebê estão morando no apartamento em frente ao meu, assim posso ficar de olho neles.

— Sua irmã? — Senti o lábio inferior tremer com a verdade por trás de sua resposta.

— Sim, *mi amor*. Eu não ficaria atrás de você como fiz se tivesse outra mulher em minha vida. Desde o dia em que coloquei os olhos em você, estou sob seu feitiço. Outras mulheres deixaram de existir. Nenhuma se compara ao seu fogo, sua beleza, seu espírito.

— Irmã gêmea? — Engoli em seco, confusa.

— Ophelia sabe de tudo sobre você. Ela te chama de *la fiera*, minha fera. — Ele sorriu. — Ela vai ficar emocionada em conhecê-la. Irá provar que não estou mentindo. — Ele riu.

Meus olhos se encheram de lágrimas, e passei meu braço em volta de seu ombro.

— Sinto muito, Omar. Eu pensei… — Fechei os olhos. Meu passado estava atrapalhando o potencial para o meu futuro.

— Você pensou que era a outra? — ele resmungou baixinho. — Eu liguei, mandei mensagens, deixei recados na caixa postal, passei na sua casa. Você me evitou. Eu pensei… — Ele balançou a cabeça. — Parei de te procurar, porque depois de tentar por um mês… — Ele deu de ombros. — Acreditei que talvez tivesse imaginado nossa química. Depois de tentar tantas vezes, percebi que você realmente não me queria mais.

Segurei seu pulso e esfreguei sua mão em minha bochecha.

— Eu queria. Mas no passado, fui magoada por homens que

amei. Fui gravemente machucada. Mentiram para mim. Me traíram. Vi você com aquela mulher…

— Minha irmã gêmea — ele interrompeu inutilmente, me fazendo me sentir ainda mais arrependida.

Engoli a dor daquele erro e assenti.

— Vi você com sua irmã e simplesmente surtei. Fiz tudo o que pude para te evitar. Até que o universo nos colocou no banco ao mesmo tempo.

Ele recuou e esfregou o queixo.

— Eu não deveria ter parado de tentar. Deveria ter feito você falar comigo. *Mi madre* pensou que talvez eu te lembrasse do perigo que você correu. Foi então que decidi que lhe daria um tempo. Esperar alguns meses e tentar de novo quando estiver em uma posição emocional melhor.

Deus, fui tão estúpida. Ele era um homem muito bom.

— Sinto muito. Eu não… — Meu lábio inferior tremeu. — Não mereço você — finalmente resmunguei.

Ele pressionou os dedos em meus lábios.

— Falaremos mais sobre isso quando você estiver segura em meus braços e nós estivermos prontos para dormir.

— *Nós?*

Suas sobrancelhas se ergueram na linha do cabelo.

— Se você acha que vou deixá-la fora de minha vista tão cedo, *mi amor*, está muito, muito errada. Especialmente agora que sei por que você tem me evitado nos últimos três meses. Ophelia vai morrer de rir quando descobrir.

— Parece que você tem um vínculo muito próximo com sua irmã.

Ele assentiu.

— Como você com as suas. Só que sou só eu, Ophelia, *mi madre* e meu irmão, Arturo. Eles administram nosso restaurante familiar no centro da cidade.

— Restaurante familiar?

Ele abriu um sorriso enorme.

— Assim que você estiver bem o suficiente, eu a levarei lá. Você terá a melhor sopa de tortilla que já provou — ele se gabou com muito orgulho.

Sorri, mas em seguida, semicerrei o olhar.

— Sou conhecida em minha família por minha cozinha tradicional mexicana, então sua família tem que atender às minhas altas expectativas — eu disse, sentindo uma grande excitação com a ideia de que eu teria tal experiência com ele e sua família.

Ele segurou minhas bochechas, esfregou o nariz contra o meu e sussurrou contra meus lábios.

— A competição de comida será emocionante, *mi amor*. Estou ansioso pelo desafio.

Um homem que não apenas protegia, mas amava sua família e cozinhava também? Eu devia ter sonhado.

Omar pressionou os lábios nos meus e me beijou. Deixando o passado ir com cada suspiro e pressão de sua língua na minha, dei a ele tudo de mim. Retribuindo seu desejo e clara devoção a mim e ao nosso futuro. Para ele, era certo que acabaríamos juntos e, pela primeira vez, acreditei nele.

Nos beijamos por tanto tempo e tão completamente, que não vimos a enfermeira e Mama Kerri entrarem no quarto ao mesmo tempo.

— Ah… Hum, desculpe, meus queridos. Mas está na hora de nossa garota ir para casa. — As bochechas de Mama Kerri ficaram tão rosadas quanto tenho certeza de que as minhas ficaram depois que vi Omar lamber os lábios como se estivesse me provando pela segunda vez. O calor em minhas bochechas aumentou mil graus quando ele me presenteou com aquele sorriso sexy e uma piscadela alegre, antes de deixar a enfermeira falar sobre meus cuidados domiciliares.

No final, meu tornozelo não estava quebrado, apenas torcido e machucado. Meu ombro também não estava quebrado, mas eu precisaria usar uma tipoia por pelo menos duas semanas e depois fazer o acompanhamento com meu médico regular para ter certeza de que tudo sararia bem.

Assim que Omar me vestiu com o moletom de capuz, que tinha o cheiro dele e me colocou em uma cadeira de rodas, saímos do hospital e nos deparamos com um mar de paparazzi.

Os *flashes* das câmeras pareciam milhares de estrelinhas em meus olhos.

— Merda! — Omar xingou e começou a recuar a cadeira de rodas na tentativa de voltar ao hospital e me afastar da multidão.

Mama Kerri levantou as mãos na frente dos olhos enquanto mantinha a cabeça baixa. Ela tentou afastar os fotógrafos, mas eles não se mexeram.

— Tenham algum respeito! — ela exigiu, mas eles a ignoraram, continuando a lançar pergunta após pergunta.

— Liliana, o que aconteceu durante o seu sequestro? — um gritou.

— Srta. Ramírez, esse é seu namorado? — outro perguntou.

— Você pode identificar os ladrões? — ouvi a seguir.

— Você tem medo de que os ladrões venham atrás de você? — outro repórter questionou e eu recuei, porque estava com medo de que isso acontecesse.

Quanto mais perguntas eram feitas, combinadas com aqueles *flashes*, mais assustada eu ficava, me encolhendo. Levantei o capuz, escondi o rosto, abaixei a cabeça e a parte superior do corpo e levantei as pernas, ficando o menor possível.

— Vocês deveriam se envergonhar. Minha filha já passou por bastante. Ela precisa ir para casa para se curar, seus abutres! — Ela soluçou, suas lágrimas ameaçando as minhas.

Por fim, Omar nos levou de volta ao hospital e esperamos em um canto, enquanto Jonah e Ryan invadiam a entrada. Eles não deviam estar muito longe, já que conseguiram chegar em quinze minutos, e eu sabia que estávamos há mais de duas horas de carro de Chicago.

— Sinto muito — Jonah afirmou enquanto seguia em nossa

direção. — Não tínhamos ideia de que eles te dariam alta tão rapidamente. Normalmente leva horas. — Ele afastou o cabelo dos olhos cansados.

Isso aconteceria em um movimentado hospital de Chicago, com certeza. Mas aqui em um hospital menor, eles foram rápidos e eficientes. Embora teria sido bom ter sido avisada sobre a imprensa.

— Estávamos no hotel fazendo as malas quando recebemos sua ligação — Ryan explicou. — Também sinto muito. Vamos assumir aqui. Por que você não leva sua caminhonete para a saída particular dos fundos? Vamos tirar vocês daqui e colocá-los na estrada.

Mama Kerri estendeu a mão e apertou o ombro de Jonah.

— Isso seria ótimo, filho. — Ela sorriu com doçura.

Desde que Simone anunciou seu noivado com o agente Jonah Fontaine, Mama o chamava de *filho*. Ela fazia o mesmo com Killian desde que ele pediu Addy em casamento também.

Isso me fez pensar se um dia ela chamaria Omar assim.

Um arrepio de excitação percorreu minha espinha, transformando a experiência perturbadora dos *paparazzi* em algo muito menos importante.

Eu estava segura.

Estava indo para casa.

Com Omar.

Eu aceitaria as vitórias que surgissem em meu caminho, porque agora eu sabia o quanto cada dia era importante. Com que rapidez a vida poderia ser arrebatada. Nunca mais tomaria um único dia como garantido. Não depois do que vivi.

Uma mão quente cobriu minha nuca.

— Você está pronta para ir para casa? — Omar perguntou.

— Depende de qual casa.

— Achei que você gostaria de ir para a Kerrighan House, menina. Suas irmãs estão lá e vão precisar de um tempo com você — Mama Kerri afirmou.

Balancei a cabeça.

— Não posso ir lá. De jeito nenhum,

Omar se agachou e segurou minha mão.

— Por que não, baby?

— Agora eles sabem quem sou. Toda a imprensa. Tudo leva de volta à Kerrighan House. Nenhuma de nós está segura. Eu sei disso. — Minha voz tremeu enquanto eu segurava sua mão. Medo renovado, raiva e desesperança tomaram conta de mim. — Nenhuma de nós está segura — repeti.

— Vamos nos encontrar lá, conversar e depois decidir o que fazer, certo? — Omar sugeriu. Então ele olhou profundamente nos meus olhos. — Lembre-se de que te prometi que não deixaria você se machucar novamente. Eles não vão chegar até você.

Meu lábio inferior tremeu.

— E a minha família? Vão machucá-la para chegar até mim.

— Não vou permitir. — Ele disse as palavras como se fosse fato consumado.

Naquele momento, não tive escolha a não ser acreditar. Eu certamente acreditava que ele tentaria, mas também sabia que John MacCreedy era psicótico. E nada alimentava mais um psicopata que a vingança.

CATORZE

Entrar na Kerrighan House, mesmo sendo carregada do SUV de Omar, trouxe lágrimas aos meus olhos. Era como se eu estivesse envolta em um cobertor quente de amor e carinho depois de ter passado tanto frio naquele barco e nas profundezas geladas do Lago Michigan. Me lembrei de inalar a brisa do oceano depois de passar um ano ensinando os filhos de outras pessoas e finalmente tirando as férias de verão.

Eu estava em casa.

Omar me colocou no chão com tanto cuidado, que era como se eu fosse um precioso ovo *Fabergé* que poderia quebrar com o contato. Minhas irmãs assistiram com o que eu só poderia chamar de antecipação silenciosa, enquanto ele passava o cobertor que estava pendurado nas costas do sofá em volta do meu corpo. Em seguida, ele abaixou a cabeça, ergueu meu queixo e tomou minha boca em um beijo doce.

— Fale com sua família, *mi amor*. Vou conversar com os caras do seu caso.

Segurei sua mão e a apertei.

— Você não vai embora, vai? — perguntei, tentando não demonstrar meu desespero, mas sabendo que falhei.

— Não, sem você, não vou. — Ele olhou diretamente em

meus olhos até que eu pudesse ver a severidade e a verdade por trás de suas palavras.

Assenti e ele passou a mão da minha têmpora pelo lado da minha bochecha e queixo em uma carícia leve como pluma antes de sair para entrar na cozinha.

Deixei meus ombros caírem, respirei fundo e então percebi que tinha uma sala de irmãs chocadas, todas olhando para mim.

— Ei pessoal, é tão bom estar em casa… — Comecei antes que Blessing me interrompesse.

Ela estendeu a mão e acenou com força.

— Hum-hum. Não. Nem vem. Vamos começar com o beijo — ela deixou escapar.

— Ou talvez a carícia? — Simone deu uma risadinha e veio se sentar ao meu lado no sofá, segurando minha mão.

— Eu quero falar sobre o negócio de *mi amor* — Charlie anunciou. — Vamos começar por aí. *Meu amor* — ela disse, enunciando o carinho que Omar escolheu para mim. Toda vez que ele me chamava assim, meu coração aumentava para o dobro do tamanho.

— Vocês, deixem-na em paz. Ela passou pelo inferno e voltou — Genesis ordenou. — Ela vai nos contar tudo sobre seu novo namorado, que ela de alguma forma conseguiu enquanto era sequestrada e sobreviveu a um roubo, em seu próprio tempo…

— Nem vem com essa merda — Blessing respondeu, atrevida. — Irmã, desembucha! — ela exigiu.

— Blessing! — Mama Kerri gritou. — Olha essa boca. Meu Deus, você perdeu a cabeça.

— É claro que perdi a cabeça, Mama! Minha irmã foi carregada como uma noiva no dia do casamento por um cara bonitão que a chamou de meu amor *E* a beijou na frente de todas nós. Como se ele tivesse o direito de fazer isso. Estou abalada! Você tremeu? — Ela apontou para Simone, que assentiu. Em seguida, para Sonia, que fez o mesmo e assim por diante com todas elas até chegar a Mama Kerri.

Mama suspirou.

— Não estou nem um pouco surpresa. Isso ficou claro desde o dia em que se conheceram. Qualquer um podia ver.

— Tudo bem, ela não está errada. A relação deles é fogo puro desde que ele foi designado para proteger o corpo dela. Agora ele quer fazer todo tipo de coisa com esse corpo… — Charlie brincou.

— Charlie… — Mama avisou.

Apertei os lábios e tentei não cair na gargalhada. Essas mulheres eram o mundo para mim.

Levantei minha mão boa.

— Tudo bem, é óbvio que muita coisa aconteceu nos últimos dias. A maior parte foi horrível, assustadora e um pesadelo que não quero reviver. A única parte boa foi que Omar e eu limpamos o ar.

— Limparam o ar? Mais como o preencheram com música romântica suave, pétalas de rosa e champanhe — Charlie continuou. — Como foi que isso aconteceu? Achei que ele tinha uma mulher, uma esposa grávida para ser exata.

Claro, todas elas se lembravam do que Charlie e eu tínhamos visto na igreja. Elas me ajudaram a cuidar de minhas feridas por ter sido enganada e depois me ajudaram a ignorar e me esconder do meu ex-guarda-costas sexy quando ele continuou a me procurar.

— Quanto a isso… Acontece que a mulher grávida que vimos era sua irmã gêmea, Ophelia — confessei, sentindo a vergonha apertar meu estômago.

— Irmã gêmea! Não acredito! — Charlie explodiu. — De jeito nenhum! — Então ela assentiu e olhou para longe como se voltasse para quando o vimos na igreja. — Posso ver agora. Estávamos *muuuuito* erradas. Ah, meu Deus, isso é péssimo! Eu estava pronta para matá-lo.

— O tiro! Foi o que te fez desejar *limpar o ar* e dizer a ele o que viu naquele dia, não é? — Genesis franziu a testa e se recostou no sofá.

— Sim, foi isso mesmo. — Suspirei e olhei em direção à cozinha, onde pude ouvir a conversa dos caras.

Mama se levantou de sua poltrona.

— Bem, não há nada que possamos fazer agora, a não ser seguir em frente. O que está no passado, fica no passado. Não se pode mudar. Só podemos viver com as decisões que tomamos, focar no futuro e não cometer os mesmos erros novamente. Certo?

Cada uma de nós assentiu. Todas nós tomamos muitas decisões ruins nos últimos anos e estávamos determinadas a não deixar que tragédias atrapalhassem nosso futuro feliz.

— Esta pequena reunião precisa de chá e cookies. — Ela esfregou as mãos.

— Eu te ajudo, Mama. — Genesis se levantou e a seguiu até a cozinha.

— Então, o que vai acontecer agora? — Charlie perguntou.

— Com o caso? — esclareci.

Ela arqueou as sobrancelhas, balançou a cabeça e fez uma careta de desgosto.

— Não, com você e o Omar.

Eu ri porque é claro que Charlie só estava preocupada com a minha vida amorosa. Não com o fato de estarmos todas de volta ao meio de uma situação traumática mais uma vez.

— Sinceramente, não sei. Estamos, hum, juntos? Acho? Não sei. Não sei como vai ser daqui para frente. Temos muito o que conversar — admiti, sentindo a tensão de não saber onde estávamos. Bem, os beijos no hospital foram bem diretos. Ainda assim, tudo estava no ar. Não houve tempo para rotular nada, e eu nem queria rotular.

— Lil, você tem todo o tempo do mundo. — Addy se sentou no braço do sofá e colocou a mão no meu ombro. — Sei que as coisas com o Killian seguiram naturalmente por esse caminho. Foi rápido, mas certo. Talvez seja assim para você?

Simone se sentou e colocou a mão na minha coxa.

— Foi assim também comigo e Jonah. Havia muita química, mas as coisas se encaixaram. Foi tudo super-rápido, mas não me arrependo.

— Lamento não ter falado com ele quando Charlie e eu o vimos na igreja. Já poderíamos estar juntos agora, não ter um assalto a banco e sequestro no caminho de começar algo sério. Agora, receio que seu medo de me perder para o que passamos naquele banco esteja distorcendo seus verdadeiros sentimentos por mim.

— É assim que você se sente? Que seus sentimentos se baseiam no alívio por ele ter ajudado a salvá-la? — Sonia perguntou em um tom gentil que era carinhoso e solidário, nada acusatório.

Balancei a cabeça.

— Não, mas não posso evitar o quanto me sinto segura quando estou com ele. Enquanto eu estiver em seus braços, nada de ruim pode acontecer comigo.

Addy assentiu com avidez.

— Entendo isso totalmente.

— Eu também. O Jonah me abraça até eu adormecer todas as noites. Ele é meu cobertor de segurança — Simone admitiu.

— Exatamente — sussurrei.

— Mas, querida, isso não significa que eu não queira e ame quem ele é, além de ser meu maior protetor. Ele é gentil, compassivo, amoroso, ridiculamente competitivo quando joga qualquer tipo de jogo, trabalha muito, se preocupa demais e nunca, nunca mesmo, coloca suas roupas no cesto de roupa suja. Aquela porcaria fica no canto do quarto, mas as roupas desse homem vão parar onde quer que ele as deixe. Ele faz um queijo quente de morrer, pode grelhar qualquer coisa, ri muito pouco, despreza o fato de a Amber fazer bagunça e me ama por inteiro.

— Deus, ele é perfeito para você. — Sonia suspirou e esfregou o braço da irmã.

— O que estou tentando mostrar é que ele é muito mais que meu protetor. Pode ter começado assim, mas, irmã, não continua dessa forma. O que você gosta em Omar fora de sua proteção?

— Eu amo a forma como ele fala da mãe e como ele mal pode esperar para que eu a conheça. — Sorri com timidez.

As bochechas de Simone ficaram rosadas e ela assentiu.

— E...

— Seu corpo, *Dios mío*, só de olhar para ele me deixa louca. E ele tem o cabelo mais macio e sedoso. E a maneira como ele me beija como se eu fosse importante... especial. É diferente de qualquer beijo que já dei.

Simone abriu um sorriso enorme.

— Ele é muito trabalhador. Leva muito a sério o que faz. As pessoas sob sua proteção tem grande importância para ele. Não são apenas um trabalho. E ele adora crianças. Pude ver isso quando fomos ao zoológico. Ele acha a Rory incrível. Ele não se importa que eu venha de uma casa cheia de mulheres independentes e fortes, e parece gostar genuinamente de todas vocês. Ainda há muito que não sei sobre ele. Não sei seu filme favorito. Quais são seus hobbies...

— *Duro de Matar*. Jogar basquete com os meninos, cozinhar e provocar minha irmã e minha mãe. Mas fique à vontade para continuar compartilhando o quanto eu sou incrível — Omar brincou enquanto respondia às minhas perguntas. Ele entrou na sala trazendo o chá e os cookies para Mama Kerri, e colocou a bandeja com cuidado na mesinha de centro.

Fui dominada pelo constrangimento.

— E agora ela está toda rosa. Você fica tão linda com bochechas rosadas, *mi amor*, quanto naturalmente. Ele sorriu daquele jeito sexy que fez meu coração bater mais rápido.

Revirei os olhos.

— Encantador! — retruquei, tentando esconder o quanto ele me afetou.

— Eu gosto bastante de um sujeito charmoso. — Mama Kerri deu um tapinha nas costas de Omar. — Obrigada, meu querido.

— Depois da sua visita, acho melhor arrumarmos suas roupas e irmos para a minha casa. Ninguém ligado a você sabe onde moro, além do Holt. Jonah e Ryan acham que é uma boa ideia mantê-la escondido por mais algum tempo, pelo menos até que eles consigam encontrar os MacCreedy.

— Quem são os MacCreedy? — Charlie perguntou.

— Os dois caras que sabemos que ajudaram a roubar aqueles bancos e ameaçaram fazer mal a sua irmã — Omar confidenciou.

— Você quer me dizer que minha irmã ainda está em perigo? — Blessing perguntou, com raiva em seu tom de voz.

Omar assentiu quando Jonah entrou com Ryan atrás dele.

— Vamos chamar os guarda-costas de volta para todas vocês — Jonah anunciou.

— Sério? — Charlie resmungou e caiu contra as almofadas com um grande suspiro.

— Quando isso vai acabar? — Simone murmurou, fechou os olhos e recostou a cabeça no sofá.

— Vou acordar a Rory de sua soneca. Se vocês forem embora em breve, ela vai querer ver sua *tía* Lily — Genesis disse e subiu as escadas em direção aos quartos.

Blessing se levantou e deu a volta na mesa para ficar bem na frente dos homens.

— O que é preciso para capturar esses filhos da puta…

— Blessing — Mama avisou.

Ela sibilou.

— Qual é o plano?

— Não temos. Nossa equipe está trabalhando arduamente no depoimento de Liliana. Sabemos quem são os MacCreedy, mas não sabemos nada sobre os cinco homens restantes que Liliana disse que fizeram parte do roubo e sequestro. Tudo o que sabemos agora é que John MacCreedy foi o indivíduo que tirou a vida de três inocentes no banco. Também foi ele quem carregou e colocou o corpo inconsciente de Liliana na traseira de um dos veículos de fuga. O resto, no momento, são todos cúmplices. Temos equipes revisando as câmeras de segurança, gerenciamento e propriedade dos bancos. É estranho que todos os bancos sejam de propriedade da mesma empresa. Isso significa que quem roubou o dinheiro o fez de propósito. Também não sabemos por que devolveram o que roubaram.

— Será que acharam que isso os livraria de problemas? — Sonia sugeriu.

— O que poderia ter acontecido se três pessoas não tivessem sido assassinadas, outra ferida e Liliana sequestrada. Todas essas coisas são ilegais e cada membro dessa equipe acabará pagando por sua parte nisso.

— Acho que os bancos são a chave. Como já lhe disse, ouvi os homens que cuidavam de mim no barco mencionarem que quem dirige essa instituição financeira é um criminoso. Não tenho ideia do que isso significa, mas me faz pensar no motivo deles. Roubar bancos para devolver todo o dinheiro depois? Eles não precisavam fazer isso. Até deixaram um bilhete com as informações de onde encontrá-lo. Ladrões não costumam fazer isso.

Jonah assentiu.

— É estranho, concordo. Mas enquanto investigamos as evidências, cada uma de vocês precisa ficar com seu guarda-costas e, de preferência, em pares. Não vamos dar a esses criminosos oportunidade de ferir qualquer uma de vocês. Entendido? Estaremos extremamente vigilantes.

Jonah olhou para cada irmã até que cada uma assentiu.

— Acho que é melhor vocês morarem juntas por enquanto. Exceto você, Liliana. Concordo com seu medo de que sua presença torne o resto de sua família um alvo maior. Se o objetivo é chegar até você, eles podem tentar ir atrás de uma de vocês, mas certamente não o farão enquanto houver agentes do FBI por aqui. E se estão te procurando, é melhor você se esconder em algum lugar onde não vão te encontrar.

— Comigo. — Omar apontou para o peito com o polegar.

Assenti.

— Por mim, tudo bem. Farei qualquer coisa para manter minha família segura e evitar olhar nos olhos daquele monstro novamente. — Estremeci.

— Bom. Então nós concordamos. Ryan e eu manteremos contato à medida que as coisas avancem — Jonah finalizou. — Agora, sei que estamos todos famintos e cansados. Estou pensando em pedir uma pizza e cama. Mama Kerri? O que acha?

— Parece ótimo — ela concordou.

— Vou levar Liliana para minha casa. *Mi madre já tem uma refeição quente esperando. — Ele sorriu e piscou para mim.*

A mãe dele.

Ela sabe o que aconteceu comigo.

Não posso conhecer a mãe dele. Não assim. Ela vai me odiar à primeira vista.

— ¡*Dios mío*! Não vou conhecer *tu madre* assim! — Fiz um gesto para o meu corpo ainda vestido com suas roupas enormes, machucada da cabeça aos pés, com um ombro machucado, tornozelo torcido, o cabelo precisando de uma boa lavagem, olheiras e o estado mental entre "mais cansado que já estive" e "assustada demais".

Ele sorriu.

— *Mi lirio*, você está linda. *Mi madre* vai te amar. Não se preocupe.

— Sim, Sprite, todo mundo adora uma donzela em perigo. — Charlie bufou.

Consegui ficar de pé enquanto Simone tentava ajudar, mas bati em sua mão.

— Não sou uma donzela em perigo. Sou perfeitamente capaz de cuidar de mim mesma. — Bufei, oscilando onde eu estava em um pé.

Omar cruzou aqueles braços enormes e sorriu, esperando por algo, pelo que eu não sabia. Haviam me dado uma bota para meu tornozelo torcido, mas não a vi em lugar nenhum.

— Onde está minha bota? — perguntei e semicerrei os olhos para o homem ridiculamente bonito sorrindo diante de mim.

— O que você planeja fazer com ela? — ele perguntou.

— Vou mancar até as escadas. — Apontei para os degraus. — Tomar um banho, lavar tudo o que aconteceu, talvez chorar muito e vestir uma roupa minha. — Meu lábio inferior tremeu quando comecei a ficar com os olhos marejados e frustrada com a minha situação ruim mais uma vez.

Ele assentiu enquanto Jonah e Ryan entravam na cozinha, obviamente percebendo que eu iria discutir com Omar.

— E como você vai entrar no chuveiro, *mi amor?* — Omar perguntou.

Levantei o queixo e gesticulei para minhas irmãs.

— Uma delas vai me ajudar.

— Humm-hum. Tenho certeza de que elas ficariam felizes, se é isso que você quer. É isso? — sua pergunta foi pensativa, sem nenhuma expectativa que me deixasse ainda mais inquieta.

— Não sei mais o que quero. — Ofeguei quando a confusão de tudo o que aconteceu me atingiu mais uma vez. — Estou tão cansada. Tão cansada de ter medo. Tão cansada, Omar. Não consigo… *não consigo lidar com mais nada.*

— Que tal eu me certificar de que *mi madre* se foi antes de irmos para a minha casa? Isso seria melhor para você? — O homem inteligente e esperto. Percebeu imediatamente qual era o problema.

Uma a uma, cada uma das minhas irmãs saiu da sala.

Até que éramos apenas eu, Mama Kerri e a parede de pedra que era Omar para enfrentar.

— Querida, você sabe que é sempre bem-vinda aqui. Esta será sempre a sua casa. No entanto, acho que você precisa de algum tempo com Omar para se alimentar, tomar banho e ir para a cama, onde se sinta segura e protegida. As coisas vão parecer diferentes pela manhã, menina. Eu prometo.

Omar se aproximou e passou os braços em volta de mim. Apertei o rosto contra seu peito e agarrei sua cintura com minha mão boa.

— Não é a sua mãe. Quero conhecê-la. Só não quando estou acabada — admiti, ofegante.

Ele enfiou os dedos no meu cabelo e inclinou meu rosto para que pudesse me olhar nos olhos.

— Liliana, você nunca poderia estar acabada. Ferida, com certeza, mas nunca acabada. Você é forte demais para isso. E tem muitas pessoas que te amam para te ajudar a se manter firme.

— Obrigada — eu disse enquanto uma lágrima caía pelo meu rosto. — Eu precisava ouvir isso. — Funguei, tentando controlar as emoções. — Podemos ir agora?

Ele assentiu, me beijou de leve e se afastou.

— Podemos ir. Se despeça de sua mãe, enquanto eu chamo uma de suas irmãs para embalar algumas de suas coisas.

Me sentei no sofá e Mama Kerri se sentou ao meu lado. Ela passou o braço em volta das minhas costas e me deixou apoiar a cabeça em seu ombro.

— Você vai ficar bem. Sabe disso, certo? Aquele homem morreria antes de permitir que algum mal lhe acontecesse novamente. Está escrito no rosto dele — ela murmurou contra o meu cabelo.

— Só quero que tudo isso acabe.

— Eu também, menina. Eu também. — Ela brincou com meu cabelo sujo até que Omar desceu as escadas com uma mala em cada mão. Observei enquanto ele as conduzia pela sala e saía pela porta da frente. Os *paparazzi* rugiram para a vida. Pude ver os *flashes* das câmeras através das cortinas fechadas da grande janela.

— Quando eles vão parar? — gemi.

Mama suspirou.

— Quando houver uma história melhor e mais emocionante para perseguir.

Omar voltou e Mama me ajudou a levantar. Cada uma das minhas irmãs veio da cozinha e me abraçou com força.

Genesis desceu as escadas com minha sobrinha agarrada ao peito, o polegar na boca e os cachos negros selvagens.

Seu olhar encontrou o meu e ela abriu um sorriso enorme, chutando para descer. A mãe a colocou no chão e ela correu até mim. Omar a pegou antes que ela pudesse bater em mim.

— Ei, pequenina, *Tía* Lily está machucada. Temos que ter muito cuidado ao abraçá-la, certo?

Ela arregalou os olhos e assentiu com a boca aberta de surpresa.

— *Tía*, você tem um *boo-boo?* — ela perguntou.

— *Sí, mi cielo. A tía não está se sentindo muito bem, mas vou me sentir melhor em breve. — Passei os dedos por seus lindos cachos.*

— E depois podemos ir ao zoológico de novo com o *tío* Omar? — ela perguntou animada.

Assenti e segurei sua bochecha.

— *Sí.* Agora me dê um grande abraço e um beijo porque vou ficar um tempinho na casa do Omar para ele cuidar de mim.

— Eu posso cuidar de você. Vou ser médica — anunciou com determinação.

— Médica? Achei que você seria rainha? — provoquei e fiz cócegas em suas costelas.

Ela riu e assentiu.

— Sim. Rainha doutora.

Sorri tanto que minhas bochechas doeram. Foi a primeira vez em dias que senti felicidade real.

Omar levantou Rory perto de mim para que ela pudesse me abraçar e me beijar no rosto.

— Aonde dói? — ela perguntou.

Apontei para o meu ombro.

— Ah, eu beijo. — Ela inclinou seu corpinho sobre o braço de Omar, então ele a trouxe para mais perto. Ela deu um beijo no meu ombro. — Melhorou?

— Sim! Uau. Você realmente é uma ótima médica.

Ela deu de ombros.

— Eu sei — ela afirmou com toda a confiança do mundo.

— *Te amo*, Rory.

— Eu também te amo, *tía* Lily e *tío* Omar. — Ela sorriu e chutou para se livrar do aperto de Omar. Ele a colocou no chão e ela correu direto para Mama Kerri. — Cookies!

Mama Kerri segurou o rosto da neto com amor. Aquela

criança era a melhor parte de todas nós juntas. Criada para saber seu valor.

— Estou pronta. — Segurei a mão de Omar.

Ele se inclinou e me levantou em seus braços com um pequeno grunhido.

— Pessoal, uma escolta? — Eu sabia que ele havia sido instruído a pegar leve com aquele braço, já que uma bala atravessou seu ombro, mas não pareceu se importar ou deixar que isso o impedisse de fazer o que queria.

Jonah e Ryan assentiram e nos seguiram até a porta, evitando que os *paparazzi* chegassem muito perto. Eles gritaram pergunta após pergunta, mas mantive o rosto pressionado contra o pescoço de Omar e me concentrei nas batidas de seu coração.

Em poucos minutos estávamos indo para a casa dele.

Eu precisava de comida. Banho. Cama. E Omar. Nessa ordem exata.

QUINZE

A boa notícia: Omar conseguiu se livrar de qualquer *paparazzi* retardatário que tivesse nos seguido desde a Kerrighan House. A má notícia: eu estava prestes a apagar. Entre a medicação para dor que tomei, o turbilhão de estar com minha família e a percepção de que o drama continuava com minha situação… Tudo estava cobrando seu preço.

A vulnerabilidade me invadiu enquanto Omar me ajudava a sair do SUV. Ele me ergueu em seus braços e, por mais que eu quisesse rejeitar seus modos de Príncipe Encantado porque sabia que ele também estava ferido, simplesmente não podia. Eu não tinha energia.

Nem olhei ao redor para ver onde estávamos. Apenas encostei a cabeça em seu pescoço e fechei os olhos. Mantê-los abertos exigia um esforço hercúleo, uma batalha que eu perdia a cada minuto.

Meu estômago roncou quando ele destrancou a porta e me levou para uma espaçosa área de estar/cozinha. Notei brevemente um sofá de couro cor de camelo e cadeira combinando com uma mesa de centro de vidro. Ao lado, havia uma mesa de jantar circular para quatro pessoas e cadeiras, ao lado de uma pequena cozinha. Omar não me colocou no sofá. Ele me levou para o quarto e me colocou em uma cama enorme.

Tinha uma cabeceira preta que era quase da minha altura.

Havia um edredom cinza e branco na cama que parecia divino contra minha pele machucada.

— Descanse aí enquanto eu trago suas malas. Pense no que você quer primeiro: comida, banho, cama. Embora meu voto seja comida, porque ouvi sua barriga roncar e estou com tanta fome que poderia comer um cavalo.

Torci o nariz enquanto ele seguia para a porta do quarto.

— Você não comeria um cavalo! — retruquei e me exultei ao ouvir sua risada profunda quando ele saiu do apartamento para pegar minhas malas.

Me abaixei e tirei o sapato que usava em apenas um pé e, em seguida, soltei a bota, colocando-a ao lado do sapato perto da mesa de cabeceira. No segundo em que fiquei descalça, deixei escapar um longo suspiro de alívio e mexi um pouco os dedos dos pés.

Olhando ao redor do quarto de Omar, notei que ele tinha uma longa cômoda de madeira pintada de preto. Acima havia uma TV de tela plana. Em cima da cômoda, vi vários porta-retratos. O maior, no centro, tinha uma foto que presumi ser de toda a sua família parada na frente de um restaurante. Deve ter sido tirada há algum tempo, porque Omar parecia muito jovem. Talvez apenas vinte ou um pouco mais. Seu braço estava ao redor da mesma mulher que eu tinha visto na igreja, embora o cabelo dela fosse muito mais curto e também parecesse muito mais jovem. Havia uma linda mulher com cabelos pretos grossos encostada em quem eu imaginei ser o pai dele. Um menino mais novo, talvez por volta dos quinze anos, estava do lado oposto de seu pai. Havia uma placa acima do restaurante atrás deles que dizia: *Grande Inauguração*.

— Foi nesse dia que meus pais abriram o restaurante no centro da cidade. A *Casa de Alvarado* era o sonho de *mi padre*.

— O que aconteceu com ele? — Observei as belas feições de seu pai. Omar era a cara dele.

— Ataque cardíaco — ele respondeu, uma carranca aparecendo em suas belas feições. Eu queria beijar aquela carranca. Fazê-la desaparecer para sempre.

— Não! Sinto muito.

— Aconteceu no trabalho. Em um minuto ele estava preparando um banquete para uma grande festa, no próximo ele estava no chão segurando o peito. Ele morreu antes que os paramédicos chegassem.

Estendi a mão e ele veio até a cama, a segurou e se sentou ao meu lado.

— Foi o ano mais difícil da minha vida. Eu tinha acabado de fazer vinte e um anos e, de repente, era o homem da família. Responsável por cuidar de todos, inclusive do restaurante.

— Isso deve ter sido muito difícil — conjecturei.

Omar assentiu, suspirou e endireitou-se.

— Falando em comida, vamos para a cozinha.

Ele me pegou como se eu não pesasse nada.

— Omar! — gritei. — Vai arrebentar seus pontos. Acho que você se esqueceu de que levou um tiro alguns dias atrás.

— Nada, é uma ferida superficial. — Ele deu um beijo quente em meu pescoço. — Não se preocupe comigo, baby. Contanto que você esteja bem, vou ficar bem também.

Ele me colocou em uma cadeira de jantar acolchoada. Me sentei e observei enquanto ele abria o forno, que agora percebi que estava zumbindo porque havia sido deixado ligado.

— Ah, *mi amor*, você terá uma surpresa esta noite. Mamãe trouxe um pouco de sua carne de porco fresca e *tamales* de queijo *jalapeno*, cobertos com seu molho verde especial.

— Sério? Estou ficando com água na boca. Pode trazer a panela inteira e um garfo — implorei.

Ele riu e balançou a cabeça, pegando pratos e colocando-os na bancada. Omar serviu três *tamales* para mim e quase pedi outro quando observei em choque quando ele trouxe um segundo suporte de metal que incluía arroz fresco e feijão.

— Estou morrendo aqui! — falei. — Me dê!!

Dessa vez ele riu ainda mais.

— Quer salsa?

— É sério isso? — Levantei uma sobrancelha.

Ele foi até a geladeira e pegou um trio de acompanhamentos prontos. Creme de leite, salsa e repolho. Ele os trouxe para a mesa, então pegou os dois pratos fumegantes e colocou um cheio de *tamales*, arroz e feijão na minha frente, e o outro ao lado de seu assento. Então ele pegou talheres, duas cervejas geladas e água.

Ele colocou tudo na bancada e eu olhei com admiração, sem saber por onde começar.

— Isso é o paraíso para mim. Obrigada, Omar. — Me inclinei e ele me encontrou no meio do caminho, me dando a oportunidade de beijá-lo pela primeira vez. Não foi sensual, mas deixei meus lábios permanecerem contra os seus e depois dei duas beijocas em rápida sucessão antes de suspirar e pegar meus talheres.

Remexi em um dos *tamales* e notei que era de porco. Assim que acrescentei uma boa dose de salsa ao meu prato, espetei o garfo e enfiei tudo na boca.

Puro êxtase.

Gemi com a comida. A *madre* dele sabia cozinhar. Depois de provar isso, eu sabia que seria frequentadora regular do restaurante da família no futuro. Eu mal podia esperar para levar minha família para jantar lá. Elas adoravam minha comida, mas esta era excelente.

Por um longo tempo, ficamos sentados em silêncio, comendo.

Omar engoliu os dois primeiros *tamales* dos quatro que serviu para si com uma cerveja. Brindei e tomei um gole da bebida.

Deixei escapar um suspiro satisfeito:

— Aaaaaaahhhh.

— Bom? — Ele sorriu, procurando elogios.

— Está vendo esse rosto? — Fiz um gesto em um movimento circular. — É assim que a verdadeira felicidade se parece. — Abri um grande sorriso.

— Adorei ver, *mi lirio*. Eu sempre quero fazer você sorrir — ele acrescentou, seu olhar indo de mim de volta para sua comida.

— Geralmente sou muito fácil de agradar. Boa comida.

Família. Luz do sol. Risada. Isso é tudo que eu poderia querer da vida.

— Você quer ter crianças? — ele perguntou do nada.

Eu ri.

— Agora? Tenho duzentos delas. Eu ensino espanhol no ensino médio.

Ele franziu a testa.

— Você está me dizendo que não quer ter sua própria família um dia?

Balancei a cabeça e tomei um gole de cerveja.

— Não, não é isso. Eu não gostaria de fazer isso sozinha. Mesmo que minha sobrinha Rory seja fofa, criar um filho sozinha é incrivelmente difícil e não quero estar nessa posição. Admiro a Genesis por assumir essa responsabilidade com graça, mas se for para ter uma família, deve ser com um homem que a deseje tanto quanto eu.

Ele assentiu.

— Isso é justo. A Ophelia também está fazendo isso sozinha e isso me queima por dentro. Ela não nos conta quem é o pai e não recebe ajuda de quem quer que ele seja. Toda a situação é irritante. Se eu soubesse quem era o pai, daria um jeito nisso. Deixar minha irmã sozinha com um bebê. — Ele balançou a cabeça. — Isso não é atitude de homem. Um homem cuida de sua família, bem como se responsabiliza por suas ações.

Peguei mais arroz e feijão.

— Você acha que ela não contou ao pai?

— Não sei. Como eu disse, ela não nos contou nada. Sua resposta é deixe isso quieto. Disse que o pai do bebê não está na vida dela e que não estaria na de Francisco.

— O nome do seu sobrinho é Francisco? — Eu sorri.

Ele assentiu e ergueu o peito cheio de orgulho.

— Era o nome do meu pai. É o meu nome do meio, assim como o de Arturo.

— Rory também é um nome de família. Como você sabe, o nome verdadeiro dela é Aurora, em homenagem a Mama Kerri.

— E você e suas irmãs adotivas adotaram o nome Kerrighan? — ele perguntou, embora eu tivesse certeza de que ele já sabia essa resposta desde que foi designado para nos proteger.

— Quando fomos colocadas na Kerrighan House, Mama Kerri estava sozinha. O Estado não permitia que uma viúva solteira adotasse oito crianças. Então, quando fizemos dezoito anos, cada uma de nós foi ao tribunal e entrou com um pedido de mudança de nome. É um presente que escolhemos para honrá-la.

Ele assentiu.

— É um lindo presente. Ela é importante para todas vocês e posso ver que ela é uma boa mulher. Ama todas vocês como se tivesse lhes dado à luz. Ama aquela neta como se o sol não fosse nascer se não a tivesse em sua vida.

— Exatamente. E nós a amamos do mesmo jeito.

— Minha família também é próxima. Ficamos ainda mais quando *mi padre* faleceu. Cada um de nós teve que assumir mais responsabilidades uns pelos outros e no restaurante.

— Você trabalha no restaurante regularmente?

Ele assentiu.

— Ganho mais na Holt Security, mas trabalho um ou dois dias por semana, conforme o tempo permite. Depois que *mi padre* morreu, trabalhei no turno da noite ou nos fins de semana. O que fosse necessário para manter o negócio funcionando. Depois, consegui boas pessoas para nos ajudar. Acabamos contratando principalmente familiares. Primos, sobrinhas e sobrinhos por parte de mãe e de pai.

— Isso é muito legal. — Bocejei e empurrei meu prato quase vazio.

Omar deu uma última garfada e esfregou as mãos nos olhos.

— Você parece tão cansado quanto eu.

— Estou. Não tenho dormido muito nos últimos dias. Apenas cochilos rápidos enquanto procurávamos por você.

Estendi a mão e peguei a sua.

— Estou muito feliz que você me encontrou.

Ele levou minha mão à boca e beijou meus dedos.

— Nós não te encontramos, *mi amor*. A linha direta de Sonia recebeu uma ligação informando o seu paradeiro. Eu estava com o Jonah. Estávamos perseguindo uma pista até o porto quando recebemos uma ligação em pânico de um membro da equipe de Sonia.

— De qualquer forma, você me procurou. E estava lá quando fui encontrada.

— E você está aqui agora. — Ele empurrou uma mecha do meu cabelo atrás da minha orelha.

— Estou aqui agora.

Ele fechou os olhos quando pressionei a mão em sua bochecha. Ele reagiu como se estivesse consolidando minha presença em sua casa, em sua mesa, sentada à sua frente, naquele momento.

— Você está pronta para tomar banho? Ou quer ir direto para a cama? — ele perguntou.

— Banho. Preciso tirar a água do mar da minha pele, da minha última fuga. E meu cabelo parece estar colado ao meu couro cabeludo. — Franzi o nariz e ele estendeu a mão e o tocou de brincadeira.

— Venha, levante-se — ele disse, e eu apoiei a mão boa na mesa e me levantei.

Mais uma vez ele me levantou no colo e me levou até o banheiro principal, depois me colocou sentada na bancada.

— Você tem duas escolhas: banho de esponja sem tirar as bandagens ou banho completo e recoloco as bandagens de volta depois.

Me encostei. Precisava de um banho completo. Fiz uma careta com a falta de opções.

Ele segurou minhas bochechas.

— Sem tristeza. Observei a enfermeira envolver seu pé com cuidado. Sou novato, mas acho que podemos fazer isso dar certo. Podemos colocar a tipoia de volta assim que você estiver seca e vestida com roupas limpas.

— Quero tomar um banho de verdade. Preciso disso para me sentir humana novamente.

Ele beijou meus lábios de leve.

— Então é isso que você terá.

Meu Deus. Como eu poderia ter acreditado que este homem era um macho alfa arrogante, difícil de controlar, que não ouvia a razão? Desde meu retorno, ele cedeu às minhas necessidades e desejos sem pensar muito nos seus. Assumiu meus cuidados como se eu estivesse em sua vida por cinco anos, não um dia. Bem, seis meses, se voltar o tempo para quando nos conhecemos. Eu estava incrivelmente errada sobre ele.

— Obrigada, Omar, por tudo. Sei que você queria algo mais entre nós há muito tempo, e eu não parei de te afastar…

Ele ouviu e soltou a bandagem em meu pé e tornozelo.

— Só quero dizer que sinto muito. Eu estava assustada. Caramba, para ser sincera, ainda estou com medo. Com medo do quanto sinto por você. De que esta situação vá arruinar o que poderia acontecer entre nós. Com medo de ser machucada novamente por aqueles criminosos. Tenho medo de tudo.

Ele terminou de tirar o curativo e estremeceu ao ver o hematoma preto na sola do meu pé, sem falar no quanto estava inchado.

— Liliana, a maioria das coisas que valem a pena são assustadoras. Nada é fácil. Acho que é isso que faz valer a pena no final. A luta. A jornada. O dar e receber. O bem e o mal. Todas essas coisas nos mudam. Nós apenas temos que escolher como vamos deixar isso nos levar adiante. E há muito pouco que eu não arriscaria para seguir em frente com você.

Coloquei as mãos em seu pescoço e o puxei para frente.

— Já faz um dia e você está me encantando completamente — provoquei.

Ele sorriu e balançou as sobrancelhas enquanto puxava a calça do pijama que me emprestou.

— Opa! Parece que já te encantei mesmo. — Ele abriu um sorriso tão grande, que me inclinei para frente e o beijei.

Rapidamente, as coisas esquentaram entre nós. Nossas línguas estavam emaranhadas enquanto suas mãos subiam e desciam em minhas coxas nuas. Eventualmente, me afastei, completamente bêbada com seus beijos.

— Vai tomar banho comigo? — perguntei em um sussurro abafado.

Ele removeu minha tipoia com cuidado e olhou para o meu rosto.

— Você é capaz de tomar banho sozinha?

Balancei a cabeça.

— Não.

— Então você tem sua resposta, não é? — Ele levantou a camiseta preta sobre meu braço bom e minha cabeça e a passou pelo ombro machucado, me deixando sentada completamente nua.

— Você vai ficar nu? — perguntei em uma voz tão baixa que parecia uma oração.

— Você quer que eu fique? — Ele segurou meu queixo e o levantou para que eu o olhasse nos olhos.

— Sim.

— Então está decidido. Eu lavo suas costas, você lava as minhas. — Ele piscou, então se afastou e tirou a camisa.

Uma parede de músculos contraídos atingiu minha visão.

— *Jesucristo*, você faz alguma coisa além de malhar? — zombei, examinando músculos lindamente definidos e a pele escura. Seu abdômen era tanquinho, com marcas tão deliciosas que tudo o que eu queria era passar a língua e dedos por cada uma delas. Talvez jogar um jogo da velha.

Ele sorriu.

— Você gosta? — ele brincou, sabendo que gostei muito do que vi.

Revirei os olhos.

— Está de brincadeira? Qualquer ser humano, seja gay, hétero, bi, pan e neutro em termos de gênero pode apreciar um corpo bonito como o seu. Você é como um super-herói real. É isso! — Levantei a mão e deixei minhas exigências claras. — Nova regra. Você tem que andar sem camisa o tempo todo. É justo que nos deleitemos com tanta beleza, em vez de você escondê-la atrás dessas camisetas.

Ele riu bem-humorado e examinou meu corpo.

— E você é deliciosa, *mi amor*. Se não estivesse machucada, eu estaria te comendo bem aqui.

Omar estendeu a mão e segurou meus seios, passando os polegares pelas pontas eretas. Arqueei com seu toque, mas sibilei de dor quando meu ombro doeu sem a tipoia.

Ele deu um passo para trás.

— Eu posso ser bom — ele resmungou, e eu não tinha certeza se era para mim, ou como um lembrete para se controlar.

Então observei enquanto ele desabotoava a calça cargo, baixava o zíper e tirava a calça e a cueca com um só movimento.

Seu pênis balançou livre e minha boca ficou seca.

— O que... — Pisquei várias vezes e então olhei de novo. Não, ainda estava lá. Fechei os olhos e os abri rapidamente para garantir que não estava vendo coisas.

— Liliana, não se olha o pau de homem e abre e fecha a boca sem falar nada.

— E-eu... — Engoli em seco novamente, incapaz de formar palavras coerentes.

Seu pênis era *enorme*.

Enorme, enorme mesmo. Não do tipo, ah, meu namorado é acima da média. Não, era mais como: não tenho certeza se essa coisa vai caber dentro de mim.

— Temos que terminar — sussurrei, olhando em choque completo e absoluto para o pênis gigante.

— Acabamos de ficar juntos, *mi amor*. — Ele se aproximou e segurou minhas coxas.

Balancei a cabeça.

— Não vai dar certo.

— O que não vai dar certo?

— Isso. — Apontei para seu pau lindamente duro, grosso, longo e musculoso. — Não vai caber dentro de mim. Sem chance. Desafia as leis da física.

Minha resposta fez Omar apoiar a testa na minha. Ele caiu na gargalhada, seu abdômen flexionou de um jeito sensual e aquele pau gigante balançava a cada gargalhada.

— Baby, vai caber — ele murmurou contra a minha têmpora, em seguida, deu um beijo lá.

Balancei a cabeça.

— É tão grande quanto o braço de um bebê! Já me olhou? Meu tamanho é bem pequeno.

Ele riu tanto que me fez rir com ele.

— Omar, não estou brincando. — Empurrei seu peito para chamar sua atenção. — Nunca vi nada desse tamanho na minha vida!

Ele me deu um beijo rápido e forte.

— Bom. Então vai parecer a sua primeira vez.

Gemi e fechei os olhos por um segundo, mas apenas um segundo, porque não conseguia parar de olhar para aquela dele. Mesmo as bolas pareciam grandes.

Ele foi até o box para abrir o chuveiro, me dando uma visão desimpedida de sua bunda tonificada. Não pude deixar de assoviar. O homem era o epítome da perfeição. Como eu, Liliana Ramírez-Kerrighan, ganhei um cara gostoso que também era gentil, amoroso e gentil, sem falar que era um bom homem?

— Acho que estou sonhando — murmurei. — A falta de sono me pegou de verdade e estou sonhando. Nenhum homem tem um corpo desse tamanho.

Omar deu aquele sorriso de derreter calcinhas que teria tirado a minha se eu ainda estivesse com ela.

— Hora de tomar banho. — Ele me puxou para fora da bancada e me levou para o chuveiro. Felizmente, havia um banco dentro do box, onde ele me colocou.

— Vou começar com o seu cabelo, *mi amor* — ele avisou, mas

eu estava muito pasma com seu corpo e o tamanho de seu pau e não conseguia falar. Olhei para cada centímetro de pele que eu podia absorver. Seus peitos eram bem quadrados com mamilos pequenos, achatados e marrons. Seus ombros eram largos e formavam bíceps salientes e duros como pedra. Sem perceber, enquanto lavava e esfregava meus cabelos imundos, eu passava os dedos da mão boa por todo o seu peito magnífico. O que quer que eu pudesse alcançar, eu tocava. Exceto seu pau. Não queria começar algo que não pudesse terminar, e Omar não estava fazendo aberturas sugestivas. Acho que estávamos tão cansados que só podíamos olhar e sentir um ao outro. Oferecer conforto e intimidade de uma forma que só casais que estão juntos há muito tempo dão como certo.

Jamais ia querer subestimar Omar.

Ele enxaguou meu cabelo e depois aplicou condicionador, penteando meus cachos enquanto o fazia.

— Eu amo seus cachos — ele murmurou.

— Eu amo seu corpo — admiti, porque tinha que ser dito mais um milhão de vezes. — É uma obra de arte — falei com admiração.

— Antes de meu pai morrer, eu não era assim. Agora, cuido muito bem do meu corpo e do meu coração, para garantir que estarei sempre por perto para *mi familia*.

Fiz uma careta.

— Agora me sinto mal. Aqui estou eu cobiçando seu corpo incrível quando você faz isso por altruísmo.

Ele levantou meu queixo de uma forma que estava se tornando muito familiar quando ele queria que eu não apenas visse sua resposta, mas também a *ouvisse*.

— Gosto que você não possa desviar o olhar. Isso me deixa excitado. Está vendo o quanto estou duro? Tenho estado assim desde que a vi pela primeira vez naquele vestido glamouroso, há seis meses. Naquela noite, fui para casa e me masturbei várias vezes com a fantasia de passar a mão por aquele vestido, tocar essas coxas deliciosas e estocar nesse seu corpinho sexy.

A excitação rugiu pelo meu corpo, e eu apertei as coxas juntas.

— Omar — lamentei, em seguida envolvi a mão em torno de seu enorme pau e o acariciei uma, duas e uma terceira vez, antes que ele agarrasse meu pulso.

— Não até que possamos brincar juntos, *mi amor*.

— Mas eu quero e você está tão pronto. — Umedeci os lábios e olhei para o pau que prendeu toda a minha atenção.

— Amanhã. Depois de uma noite inteira de descanso.

Desviei o olhar de seu sexo com relutância.

— Jure. — Pisquei para ele.

Ele sorriu.

— Eu juro.

Suspirei e soltei um longo suspiro.

— Incline a cabeça para trás — ele instruiu, e fiz o que ele pediu, murmurando em agradecimento enquanto ele enxaguava o condicionador.

Então, com movimentos lentos e uniformes, ele ensaboou uma esponja limpa e depois lavou cada centímetro do meu corpo antes do seu. Quando Omar passou os dedos sobre meus seios, eles doeram. Eu podia imaginá-lo fazendo uma centena de outras coisas ainda mais prazerosas que simplesmente lavá-los, mas ele estava comprometido com sua tarefa.

Depois, ele lavou a maior parte de seu próprio corpo e me ajudou a me equilibrar em um pé, enquanto esfregávamos as costas um do outro. Demorei muito mais nele, então larguei a esponja, alcancei seu corpo e apenas pressionei minha pele nua contra a sua.

Ele gemeu e levantou a cabeça para o teto.

— Não vou sobreviver a esta noite se você continuar assim, Liliana.

— Só quero sentir você contra mim. — Passei a mão boa para cima e para baixo em seu peito musculoso e abdômen, e desci até seu pau que não havia abaixado. Envolvi o que pude da minha mão ao redor dele e esfreguei o sabonete para cima e para baixo em seu comprimento duro como pedra.

— Puta merda! — Ele se apoiou contra a parede com uma mão e estendeu a outra para trás para me segurar para que eu não caísse.

Ele me deixou tocá-lo por alguns minutos. Beijei suas costas enquanto passava a mão sobre ele. Pensei que ele me deixaria ir até o fim, mas no último segundo, ele grunhiu e se virou, tomando minha boca em um beijo quente e profundo. Nos beijamos e tocamos como novos amantes conhecendo os corpos um do outro até a água esfriar.

— Vamos para a cama — ele disse.

Eu sorri.

— Sim, vamos.

— Dormir. — Ele reiterou o plano.

— Sim, para eventualmente dormir. Depois de colocar as mãos e boca por todo esse corpo. — Eu sorri, então bocejei alto, arruinando meu plano por completo.

Omar secou nós dois, me sentou em cima de uma toalha na bancada e enfaixou meu tornozelo com extremo cuidado. Depois, me levou nua para o quarto, onde abriu minhas malas. Apontei para uma camiseta e um par de calcinhas. Ele me ajudou a colocar a calcinha primeiro, depois o top, enquanto eu olhava para seu lindo corpo nu.

Uma vez que eu estava vestida e usando a tipoia, ele foi até o guarda-roupa e vestiu uma cueca boxer azul. Era ultra sexy, não que ele fosse me deixar me divertir. E a verdade era que, por mais que eu quisesse ter intimidade com Omar, nós dois estávamos delirando de exaustão.

Ele me colocou debaixo das cobertas e entrou atrás de mim. Me apoiei no meu lado bom enquanto ele encaixava o corpo no meu, puxando minha bunda contra seu pau ainda duro.

— Isso é um taco de beisebol ou você está feliz em me ver? — brinquei, de um jeito bobo.

Ele fungou contra o meu pescoço e se pressionou mais perto.

— Vá dormir, Liliana.

Bocejei de novo e me aconcheguei nele e nas roupas de cama confortáveis.

— Você já teve problemas no departamento sexo com essa coisa gigante que você tem nas calças? — Eu estava genuinamente curiosa.

— Fique quieta, Liliana — ele advertiu.

— Estou falando sério. É anormalmente grande. Você já recebeu reclamações? — Era bem possível.

— Talvez você só tenha tido homens pequenos no passado. Lamento ouvir isso, baby, mas você não terá mais esse problema. Ele puxou minha bunda para mais perto, encaixando o comprimento de sua ereção entre minhas nádegas. Eu queria me esfregar nele, mas, francamente, estava cansada demais para me mexer.

Minha cabeça finalmente se concentrou no que ele sugeriu.

— Droga, talvez você tenha razão. — Pensei nos homens com quem estive. Ele poderia estar certo. — Você acha que está acima da média em tamanho? Acho que você está — respondi por ele porque, honestamente, em meu cérebro privado de sono, não conseguia pensar em mais nada.

— Meu amor, feche os olhos, pare de pensar no meu pau e vá dormir. — Ele gemeu baixinho.

— Mas é *muuuito* grande. Eu realmente não acho que vai caber. — Suspirei.

— Baby, você foi feita para mim. Vai caber. Agora vá dormir e pare de se preocupar com isso.

— Mas...

— Liliana! Vou dormir no sofá se você não se acalmar.

Ele dormir longe de mim era a última coisa que eu queria ou precisava. — Está bem, está bem. Boa noite, bonitão.

Eu podia senti-lo sorrir contra o meu pescoço e isso fez meu coração acelerar. Amanhã descobriríamos se tamanho realmente importava.

DEZESSEIS

O som dos pássaros cantando me acordou de um sono profundo. Comecei a despertar lentamente, abrindo os olhos enquanto fazia um balanço de minhas dores no corpo. O tornozelo ainda latejava, mas não tanto quanto ontem. O ombro, no entanto, estava muito melhor. Minha cabeça não estava mais confusa pela falta de sono e minhas emoções estavam surpreendentemente serenas.

Senti o braço de Omar apertar minha cintura com mais força e sua respiração pesada contra minha nuca. Parecia que não havíamos nos mexido muito durante a noite. Nós dois apagamos de imediato, presos no conforto do abraço um do outro.

Seu pênis ainda estava duro e senti a excitação me tomar, enquanto eu mexia meu *culo* contra sua ereção.

Omar gemeu contra meu pescoço e o mordeu.

— Hummm. Bom dia, *mi amor*. — Ele passou o nariz pela base do meu pescoço. Suspirei, apreciando a carícia agradável.

Continuei a mover lentamente os quadris, me sentindo satisfeita quando ele se apertou contra mim em troca. Sorri com malícia, sabendo exatamente o que eu queria que acontecesse.

— Bom dia, bonitão. — Deixei escapar um bocejo e me espreguicei contra seu corpo, me alegrando com a forma como sua pele quente provocava a minha.

— Como você está se sentindo? — Ele passou a mão para

cima e para baixo na minha coxa nua, provocando o tecido da calcinha no topo do meu quadril com um único dedo.

— Excitada. E você?

Omar explodiu em uma gargalhada surpresa contra meu pescoço, o que fez com que eu me sentisse ainda mais excitada.

— Você só pensa em uma coisa, *mi amor*. — Ele moveu o corpo para que eu ficasse de costas contra o colchão e pairou sobre mim. Seus olhos eram de um castanho escuro esta manhã e brilhavam de desejo. — Gosto disso. — Omar lambeu o lábio inferior e estendi meu braço bom, colocando-o em volta do pescoço.

— E o que você vai fazer sobre isso? — provoquei, sentindo meu batimento cardíaco acelerado contra o meu peito com antecipação.

Ele traçou a tipoia com um dedo e depois a soltou, removendo-a devagar e colocando-a ao lado da cama.

— Tudo bem? — ele perguntou quando foi removida.

Assenti.

— Sim.

— Você me diria se doesse? — Ele levantou uma sobrancelha.

— Não — admiti. — Mas prometo ter cuidado com o ombro se isso acontecer.

Ele se inclinou para frente e deu beijos leves no meu ombro nu. Em seguida, moveu os lábios sobre meu peito, beijando meus seios através do tecido fino do top. Arqueei em direção ao seu beijo, mas ele pressionou uma mão pesada no meu esterno e balançou a cabeça.

— Se quiser isso, tem que ficar aí deitada e me deixar fazer as coisas, *chica*. Cada vez que você se move em direção ao meu beijo, estremece de dor. Não vou brincar… — Ele se sentou e segurou meus seios e beliscou os mamilos. Gemi alto em resposta. — … se você não ficar quieta.

Engoli em seco e assenti.

— Não pare. — Ouvi o tom de súplica em minha voz, mas não me importava mais. Eu queria tanto Omar, que sentiria dor física e emocional se ele parasse. — Vou me comportar.

Ele se mexeu de modo que estava montando meu corpo completamente.

Levantei a mão e passei por todos aqueles músculos definidos.

— Você é magnífico, Omar. Quero muito te tocar e beijar *em todos os lugares*, mas sei que não posso. — Sorri enquanto arrastava a mão até sua boxer. Esfreguei a palma sobre o comprimento dele e observei seus músculos flexionarem de um jeito delicioso. — Significa que você vai ter que fazer todo o trabalho por um tempo, baby, mas não se preocupe. Quando eu estiver melhor, com total mobilidade, vou abalar o seu mundo. — Puxei a ponta da cueca boxer, permitindo que a cabeça de seu enorme pau aparecesse. A ponta estava brilhando, e eu ansiava por provar.

Umedeci os lábios.

— Venha aqui — sussurrei. — Me deixe te provar.

Ele não disse uma palavra enquanto se aproximava de onde eu estava com a cabeça apoiada nos travesseiros na altura perfeita para seus quadris.

— Me mostre *la bestia* — pedi em um tom sensual e intoxicado pela pura beleza diante de mim.

Omar empurrou a cueca para baixo até o tecido apertar a pele escura de suas coxas grossas. Sua *besta*, como eu a chamei, balançou perto do meu rosto.

— O que você me pedir, eu te dou, *mi amor* — Omar disse e sibilou enquanto eu passava a mão por sua coxa até a base do pênis, envolvendo os dedos ao redor da base grossa. Acariciei para cima e para baixo algumas vezes, depois pedi que ele aproximasse seu comprimento de mim. Ele fez isso em quando estava exatamente onde eu queria, envolvi os lábios na cabeça e gemi em apreciação quando o gosto salgado dele atingiu minha língua.

Ele sibilou e agarrou-se à cabeceira da cama. Seus quadris começaram a se mover um pouco, mais como um movimento oscilante que o levava para dentro e para fora da minha boca, em um ritmo lento e suave.

Fechei os olhos, enquanto o acariciava com a outra mão no

ritmo de seus movimentos e me perdia em tudo o que era Omar. Ele era muito grosso e eu só podia tomar alguns centímetros dessa maneira, mas ele não parecia se importar. Seus constantes gemidos e grunhidos conforme eu aumentava a velocidade confirmavam que ele também estava perdido no momento.

— Puta merda, Liliana. Eu poderia gozar na sua garganta facilmente. Seu toque, *chica*… — Seu corpo tensionou, seus músculos se flexionaram e se moveram como se ele estivesse lutando contra o prazer. — *Tu boca es la perfección.* — Ele mudou para o espanhol, me dizendo que minha boca era perfeita enquanto seus quadris continuavam em um ritmo constante, mas lento. Mais de seu líquido pré-ejaculatório atingiu minha língua, e quando eu pensei que ele ia fazer o que havia dito, ele me soltou, afastou seu corpo da minha boca, se inclinou contra mim e puxou minha calcinha. Assim que tirei a perna ilesa, ele deixou a peça pendurada na minha outra perna. Em vez de removê-las, ele abriu minhas pernas, apoiou as duas mãos contra a parte interna das minhas coxas emoldurando meu sexo e me cobriu com sua boca.

Gritei com a intensa sensação de sua língua dentro de mim. Ele me levou de zero a cem em um piscar de olhos, chupando, lambendo e provocando com sua língua magistral.

Ele gemeu contra a minha carne, movendo os quadris enquanto me levava ao êxtase, ele inseriu dois dedos grossos e me deu prazer com eles. O orgasmo parecia não ter fim. Omar não parou. Quando conseguiu me fazer gozar, ele dobrou seus esforços. Passou uma mão pelo meu estômago e por baixo da camiseta para apertar e acariciar o mamilo, enquanto ele chupava meu clitóris, me fazendo gritar em êxtase total.

Outro orgasmo estava percorrendo meu corpo, mas eu queria que fosse com ele. Juntos.

— *Dame la bestia* — implorei. *Me dê a besta.*

Segurei o topo de seu cabelo grosso e escuro, forçando seu rosto a se afastar do meu sexo para que ele pudesse olhar nos meus olhos. Seus lábios e queixo estavam encharcados com a minha essência e seus olhos selvagens com luxúria.

— Omar, baby, faça amor comigo — implorei.

Ele lambeu os lábios e olhou nos meus olhos como se eu fosse a criatura mais linda do mundo. Naquele momento, eu acreditei que era.

Lentamente, ele cobriu meu corpo com o seu, como uma pantera pronta para derrubar sua presa. Com uma das mãos, ele puxou o top, até que o tecido ficasse acima dos meus seios, depois passou os dedos pelas pontas de cada um de forma provocante.

— Você tem o corpo mais lindo, *mi amor*. Quero te tocar e te provar em todos os lugares. — Ele continuou a provocar enquanto eu movia os quadris, tentando fazer sua besta se esfregar contra minha carne sensível. Ainda assim, Omar demorou, tocando meus seios, clavícula e garganta antes de descer para meu peito, barriga e, finalmente, entre minhas coxas. Ele inseriu dois dedos e os inclinou perfeitamente contra a parede do meu sexo até que ofeguei e tensionei em torno dele. — Especialmente aqui. Você tem gosto do melhor mel. Eu poderia lamber você por dias, baby.

— Omar, por favor — implorei, delirando em minha necessidade de tê-lo dentro de mim.

Ele tirou os dedos e os colocou na boca. Fechou os olhos e gemeu.

— Baby…

Ele abriu os olhos, o pênis grosso com uma mão e o acariciou.

— Você está tomando anticoncepcional? — ele perguntou de repente.

Pisquei, confusa por um momento, contente em ver sua mão naquele pau enorme.

Ele riu.

— *Mi lirio*, você está protegida de engravidar?

Balancei a cabeça. Eu não tinha um homem há algum tempo e não achava certo colocar algo desnecessário em meu corpo quando não estava sexualmente ativa. Eu marcaria uma consulta em um futuro próximo, com certeza.

Omar se inclinou sobre mim, abriu a gaveta do criado-mudo e tirou um pacote de papel-alumínio.

— Comprei isso não muito depois de nos conhecermos. Eu esperava ter você nua na minha cama meses atrás. — Ele sorriu, removendo o preservativo e o colocou.

Sorri e abri bem as pernas.

Com os olhos em mim, ele esfregou a ponta sobre a umidade no meu centro, me provocando.

— Omar — avisei com um gemido.

Ele sorriu, mudou seu corpo para pairar mais completamente sobre mim, e então empurrou a ponta onde eu mais queria.

— Respire, *mi amor*. Deixe seu homem entrar — ele sussurrou contra meus lábios e penetrou a cabeça. Engoli em seco com a pressão de seu tamanho espalhando minhas paredes hipersensíveis. Me agarrei às suas costas com a mão boa, cravando as unhas.

Eu sabia que ele estava apenas no meio do caminho quando engoli em seco e pressionei minha cabeça no travesseiro, tentando abrir minhas pernas ainda mais para tomar mais dele.

— Você é muito grande. — Cravei as unhas, sentindo a intensa pressão entre minhas coxas.

Ele mordiscou meu pescoço, em seguida, curvou seu belo corpo sobre mim para acariciar meu mamilo com a boca. Entrelacei os dedos em seu cabelo e me deixei levar. Focada inteiramente nas sensações que ele provocava em meu corpo.

Quando ele colocou uma de suas mãos entre nós e acariciou meu clitóris, senti uma onda de prazer. Meu corpo finalmente deu lugar a sua besta, permitindo que ele me penetrasse por completo.

Eu estava preenchida pelo meu homem.

Completa.

Finalmente.

Com seu corpo contra o meu, levantei as pernas, forçando seu comprimento a afundar ainda mais.

— Caramba! — gritei, e foi quando ele finalmente decidiu se mover.

Dentro e fora.

Céu e inferno.

A sensação era indescritível.

Por uma eternidade, minha mente, coração e corpo giraram em uma névoa de extrema felicidade, como nunca senti antes. Era como se nossos corpos fossem feitos um para o outro.

Eu envolvi meus membros o melhor que pude ao redor de seu corpo maciço e deixei que ele se fundisse comigo.

— Olhe para mim, *mi amor* — Omar exigiu em um tom rouco e grunhido que ele não tinha usado comigo antes.

Abri os olhos e encarei o único homem com quem eu queria ser tão vulnerável assim. Dei a ele todo o meu medo, ansiedade, alegria e, sim, até meu coração. Tudo naquele olhar.

— Estou me apaixonando por você, Liliana — ele admitiu, como se as palavras estivessem sendo arrancadas de sua alma.

Meus olhos se encheram de lágrimas, enquanto a sensação gigantesca de retidão fluiu pelo meu corpo.

— Eu também — confessei, não mais com medo de ser vulnerável com este homem. Ele não iria me magoar. Ele já havia provado isso com suas ações e palavras.

Omar acelerou os movimentos, estocando o pau dentro do meu corpo, atingindo meu ponto G repetidamente até que vi estrelas. Cravei as unhas em sua carne. Meu sexo pulsou e apertou em torno de seu comprimento, e ele rugiu em resposta. Seus quadris se moveram mais rápido, pressionando mais fundo, mais forte, até que não houvesse mais eu e Omar, apenas *nós*. Uma unidade, tomando e dando prazer.

Meu orgasmo atingiu o ápice e ele me envolveu em seus braços, enterrando seu pênis profundamente enquanto eu tremia em seus braços. Seu corpo poderoso se curvou com o esforço, enquanto seu orgasmo o percorria. E, no entanto, ele evitou colocar peso ou pressão na minha metade superior, garantindo que meu ombro estivesse seguro enquanto o resto de mim se estilhaçava em um milhão de pedaços de luz.

Por um longo tempo, Omar simplesmente respirou contra meu peito, o ar provocando meus mamilos eretos. Me permiti recuperar o fôlego, passando os dedos pelas camadas de cabelo no topo de sua cabeça, querendo tocá-lo e continuar a intimidade de uma mudança tão importante em nosso relacionamento.

Eventualmente, Omar voltou ao presente e pressionou as mãos no colchão para pairar seu corpo deslumbrante sobre mim.

— Se é assim quando você está ferida e incapacitada, mi amor, só posso imaginar como será quando você estiver em pleno funcionamento. — Ele sorriu com malícia.

Retribui com um sorriso enorme e acariciei o que pude alcançar de seu peito fabuloso.

— Você vai ter que esperar e descobrir — brinquei.

Ele se inclinou e tomou minha boca em um beijo lento e úmido.

Após nos beijarmos até nossos lábios ficarem doloridos e inchados, ele se levantou, cuidou da camisinha e voltou para a cama. Ele nos virou e me colocou meio em cima de seu corpo nu, com meu braço ruim apoiado de leve em seu belo peito. Cochilamos por um tempo até que fui despertada de meu torpor sexual pelo cheiro de bacon.

Cheirei o ar e então me inclinei para uma posição sentada, puxando o lençol para cobrir meus seios.

Omar tentou, de brincadeira, puxar o lençol para baixo para chegar aos meus seios.

— Está sentindo esse cheiro? — perguntei.

Assim que Omar fungou audivelmente, o cheiro foi seguido pelo som do choro de um bebê.

Ergui as sobrancelhas.

— Tem alguém aqui? — Estremeci.

Omar sorriu e balançou a cabeça.

— Pirralha intrometida — ele resmungou, mas o fez com um sorriso. — É a Ophelia. — Ele suspirou, se sentou, me beijou rapidamente e segurou minha bochecha. — Uma coisa com a qual você vai ter que se acostumar muito rápido, Liliana, é que minha família é muito intrusiva.

— Você quer dizer que a sua irmã está aqui? Agora mesmo? — Apontei para a cama que estava uma bagunça por causa do nosso ato de amor.

Ele assentiu. O som de panelas batendo umas nas outras veio do outro cômodo.

— Vou me livrar dela e voltar para a cama. — Ele se moveu para se levantar.

Fiquei de joelhos com o lençol apertado contra o peito.

— Você não fará tal coisa — sussurrei em repreensão. — Não vou ser a namorada que odeia visitas da família. Pegue um vestido para mim. — Apontei para o modelo de alcinha amarelo que comprei na Target no mês passado. — E calcinha limpa.

Ele sorriu com doçura, vasculhou em minha mala aberta e trouxe os dois itens para mim. Me desloquei o melhor que pude para a beirada da cama. Ele me ajudou a vestir a calcinha rendada e me deu um braço para me segurar, para que eu pudesse ficar de pé. Em seguida, Omar tirou minha camiseta e me ajudou a vestir o vestido simples de verão. Ele caía até o meio da coxa e era justo. Tinha um bojo que dava sustentação aos meus seios e escondia os mamilos eriçados.

— Você pode pegar a tipoia? — pedi.

Ele assentiu e, de forma descarada, caminhou pela cama nu até onde jogou o item.

Depois que ele me entregou, pulei em um pé só para o banheiro. De jeito nenhum eu iria conhecer sua irmã com o cabelo bagunçado.

— Você poderia ter me deixado carregá-la — ele gritou, mas eu o ignorei e me olhei no espelho.

As coisas não estavam tão ruins. Como Omar lavou e condicionou meus cachos ontem à noite, eles estavam selvagens, mas quase parecia que eu os tinha penteado dessa maneira. Molhei os dedos e arrumei algumas mechas no lugar, depois escovei os dentes com a escova e a pasta de Omar.

Ele voltou para o banheiro vestindo um par de shorts esportivos soltos e uma camiseta branca. Seu olhar foi para a escova de dentes que estava saindo da minha boca.

— Você está usando minha escova de dentes? — ele zombou como se estivesse ofendido.

Me inclinei sobre a pia, cuspi e enxaguei a boca.

— Você enfiou a língua na minha boca e na minha boceta e está preocupado com sua escova de dentes?

Ele passou os braços em volta de mim por trás.

— É meio nojento, *mi amor*.

Eu franzi o nariz.

— Me deixe repetir caso você tenha perdido da primeira vez: sua língua esteve na minha boca e na minha vagina. Você colocou os dedos dentro de mim e depois os chupou. — Seus olhos brilharam com um fogo renovado. — Ficar com nojo por causa de uma escova de dentes é sem noção.

Ele riu e então beijou meu pescoço de um lado e depois do outro.

— Você está pronta para conhecer *mi hermana y mi sobrino?* — ele perguntou, se referindo a sua irmã e sobrinho.

Inspirei profundamente, belisquei uma bochecha e depois a outra para dar um pouco de cor ao meu rosto e assenti.

— Prontíssima.

Ele me abraçou e apoiou o queixo no meu ombro bom.

— Baby, ela vai te amar. Prometo.

Mordi meu lábio inferior e assenti.

Então, antes que eu pudesse tentar outra tática protelatória, ele me pegou em seus braços e me levou para a cozinha.

Fiquei com água na boca com o cheiro de bacon e batatas fritas.

— Bom dia, *mocosa*. — Omar os cumprimentou e depois me colocou na mesma cadeira que usei na noite anterior.

A mulher deslumbrante se virou, seu longo rabo de cavalo voando sobre o ombro.

Ela abriu um sorriso enorme e fiquei mais uma vez chocada com o quanto ela era adorável. A mulher saltou sobre os pés e juntou as mãos enquanto se aproximava, ignorando o irmão completamente.

— Uau! Você é tão linda! — ela disse quando seus olhos se fixaram em mim. — Ela é linda, Omar. Você disse que ela era bonita, mas *uau*! — ela repetiu e estendeu a mão em cumprimento.

Sorri e apertei a mão dela.

— Obrigada e o sentimento é mútuo. Eu sou a Liliana.

— Lily, eu sei! Sou a Ophelia, a irmã gêmea do Omar. — Seus olhos brilharam de felicidade.

— Sim, ele me contou sobre você também.

Ela arregalou os olhos.

— Mesmo? Bem, não acredite em tudo que você ouve do meu irmão.

— Só falou coisas boas — confirmei.

No centro da mesa havia um bebê conforto que tinha um doce menino preso nela.

— Esse aqui é o Francisco, *mi niño*. — Ela estendeu a mão para o pé dele e fez cócegas em seus dedos.

O bebê chutou e sorriu.

— Quantos anos ele tem? — perguntei.

— Dois meses. — Ela olhou para o filho com orgulho em sua expressão.

— Ele parece ser um bebê muito bom.

Ela assentiu.

— Ah, ele é. O amor da minha vida. — Ela acariciou sua bochecha com o dedo. — A comida! — ela gritou de repente e se virou para descobrir que Omar já estava cuidando do que estava no fogão. Ophelia foi até ele e afastou seu braço. — Estou preparando o café da manhã para vocês!

— Mulher, você não poderia fazer o café da manhã nem para salvar sua vida! Você está cozinhando demais o bacon e as batatas precisam ser viradas várias vezes para não queimá-las. Vá se sentar. Vou terminar isso.

Ela colocou as mãos nos quadris e sua coluna ficou reta como uma vareta quando ela atingiu o rosto de Omar.

— Não me diga o que fazer. Este foi o meu presente de boas-vindas da família para a Lily!

Boas-vindas à família?

O que Omar disse a sua família sobre nosso relacionamento?

— Se quer dar as boas-vindas à minha namorada, então pegue uma xícara de café para ela — aconselhou.

Ela olhou para ele.

— Certo! Mas só porque sou boa em fazer café.

— A única coisa em que você é boa na cozinha — ele murmurou, embora fosse alto o suficiente para eu ouvir, mesmo do outro lado da sala.

— Eu ouvi isso! — ela retrucou.

— Não estava tentando esconder. Você é terrível na cozinha. Sabe disso.— Ele quebrou não um, mas dois ovos em uma frigideira quente com apenas uma mão. Foi fantástico.

Ela pegou uma xícara de café no armário, acima da cafeteira, e a encheu com a bebida celestial. Eu podia sentir o cheiro da incrível fonte de energia daqui.

— Estou aprendendo, sabe? Tenho um filho agora. Preciso aprender a cozinhar — ela bufou.

— Seu irmão mora ao lado e sua família é dona de um restaurante em que você trabalha. Deixe a cozinha para os profissionais. E não se atreva a alimentar Cisco com nenhuma de suas tentativas de cozinhar. A pobre criança vai passar fome! — ele adicionou.

— Como vou acertar se nenhum de vocês me deixa tentar! — ela continuou a discussão enquanto me fazia café. Ela não perguntou como eu gostava, mas eu aceitaria como veio. Nesse ponto, eu não era exigente. Eu só precisava de cafeína.

— Liliana gosta do café com creme e sem açúcar. Você pensou em perguntar a ela? — Ele balançou a cabeça.

Ela olhou para a xícara, franziu a testa e então voltou seu olhar para mim.

— Sinto muito! Eu deveria ter perguntado.

Balancei a cabeça.

— Está tudo bem. Estou feliz com a forma como você fez.

— Ela é *muuuuito* mais legal que você. — Ela esbarrou no quadril do irmão enquanto voltava ao armário e pegava uma nova xícara.

— Não precisa mesmo fazer outro — eu disse, mas ela serviu uma nova xícara de qualquer maneira.

— Não, não, não é nenhum problema. Tenho certeza de que vou aprender o que você gosta e o que não gosta em breve. — Ela preparou meu café do jeito que eu gostava e o trouxe para mim. Peguei a xícara e bebi, enquanto ela verificava Francisco, que já fechava os olhos, sonolento.

— Ele é um menino muito bonito. — Observei suas alegres bochechas arredondadas, pequenos lábios em forma de querubim e olhos grandes e conhecedores.

— Puxou ao seu *tio* Omar — ela sussurrou. — Não que eu fosse admitir isso para esse chato! — Ela olhou para as costas de Omar, mas sorriu de brincadeira para mim.

Esses dois discutiam da mesma forma que eu e minhas irmãs, tornando a situação ainda mais cativante.

Ophelia pegou o primeiro café que fez e se sentou ao meu lado.

— Me conte tudo a seu respeito. Estou muito feliz por finalmente conhecê-la pessoalmente.

— Hum, bem, para começar, tenho sete irmãs adotivas, uma que faleceu há pouco mais de seis meses. — Apertei a mandíbula e respirei fundo, permitindo que a dor corresse através de mim.

Ela cobriu a boca.

— Ah, sinto muito, Lily. Perder uma irmã tão jovem. — Ela franziu a testa.

Assenti e limpei minha garganta, afastando a tristeza que sempre sentia com o pensamento de minha irmã Tabby.

— Assim como você e o seu irmão, minhas irmãs e eu somos muito próximas. Brigamos o tempo todo.

— Todas as boas famílias brigam. Nos preocupamos com a

vida um do outro. Se não nos importássemos, não brigaríamos. Certo, chato? — ela gritou.

— Isso mesmo, ¡*mocosa*! — Ele a chamou de pirralha em resposta.

— Omar me disse que uma de suas irmãs é estilista e a outra é modelo. Ah! E uma é senadora! Deve ser incrível ter tanta gente famosa na família — ela desabafou, apoiando o queixo na mão, entrando na conversa.

Eu ri.

— Acho que elas são famosas, mas não é algo sobre o qual conversamos. Isso meio que aconteceu com o tempo, então nos acostumamos. A Mama Kerri sempre nos ensinou que nosso trabalho é o que fazemos, não quem somos. Então, para mim, elas são apenas minhas irmãs.

Ela assentiu.

— Fascinante.

— Na verdade, não é. — Dei de ombros e então sibilei com a dor do movimento repentino.

Omar aproveitou o momento para colocar dois pratos de comida à nossa frente.

— Vou pegar seus remédios para dor — ele anunciou.

Balancei a cabeça.

— Prefiro não tomar. Se eu puder ficar sem eles, prefiro fazê-lo. Não gosto da sensação de sonolência.

Ele inclinou a cabeça e olhou para mim com uma expressão séria estampada em seu rosto.

— Que tal hoje você tomar seus remédios, comer, dormir e descansar? Então amanhã começamos a fazer o desmame e você só toma antes de dormir. Não há necessidade de sentir dor desnecessariamente quando precisa de descanso.

Assenti. Ele estava certo. Se Mama Kerri estivesse aqui, estaria dizendo a mesma coisa.

— Tudo bem, obrigada. — Levantei o queixo, e ele tomou meus lábios em um beijo doce e demorado.

— Deus, vocês são tão fofos juntos. Mamãe vai ficar louca. Ela vai pressionar vocês para se casarem e darem mais netos a ela. Marquem minhas palavras. — Ela espetou uma batata frita com o garfo e a jogou na boca, sorrindo.

Omar riu.

— Ela não está exagerando, *mi amor*. Sugiro que prepare seu campo de força. Acho que temos até esta noite antes que ela bata na porta. E assim que ela der uma olhada em você e eu juntos, ela irá planejar o casamento.

— Ei, Mama Kerri tem nos incomodado nos últimos quatro anos para que uma de nós lhe dê outro neto. Acho que posso lidar com sua mãe — eu disse com confiança enquanto mordia um pedaço de bacon crocante.

Ophelia bufou e escondeu a risada atrás da mão.

— Boa sorte com isso. Você vai precisar.

— Mesmo? — perguntei enquanto continuava a comer.

— Quando nossa mãe descobri tudo o que você é — ela moveu o garfo para cima e para baixo no ar, gesticulando para mim —, ela terá escolhido as cores do casamento, o planejado o menu da recepção e com uma data em mente em instantes.

— *Jesús, María y José* — sussurrei.

— Essa é uma boa ideia. Ore agora — ela alertou.

Omar entrou na cozinha com meus remédios.

— Pare de assustar minha namorada, Ophelia. Mamãe é inofensiva. Majoritariamente. — Ele olhou para Ophelia e depois para mim. — Vou me certificar de que ela adie a conversa sobre o futuro.

— Como eu disse. — Ophelia deu um sorriso de gato que comeu o canário. — Boa sorte.

DEZESSETE

O resto do dia passou em uma névoa induzida por analgésicos. Omar conseguiu impedir que sua mãe e irmã aparecessem naquela noite. Fizemos outra refeição caseira que o irmão de Omar, Arturo, deixou enquanto eu dormia. Era *enchiladas* de frango desfiado que rivalizava com a minha própria receita. Terminamos a noite fazendo amor e caindo em um sono tranquilo.

O segundo dia na casa de Omar, no entanto, terminou muito parecido com o primeiro. Depois de acordar e tomar banho, Omar me acomodou no confortável sofá de couro e foi pegar nosso café. Então ele estava planejando enfaixar meu pé. Eu estava com a tipoia no ombro e fiquei animada ao perceber que me sentia muito melhor. Até o inchaço no pé havia diminuído por tê-lo apoiado em travesseiros a maior parte do dia anterior, enquanto Omar brincava de enfermeiro enquanto assistíamos a filmes e eu dormia no decorrer do dia.

No entanto, nossa pequena bolha de relaxamento tranquilo terminou com uma batida forte na porta.

Ele olhou pelo olho mágico e franziu a testa, em seguida abriu o suficiente para poder falar com quem quer que estivesse lá fora.

— Ela não aceitou *não* como resposta. — Ouvi o grunhido baixo de Sylvester Holt quando a porta se abriu e Mama Kerri entrou apressada. Seus braços estavam cheios de sacolas de compras e um vaso de flores recém-colhidas. Eu sabia, pelas flores, que tinham vindo do quintal dela.

— Menina! — Ela sorriu calorosamente.

— Oi, Mama! — Acenei e sorri, genuinamente feliz em vê-la. — O que está fazendo aqui?

Ela entrou como se tivesse ido à casa de Omar uma centena de vezes, quando nunca havia colocado os pés aqui. Observei enquanto ela apoiava as sacolas na pequena mesa da cozinha. Em seguida, ela trouxe o vaso de flores até que estivessem perto o suficiente para eu cheirar.

— Flores só para você, querida.

Inspirei profundamente o perfume, permitindo que aquela sensação de lar se instalasse dentro de mim. Ela segurou minha bochecha e fez a avaliação de mãe.

— Você parece melhor hoje. Sabia que um dia inteiro de descanso e recuperação com seu namorado era exatamente o que você precisava.

Arrisquei um olhar para Omar e lhe dei um sorriso.

— Olha, baby, minha mãe está aqui. — Eu ri.

Ele estava preocupado com a chegada de sua mãe autoritária, mas foi a minha que abriu caminho sem avisar.

Omar deixou Holt entrar e gesticulou para que ele se sentasse.

— Quer um café? — ele perguntou.

Mami Kerri acenou com as mãos.

— Ah, eu cuido do café da manhã, querido. Trouxe o suficiente para alimentar um exército.

Claro que sim. Observei enquanto ela colocava o vaso no centro da mesa e se movia direto para a cozinha do meu novo homem como se fosse a dona do lugar. Fechei os olhos e ri baixinho, encostada no sofá.

— *Gracias*, sra. Kerrighan. Preciso enfaixar o pé da Liliana.

— Ah, me chame de Mama Kerri, querido. Pode continuar. Cuide da nossa menina. Vou cuidar das coisas aqui. Não ligue para mim. — Mama Kerri riu e começou a descarregar o que quer que ela trouxe para o café da manhã.

Assim que Holt pegou uma xícara de café, a campainha tocou.

Eu bufei e cobri a boca enquanto Omar gemia e ia até a porta. Ele olhou pelo olho mágico, pressionou a palma da mão na superfície plana de madeira e então encostou a testa nela, derrotado.

— Espero que você esteja pronta para conhecer minha mãe — ele anunciou antes de abrir a porta.

Sem sequer um *olá*, a porta se abriu e uma mulher curvilínea com longos cabelos negros iguais aos de Ophelia entrou. Ela também carregava algumas sacolas de supermercado.

— Esperei um dia inteiro, *mi hijo*. Não vou esperar mais para conhecer minha futura nora — ela resmungou, e então olhou ao redor da sala até que seu olhar pousou no meu.

Nora?

Mais uma vez, o que foi que Omar disse a sua família sobre mim? Nós iríamos conversar esta noite, com certeza.

— ¡Jesucristo! Ela é um *ángel* que ganhou vida! — A mulher ofegou e moveu as mãos em direção ao rosto como se tivesse esquecido as sacolas que carregava nos braços.

Omar foi rápido e pegou as sacolas antes que ela pudesse jogá-las no chão. Ele pegou as duas e as colocou na mesa que havia acabado de ser esvaziada dos itens que Mama Kerri trouxe.

A mulher veio na ponta dos pés para mim lentamente, como se estivesse se aproximando de uma criatura estranha.

— Liliana, *ángel*, como você está se sentindo? — Suas bochechas eram altas e arredondadas, muito parecidas com as minhas. Seu rosto era levemente realçado por kohl preto ao redor de seus olhos escuros, com os melhores cílios que já vi. Ela tinha uma tonalidade rosa nas bochechas que as acentuava perfeitamente. Usava batom lilás cintilante que combinava bem com suas feições. No geral, a mulher era uma beleza.

Meu coração se apertou quando ela se referiu a mim como anjo. Na verdade, mal podia esperar para contar isso às minhas irmãs. Elas me chamavam de fogosa e espírito selvagem por um bom motivo.

— Estou bem. Em recuperação. Obrigada por perguntar.

— *¿Mi hijo te está cuidando bien?* — *Meu filho está cuidando bem de você?* ela perguntou em espanhol.

Como ela perguntou em espanhol, achei apropriado responder da mesma forma.

— *Sí. Él me está cuidando excelentemente.* — O que se traduzia em: *sim, ele está cuidando muito bem de mim.*

— *Muy bien.* — *Muito bem,* ela disse enquanto levava as mãos ao peito em posição de oração. — E ela fala excelente *español!* Omar, é ela! — ela gritou alto o suficiente para que todos ouvissem.

— Mamãe, eu sei. Pare — ele a alertou, mas seu tom parecia brincalhão.

Ela saltitou, ajustando as almofadas do sofá e perguntou:

— O que posso fazer por você, *ángel?* Você precisa de comida? Bebida?

— Acho que *mi madre* está cuidando da cozinha. — Ergui o queixo em direção à área da cozinha no momento em que Mama Kerri entrou na sala com uma xícara de café fumegante e um prato de bolinhos.

— *¿Tu madre?* — Ela se virou e estendeu as mãos para Mama Kerri assim que ela colocou o prato e o café quente na mesa diante de mim.

Mama Kerri foi prontamente puxada para os braços da mulher estranha em um grande abraço. Observei enquanto Mama Kerri a abraçava de volta.

— Olá, sou Aurora Kerrighan, mãe de Liliana. E você é?

— Eu sou Renata Alvarado, *la madre* de Omar. Estamos todos muito entusiasmados por ter a sua Liliana com o nosso menino. Ele está atrás dela há meses! — Ela riu. — Ela é difícil de se pegar! — Então ela apontou para sua têmpora. — Inteligente. O fez trabalhar para conquistá-la. Eu aprovo isso. — Ela se gabava.

Mama Kerri me olhou de soslaio e sorriu.

— Eu também aprovo. — Ela enganchou o braço no de Renata. — Você gostaria de me ajudar a fazer o café da manhã para eles?

— *¡Sí, sí!* Ela precisa comer para ficar bem novamente — Renata afirmou de forma enfática.

— Não acho que comer vai curar meu pé e ombro — gritei, mas tinha certeza de que o comentário caiu em ouvidos surdos por opção.

Omar balançou a cabeça onde estava, encostado na porta com seus enormes braços cruzados, enquanto observava a cena que se desenrolava em sua casa.

— *Mi madre* acredita que a comida cura todas as doenças, *mi amor.*

Gemi.

— Talvez seja por isso que a Mama Kerri sempre faz chá com cookies quando temos um problema ou preocupação na Kerrighan House.

Omar suspirou, veio até a mesa, pegou o curativo e começou a enfaixar meu pé, enquanto Holt se sentava à mesa com o telefone, tomando café enquanto nossas duas mães se tornavam melhores amigas e cozinhavam para nós.

— Mais alguém planeja aparecer, Mama Kerri? — perguntei enquanto a observava arrumar a mesa.

Ela deu de ombros e voltou para a cozinha.

— Sei que as suas irmãs estão ansiosas para te ver de novo, mas o Jonah e o Ryan estão atrás de algumas pistas e planejam notificá-la sobre o progresso.

Assim que Omar terminou de enfaixar meu pé, ele deu um beijo no topo dele.

— Vou ligar para os caras da sacada. Você vai ficar bem com nossas mães? — Ele sorriu.

Revirei os olhos.

— Vou. Pode ir. Espero que você receba boas notícias.

Ele se inclinou, me deu um beijinho e sussurrou:

— Também espero.

Observei seu corpo enquanto ele caminhava. Sua estrutura era tão poderosa que fazia a sala parecer menor, mas ele a manobrava com graça e facilidade. Me lembrou de como ele se moveu sobre mim ontem à noite. Toques suaves e leves, beijos longos e envolventes.

Minha temperatura subiu enquanto minhas bochechas esquentavam.

Mama entrou e franziu a testa.

— Está com febre, menina? — Ela colocou a mão na minha testa. — Não, você não está quente. Acho que você precisa comer e voltar para a cama.

Eu gemi.

— Tudo o que fiz nos últimos dois dias foi dormir. Preciso andar um pouco. Perdi a última prova dos vestidos para o casamento, o que deve estar preocupando a Blessing e seu cronograma para fazer tudo. Tenho sorte de, pelo menos, estarmos de férias na escola.

O termo *vestidos de casamento* chamou atenção de Renata porque ela perguntou:

— Quem vai se casar, *ángel*?

— Minha irmã Simone. E, na verdade, não muito depois disso, minha outra irmã, Addison, vai se casar.

— Você é uma mulher de sorte, *mi amiga*! — Ela balançou o ombro contra o de Mama Kerri, que riu em resposta.

— Agradeço ao Senhor todos os dias por minhas bênçãos. Minhas meninas são minha vida. — Sua voz falhou quando seu olhar voltou para mim.

— Mama. — Senti uma onda de emoção ao ver seu estresse repentino. Os últimos dias devem ter sido horríveis para ela. Uma mãe passando por situações traumáticas extremas com suas filhas tão próximas uma da outra. Eu sendo sequestrado, depois de passar por isso com Simone e Addy, e perder Tabby.

Estendi a mão e Mama Kerri se aproximou e a pegou, sentando-se ao meu lado.

— Eu estava tão preocupada que você não fosse voltar. — Os olhos de Mama se encheram de lágrimas, que caíram por rosto. — Eles ficaram com você por dias. — Ela soltou um soluço torturado.

— Sinto muito — murmurei, tentando confortá-la o melhor que pude.

Ela balançou a cabeça.

— Não foi culpa sua. Você estava no lugar errado, na hora errada. — Ela fungou e enxugou os olhos com um lenço que tirou do sutiã. — Eu ficarei bem. Se você estiver bem, também estarei. — Ela endireitou a coluna e respirou fundo. Passei a mão para cima e para baixo em suas costas, vendo como meu desaparecimento realmente a afetou.

— Eu te amo, Mama — sussurrei, olhando em seus reconfortantes olhos verde azulados, querendo que ela soubesse disso.

— Eu também te amo Liliana. Para sempre, menina. — Ela segurou minha bochecha.

Assenti.

— Eu sei. Todas nós sabemos. Você nos diz o tempo todo. — Eu queria que ela soubesse que nunca consideramos o amor dela garantido. Era um presente para nossas vidas.

— Nunca se esqueça do quanto você é amada, criança. — Ela não precisava me lembrar.

Eu balancei a cabeça.

— Não vou esquecer, Mama. Sinto isso toda vez que olho para você. Toda vez que penso em você.

Ela deu um tapinha na minha mão e a apertou.

— Bom. Agora, vamos pegar *waffles* de morango e chantilly.

Eu gemi.

— *Obaaa.* Estava morrendo de vontade de comer seus *waffles* caseiros. — Umedeci os lábios e meu estômago roncou, pronto para uma comida incrível. Conversaríamos mais tarde, quando estivéssemos só nós, mas agora eu entendia o quanto ela precisou vir esta manhã.

— Holt, seja um bom rapaz e ajude a Liliana a se sentar na mesa, sim? — Ela se levantou e apontou para mim.

— Qualquer coisa para você, sra. Kerrighan. Se a senhora continuar alimentando a mim e minha equipe com sua comida caseira, não vamos querer proteger mais ninguém.

Ela sorriu e acenou com a mão, enquanto Holt me ajudava a ficar de pé e depois me levantava como Omar fez, em vez de me ajudar a mancar até a mesa.

No segundo em que me sentei, um prato fumegante de *waffles* de morango carregados com manteiga, calda e chantilly foi colocado na minha frente. Renata devia estar na máquina de *waffle* enquanto conversávamos.

— Coma, *mi hija*. Você precisa recuperar sua força.

Peguei o garfo e comi. Foi também quando Omar voltou de seu telefonema, aceitou um prato de sua mãe e sentou-se ao meu lado. Mama Kerri serviu Holt e em seguida ela e Renata pegaram seus próprios pratos e foram para a sala conversando como velhas melhores amigas.

— O que o FBI falou? Encontraram os MacCreedy? — perguntei.

Omar fez o mesmo, mastigando e limpando a boca antes de responder.

— Não. A última coisa que encontraram foi o carro destruído deixado não muito longe de onde fica o depósito. Houve uma série de roubo de veículos desde então, que eles acreditam que possam ser atribuídos à dupla. Eles estão à caça e se sentem confiantes de que os encontrarão em breve. Um memorando foi enviado a todas as autoridades em um raio de trezentos quilômetros detalhando quem são, seus nomes, fotos e o último carro que roubaram. Alguém vai encontrá-los. Eles não podem fugir para sempre — ele concluiu e comeu mais um pedaço.

— Significa que vamos continuar trabalhando até que sejam encontrados — Holt acrescentou.

Omar assentiu.

— Tenho certeza de que você receberá o pedido oficial do FBI em breve.

Holt deu de ombros.

— Esta família já passou por muito. Vamos mantê-la segura.

— Com certeza, chefe. — Omar ergueu a mão e Holt bateu nela.

No dia seguinte, finalmente me senti humana. Meu ombro estava ainda melhor que antes e o inchaço no pé havia desaparecido. Com a bota, eu poderia suportar um pouco de peso sem sentir muita dor. O que significava que eu precisava ir até Blessing para a prova final. As meninas trocaram para hoje e não havia como fugir. Além disso, eu queria ver minhas irmãs. Elas foram gentis, mandando mensagens de texto e ligando quando sentiam saudade, em vez de invadir o apartamento de Omar. Algo com o qual nenhuma de nossas mães estava satisfeita.

A mãe dele finalmente foi longe demais. Ainda esta manhã, Omar estava me chupando no chuveiro. Enquanto eu estava sentada no banco, com as pernas bem abertas e quase gritando aos céus, fomos interrompidos pelo som de batidas. Na porta do banheiro com um grito de ¡Hola, buenos días!

Nada acaba mais rápido com um orgasmo que a visita da mãe do seu namorado.

Omar estava com a língua *dentro de mim* quando isso aconteceu.

Foi bem embaraçoso.

Palavras não poderiam descrever o quanto me senti constrangida por ela não apenas saber que estávamos no chuveiro, nus, juntos, mas e se ela tivesse me ouvido gemer? Eu não era calada no quarto, nem Omar.

Eventualmente, Omar foi para a sala, enrolado em uma toalha, e a colocou para fora. De jeito nenhum eu conseguiria sair para vê-la, depois que ela soube que eu estava no chuveiro com seu filho. Eu não poderia lidar com isso. Sem chance. De jeito nenhum.

Em vez disso, me preparei para minha tarde com as garotas. Como Addy morava com Killian em um prédio seguro e vigiado por um Rottweiler assustador e enorme, chamado Brutus, o grupo decidiu se encontrar lá. Além disso, o *loft* era grande e oferecia muito espaço para Blessing trabalhar.

Omar me levou para a casa de Killian e Addy, e os dois homens subiram para o telhado para bater papo, enquanto eu me acomodei no confortável sofá verde azulado com minhas irmãs ao meu redor.

— Não acredito que o casamento é daqui duas semanas! — Genesis levantou seu vestido de pronto. Era um tom pêssego brilhante que ficou lindo contra seu tom de pele.

Simone apontou para um livreto que continha um monte de bolos.

— Nem me fala! Parece que levou uma vida. — Ela sorriu. — O que você acha desse?

Olhei para o bolo em camadas que ela mencionou. Tinha lindos cravos rosa e pêssego ao redor da borda de cada uma de suas camadas.

— Você precisa de algo tão grande? — perguntei examinando os detalhes do bolo.

— Ah, não pensei muito sobre isso. Teremos apenas cinquenta pessoas — Simone afirmou.

Olhei para o número de fatias que estava escrito no bolo de três camadas e notei que dizia de cem a cento e cinquenta convidados.

— É três vezes o tamanho que você precisa.

— Você tem um orçamento para o bolo? — Addy questionou.

Simone balançou a cabeça.

— Na verdade, não, mas temos uma hipoteca, um cachorro, e o Jonah já está tagarelando que quer me engravidar imediatamente. Portanto, não temos dinheiro para jogar fora, se é isso que você está perguntando.

— Não acredito! — Charlie se surpreendeu com o que Simone comentou.

— Isso é sério? — Blessing parou de ajustar meu vestido, pois eu havia perdido peso desde a última prova.

Simone assentiu e sorriu com timidez.

— Mas não sei. Finalmente consegui um ótimo emprego, um homem, uma casa e um cachorro. Eu tenho tudo que eu poderia querer…

— Exceto um bebê — Genesis acrescentou. — E a Rory com certeza precisa de primos.

— Me pressionar para ter um bebê não é legal, Gen. — Simone semicerrou os olhos.

Gen sorriu.

— Lamento, mas não muito. Mal posso esperar para que vocês me deem sobrinhos para que eu possa estragar todos. Vai ser ótimo para compensar o tanto que vocês mimaram a Rory.

Blessing fez um barulho de shhh.

— Tudo o que a Rainha quiser, ela vai ganhar. É simples assim. A Rory afirmou seu domínio sobre todas nós antes de um ano. Por volta dos dois, já havíamos aceitado o governo dela. Aos três, éramos cidadãs dedicadas. Aos quatro anos, ela administra um reino tranquilo. Você não pode nos culpar por isso.

Ri alto porque Blessing estava certa. A pequena Rory tinha cada uma de nós na palma da sua mão.

— Não quero viver em um mundo onde Rory não é a Rainha, então estou bem com minha vida — anunciei.

Charlie bufou.

— Isso aí!

Addison riu e assentiu, enquanto Simone e Sonia se perdiam em uma discussão sobre bolo.

— Por que você não faz *cupcakes*, Simone? Você ama *cupcakes* — Charlie sugeriu.

Simone parou de examinar as páginas e olhou para Charlie.

— Eu poderia fazer isso?

— É o seu casamento, Si. Você pode fazer o que quiser — Sonia concordou. — E você ama *cupcakes*.

— Quero *cupcakes* então. Cobertura de pêssego com purpurina comestível! — Ela fechou os olhos como se já estivesse saboreando o glacê brilhante.

— Vou ligar para a Mama. Diga a ela o que você quer. Ela conhece as pessoas certas. — Sonia se levantou e puxou seu fiel telefone do bolso de trás. Não importava o que ela estivesse fazendo, aquela mulher sempre tinha o telefone por perto.

Blessing levantou meu vestido e o sacudiu.

— Muito bem, levante-se, tire a roupa e vamos ver se esse bebê cabe.

Genesis e Charlie me ajudaram a ficar de pé. Blessing tirou meu vestido e deslizou o tecido brilhante sobre meu corpo. A parte superior era estilo frente única, com pregas cobrindo os seios. Ele levantava os seios, fazendo com que parecessem maiores. Girei com cuidado enquanto me equilibrava, e as costas apareceram no espelho que Addy havia trazido para avaliarmos nossos vestidos.

Um assobio alto cortou o ar do outro lado da sala, enquanto os caras desciam do andar de cima.

— *Chica*, você não vai a lugar algum longe de mim com esse vestido. *Jesús, mi amor.* — Ele se aproximou e pegou minha mão, enquanto inclinava a cabeça para examinar as costas nuas..

— A Simone queria vestidos sensuais para damas de honra, para que todas nos sentíssemos bonitas no dia do casamento. Gostou? — perguntei em voz baixa, flertando com ele.

Ele umedeceu o lábio inferior e, em seguida, o mordiscou enquanto arrastava os dedos ao longo da minha espinha. Estremeci quando ele chegou ao final do vestido e descaradamente segurou uma das nádegas.

— Liliana, você está pegando fogo com esse vestido. Sou um homem de sorte.

— Sim, você é, irmão. Que bom que sabe disso. — Blessing apertou os lábios e assentiu em agradecimento. — Você está linda, irmã. Agora tire-o para que eu possa dar os últimos pontos.

— Hum, vocês podem se virar? — perguntei a Omar e Killian.

Omar olhou diretamente para o meu rosto, depois percorreu todo o meu corpo e voltou a subir os olhos quando balançou a cabeça e disse:

— Não.

Todas as minhas irmãs caíram na gargalhada e eu coloquei as mãos nos quadris, me preparando para uma briga.

— Não me venha com essa atitude de machão na frente das minhas irmãs! — resmunguei.

Ele riu.

— Que tal todo mundo se virar e eu te ajudo a tirar o vestido? — Ele abaixou a cabeça e esfregou o nariz em meu pescoço.

— Ah, garota, ele arrasou! — Charlie gargalhou e se virou prontamente, mesmo tendo me visto nua mil vezes. Nenhuma de nós era tímida. Crescemos em uma casa cheia de mulheres, com apenas um banheiro no andar de cima. Não havia espaço para modéstia em uma casa como a nossa.

Eu gemi baixinho.

— Tudo bem, mas nada de gracinhas! — ameacei.

O resto das minhas irmãs e Killian se viraram, cada um dando sua própria risadinha às minhas custas.

— Sem promessas, *mi amor*.

Grunhi baixinho enquanto ele me ajudava a tirar o vestido. Apontei para minha roupa e ele a pegou do sofá e me ajudou a vestir enquanto eu o usava para me equilibrar.

Depois de vestida, ele me ajudou a sentar.

— Estou vestida — anunciei, e o resto das meninas e Killian voltaram a se virar.

Enquanto Omar estava sentado lá me tocando e Killian se jogou em uma cadeira, puxando Addy para sentar em seu colo, terminamos os itens restantes com os quais Simone precisava de nossa ajuda. Os vestidos estavam quase prontos, as flores, a música, a sobremesa e todo o resto já estava feito. Mama Kerri estava no controle de tudo.

A última coisa que restava era a prova final de Simone.

Blessing fez questão de levar Simone para o banheiro do outro lado da sala, com uma bolsa preta com zíper. Todas nós, irmãs, Killian e Omar esperamos pacientemente que elas voltassem. Até Brutus estava cochilando em uma cama nesta área do loft. Colocamos o menino para brincar quando chegamos lá e agora, ele estava exausto.

Omar brincou com meus cachos enquanto ouvíamos Blessing chamar a todos nós do outro lado da sala.

— Fechem os olhos! Quero fazer uma mini revelação.

Meu coração acelerou de emoção quando fechei os olhos junto com todos os outros. Eu podia ouvir o som de tecido contra o chão e salto alto batendo na superfície de madeira.

— Muito bem, podem abrir! — Blessing falou, animada.

Quando os abri, Simone estava na nossa frente. Cada um de nós ficou chocado e em silêncio enquanto a admiração tomava o grupo.

Simone usava um vestido tomara que caia, de cor creme, que envolvia seus seios fartos e descia justo até a cintura, se abrindo ao redor de seus quadris generosos. O tecido era um chiffon fino, que envolvia seu corpo em uma onda arrebatadora até o chão. Era como uma taça de vinho de cabeça para baixo. A parte de baixo até parecia com minúsculas bolhas de cristal brilhante, que flutuavam sobre os babados, captando a luz enquanto ela se movia de um lado para o outro.

Lágrimas de alegria e amor escorreram pelo meu rosto enquanto eu olhava para a noiva mais linda que já vi na vida.

Sonia começou a chorar. Cobriu o rosto para esconder seus sentimentos. Genesis puxou-a em seus braços, com os olhos também cheios de lágrimas, enquanto cada uma de nós absorvia a aparência de Simone.

Ela era a primeira de nós a se casar e isso deixou cada uma de nós extremamente emocionada.

— Não gostou? — Simone perguntou a Sonia. Ela era a única pessoa no mundo inteiro que ela conhecia durante toda a sua vida. O vínculo delas era inquebrável e cimentado no mais profundo sentimento de lealdade e amor.

Sonia assentiu com avidez. Ela enxugou as lágrimas e limpou a garganta.

— Nossa mãe teria ficado tão emocionada com sua beleza hoje.

Os lábios de Simone tremeram e ela segurou as lágrimas. Ela não estava falando sobre Mama Kerri. Estava se referindo à mulher que lhes deu a vida.

— Ela teria ficado muito orgulhosa e daria qualquer coisa para ver você se casar com o homem dos seus sonhos. Mesmo que ela não esteja aqui, é como se eu pudesse senti-la. — Sonia fungou e enxugou mais lágrimas que caíram.

Os pais biológicos de Sonia e Simone morreram em um incêndio em casa há mais de vinte anos, mas, como minha própria família, que morreu em um acidente de carro, ainda os amamos e sentimos falta deles em nossas vidas. Especialmente em coisas como um casamento.

— Eu também. E a Tabby também. É como se o casamento estivesse fluindo tão facilmente porque era para ser. Como se talvez os tivéssemos em segundo plano ajudando. — Simone enxugou os próprios olhos marejados.

Eu gostava de pensar em Tabby no paraíso, conspirando para garantir que o dia de Simone fosse perfeito. Ela faria isso. Tabby podia ter passado por momentos difíceis com outras pessoas e nunca viveu o que alguns consideram uma vida "normal", mas suas irmãs adotivas significaram tudo para ela. É por isso que ela desistiu de sua vida. Para salvar Simone e Addy. Ela desejaria que Simone tivesse tudo o que seu coração desejasse em um dia tão importante. E pensar que Simone escolheu o aniversário de Tabby para fazer seu casamento, para homenageá-la, trouxe mais lágrimas aos meus olhos.

— Você está bem, *mi amor?* — Omar virou minha cabeça e enxugou cada uma das minhas lágrimas enquanto olhava nos meus olhos.

Assenti.

— Só estou feliz por estar aqui com você e minhas irmãs. Está sendo um bom dia — falei, engolindo em seco, e me aconcheguei contra seu peito, olhando para Simone em seu vestido deslumbrante. — O vestido é absolutamente perfeito — eu disse.

— Incrível! — Addison comentou.

— O Jonah vai ficar louco quando vir você! — Charlie exclamou.

— Você está uma noiva linda, irmã — Genesis disse com um sorriso.

— E quando a mim? Ninguém fala nada sobre as minhas habilidades? — Blessing bufou, embora soubesse que estávamos maravilhados, ou não teríamos dito o quanto Simone estava perfeita.

— É um design único, o que poderíamos dizer? — deixei escapar.

— Sim, nós já sabemos que você arrasa. Espere só até que os *paparazzi* deem uma olhada nisso. Você vai acabar com toneladas de pedidos de vestidos de noiva! — Charlie comentou.

Simone franziu a testa.

— Espero que não invadam a casa. O Jonah me garantiu que com a proteção da Holt Security e o FBI, ninguém tiraria fotos.

Observei Sonia dar de ombros.

— Você sabe como eles são. Onde há vontade, há um caminho.

Acariciei Omar no peito.

— Acha que vocês vão conseguir manter todo mundo longe? Omar suspirou profundamente.

— Vamos tentar, baby. Isso é tudo o que podemos prometer neste momento.

— Espero que consigam. — Tremi em seu aperto, preocupada com tal evento público acontecendo em um local agora muito público. Os *paparazzi* estavam acampados na Kerrighan House há meses.

Omar ergueu meu queixo para chamar minha atenção, do jeito que eu já estava acostumada e secretamente gostava.

— Vou mantê-la segura — ele prometeu.

Tracei seus lábios.

— Mantenha minha família segura. Elas são tudo o que importa — sussurrei e beijei seus lábios.

Ele retribuiu meu beijo, e então se afastou.

— E você é tudo o que importa para mim.

— Então é melhor você trabalhar muito duro, porque eu não seria nada sem elas. Lembre-se disso quando falar com Holt e Jonah sobre os planos deles.

— Pode deixar, meu amor. Vou manter você e sua família a salvo.

Eu me aconcheguei em seu peito, feliz por saber que Omar faria tudo ao seu alcance para nos manter protegidos.

Eu esperava que fosse o suficiente.

DEZOITO

Duas semanas depois…

— Puta merda, Liliana. Caramba. — Omar reprimiu outro xingamento enquanto eu segurava o topo da cabeceira da cama e cavalgava nele com força. Seu pau alcançou o ângulo perfeito, exatamente onde eu precisava.

— Goze, baby — gemi, arqueando contra o prazer indescritível, me vangloriando do fato de que não sentia mais dor no ombro ou no pé, pois ambos estavam completamente curados.

— Mais forte, *mi amor* — Omar grunhiu, segurando em meus quadris e estocando em mim de forma descontrolada.

— *Noooooosssssaaaa!* — gritei. Tudo estava embaçado de suor, meu coração batendo a mil por hora enquanto minha intimidade pulsava em uma necessidade desesperada de alívio.

Quando o orgasmo começou a me tomar, Omar se sentou, passou os braços pelas minhas costas e nos virou de modo que agora eu estivesse apoiada na cama.

— Ei! Não é justo! — reclamei. Ele nunca me deixava cavalgar até a conclusão, sempre assumindo o controle no final.

Ele levantou minhas coxas em direção à minha cabeça e as abriu antes de me penetrar. Suas bolas bateram em minha bunda, e eu perdi a capacidade de respirar, muito perdida no prazer para continuar reclamando.

— Baby — gemi quando ele estocou novamente e me fez gozar. — *Simmmm* — gritei enquanto ele continuava, perdido em seu próprio desejo.

— Todo dia que estou dentro de você é o melhor dia da minha vida, *mi amor*! Me tome. Aguente firme, baby — ele grunhiu por entre os dentes, me levando a um segundo orgasmo.OOOOOOOOOOOOOOOOOOOOOOOOOO

— Muito bom. — Omar chupou meu pescoço, se esfregando contra mim.

Ele gemeu baixo e profundamente contra a minha pele, enquanto seus quadris se moviam e, finalmente, de forma magistral, pararam. Seu corpo estremeceu ao meu redor, tremendo com seu orgasmo, até que cada tremor diminuísse lentamente.

Notei um formigamento em meu pescoço, percebendo o que ele estava fazendo.

— Não se atreva a me dar um chupão, Omar Francisco Alvarado! O casamento é hoje!

Ele gemeu contra o meu pescoço e me beijou de leve como se estivesse se desculpando fisicamente.

— Mulher, eu perco a cabeça quando estou dentro de você — ele resmungou, passou a língua pelo meu pescoço, clavícula e entre os seios, que ele segurou com gentileza e os juntou. Ele sugou cada pico que já havia torturado esta manhã, até que parecessem framboesas maduras.

Fiquei ali, respirando, tentando permitir que meu corpo voltasse a algo semelhante ao normal.

Depois que comecei a me sentir melhor dos ferimentos e pude contribuir totalmente com nossas atividades no quarto, Omar elevou bastante as coisas. O homem era insaciável. Me queria de manhã e à noite, como um relógio. E como ele não gostava de ficar longe de onde Ophelia morava, caso ela precisasse do irmão mais velho, passávamos as noites na cama dele.

Eu não me importava. Meu apartamento era bom, mas nem melhor nem pior que o dele. E se ele tivesse paz de espírito por estar perto de onde sua irmã estava, criando um bebê sozinha, eu dormiria feliz em sua cama confortável. Além disso, na maioria dos dias, eu acordava com suas mãos ou boca em mim, o que tornava minhas manhãs muito agradáveis.

— Temos que chegar cedo na Kerrighan House — eu o lembrei.

Omar fungou contra meus seios e continuou descendo, beijando meu esterno, em volta do umbigo e logo acima do fino triângulo de pelos que eu mantinha abaixo.

Ele inalou contra a minha pele lá.

— Adoro o seu cheiro depois que fazemos amor. Me deixa excitado, baby — ele avisou e mordeu onde minha coxa e quadril se encontravam.

Gemi e tentei me livrar da excitação que ele estava provocando. Estendi a mão para segurar sua cabeça, sabendo que ele estava indo para a segunda rodada, embora tivéssemos que nos preparar para sair. Ele já estava descendo, gemendo contra minha carne enquanto dava uma lambida longa em meu clitóris hipersensível, sugando-o e provocando-o de maneira impiedosa.

Minhas pernas bateram em suas orelhas, e ele gemeu mais fundo, segurando minhas nádegas para alavancar.

— Omar, precisamos nos preparar… — suspirei, mas também levantei os quadris para que ele tivesse melhor acesso.

O homem era muito bom nisso. Ele poderia me tirar do sério em minutos, se quisesse.

— Mais cinco minutos — ele murmurou contra mim, lambendo minha intimidade.

— Caramba, baby. Não vou ser capaz de andar até o altar — ofeguei quando ele afundou a língua profundamente.

Ele lambeu e beijou meu sexo já sobrecarregado.

— Eu te carrego, *mi amor*. Agora dê ao seu homem o que ele

quer — ele pediu naquele tom sexy que eu não podia negar. Era sedutor, carente e sem vergonha.

— Cinco minutos? Você pode me fazer gozar assim tão rápido? — provoquei, sabendo que ele podia.

Ele levantou a cabeça, passou a língua pelos lábios já molhados e sorriu.

Suspirei, arqueei uma sobrancelha e abri as pernas. Sem embaraço e sem vergonha. Era exatamente o que ele queria.

Seus olhos escureceram, suas narinas dilataram, e ele me presenteou com um sorrisinho.

Levou menos de cinco minutos.

Omar e eu paramos na frente da Kerrighan House e encontramos não apenas a imprensa circulando pelo local, mas outros meios de comunicação que enviaram equipes inteiras para cobrir o evento.

— O que está acontecendo? — Olhei as muitas vans de imprensa. Havia os de noticiários locais padrão, mas também os de fofoca, que inventavam coisas sobre as pessoas para se adequar a qualquer imagem que capturassem. Foram esses que me assustaram. Normalmente, as emissoras noticiavam. Os caçadores de fofocas, no entanto, gostavam de postar coisas sobre Addison que não eram legais. Geralmente sobre seu peso, o sequestro ou seu dinheiro. Recentemente, também focaram em Sonia, porque ela está sendo sondada para se candidatar pelo Partido Independente na próxima eleição presidencial.

A imprensa fez perguntas como sempre.

— *Você está chateada porque os MacCreedy escaparam depois de te sequestrar?*

— *O FBI tem alguma nova pista sobre os MacCreedy?*

— *Como foi ser sequestrada?*

— Afastem-se, rapazes! — Omar retrucou quando um dos repórteres de fofoca se aproximou.

Omar abriu minha porta, enquanto Ryan e Holt desciam os degraus da casa e vinham nos encontrar na calçada. Ryan estava de smoking e Holt com um belo terno, os dois parecendo arrojados, mas mortais quando se aproximaram.

— Leve a Liliana para dentro. Vou pegar as coisas dela — Ryan ordenou, se dirigindo para a parte de trás do SUV.

Tanto Omar, quanto Holt me levaram para dentro de casa, enquanto eu segurava minha bolsa contra o peito. Depois de estar em segurança atrás de portas trancadas, vi que a loucura não parou.

As pessoas corriam, entrando e saindo da cozinha, do quintal e subindo as escadas. Garçons, amigos das famílias e, claro, tia Delores, que tenho certeza de que Mama Kerri designou como "líder", já que ela agora dava ordens.

— Vou ver o que está acontecendo lá em cima. — Apontei para as escadas onde eu sabia que o resto das minhas irmãs estariam.

Omar assentiu.

— Vou ver a configuração do terreno.

Apoiei as mãos em seu peito duro.

— Ei, você está ainda mais bonito hoje. — Sorri para ele.

Ele estufou o peito e sorriu.

— Você gostou do terno, não é?

— Vou gostar ainda mais de tirá-lo de você mais tarde. — Pisquei.

Ele abaixou a cabeça o suficiente para que só eu pudesse ouvi-lo.

— Eu te comi com força esta manhã, te fiz gozar mais duas vezes, e você já está pronta para outra rodada?

Arqueei a sobrancelha.

— Isso é um problema?

— De jeito nenhum. Estou me perguntando quando devo me ajoelhar e fazer o pedido. Fazer você e esse desejo sexual serem meus para sempre.

Abri um sorriso largo, fiquei na ponta dos pés e o beijei.

— Temos todo o tempo do mundo.

— E se eu não quiser esperar? — ele perguntou, parecendo mais sério que nunca.

Fiz uma careta.

— Baby, estamos juntos há pouco tempo.

Ele segurou minhas bochechas.

— Por que esperar quando estamos apaixonados? Você acha que isso vai mudar?

Meu coração acelerou.

— Não, acho que nunca vou deixar de te amar.

— Então me faça o homem mais feliz do mundo e pense em se casar comigo. Certo?

Fui tomada pela alegria. Nunca estive mais feliz.

— Vou pensar. Mas hoje é o dia da Simone. E daqui a alguns meses, será o da Addy.

Ele passou os braços em volta de mim.

— E quando será o nosso?

Olhei para o lado e fiz um zumbido.

— rimavera?

Ele riu.

— Estamos na primavera.

Dei um beijo rápido nele.

— É melhor você pensar em um pedido incrível. A sua mãe nunca mais vai te deixar em paz se você não fizer isso.

Ele gemeu.

— Verdade. Meu pai a estragou.

Dei de ombros e fiquei feliz em notar que não doeu.

— Tenho certeza de que você vai pensar em alguma coisa. — Segurei sua bochecha. — Tenho que ir ver a Simone.

Ele me beijou mais uma vez.

— Vamos continuar esta conversa. Não saia da casa, *mi amor*.

Cruzei o dedo sobre meu coração.

— Juro que não sairei. Agora vá. — Eu o enxotei e subi as

escadas devagar. Eu quis usar salto alto com o vestido, mas não queria exagerar antes mesmo de o casamento começar.

Assim que cheguei ao quarto, bati na porta.

A porta foi aberta um centímetro e Charlie estendeu a mão. Ela deixou espaço apenas o suficiente para que eu passasse e me puxou para dentro antes de fechá-la depressa.

Simone estava no canto, em frente a um espelho oval alto. Seu vestido brilhava contra a luz que entrava e ela parecia uma deusa. Até sua pele cintilava. Seu cabelo estava solto sobre os ombros em grandes ondas que foram estilizadas com perfeição. Sua maquiagem era rosa pêssego e acentuava sua beleza natural.

— Simone… — Engoli em seco. — Você está encantadora. Como uma deusa — murmurei com admiração.

— Obrigada, Lil.— Ela balançou a saia de um lado para o outro.

— Ela parece uma princesa de contos de fadas! E olhe para mim! Estamos combinando! — Rory girou em um círculo, deixando seu vestido feito de tule creme e chiffon girar no ar. Era realmente uma mini versão do vestido de Simone, mas com alças nos ombros, enquanto o de Simone era tomara que caia.

— Você parece uma verdadeira rainha! — Eu me abaixei e abracei minha sobrinha.

— Você não está pronta. — Rory franziu o rosto.

— Eu não queria amassar ou me sujar *en la casa del tío Omar*. Sua boquinha se abriu em um grande "O".

— Venha aqui, duende. Vou fazer seu cabelo e maquiagem! — Addison acenou para mim enquanto Charlie me empurrava para a penteadeira de Mama Kerri.

Sonia, é claro, estava andando de um lado para o outro com o telefone pressionado contra o ouvido.

— Diga que não tenho nada a declarar sobre a eleição presidencial. Francamente, estou cansada de ouvir sobre isso, Quinn. Dê um jeito nisso. Estou no casamento da minha irmã. Que, à propósito, é melhor você não perder. Começa em uma hora, caso você não tenha notado. — Ela franziu o cenho e bufou. — Ah, vocês dois estão aí embaixo, no bar? — Ela sorriu. — Ótimo. Diga a todos para irem lamber sabão. A minha irmã vai se casar! Te vejo aí embaixo! — Ela gemeu e jogou o celular na cama. — Eu odeio essa coisa.

Simone bufou.

— Esse telefone é a sua vida.

Sonia foi até a irmã, colocou as mãos nos bíceps dela e olhou para Simone e seu reflexo no espelho.

— Não, você e essa família são minha vida. E hoje, você vai começar sua própria família, se casando com Jonah. Como você está se sentindo, irmã?

Simone engoliu em seco e ergueu o queixo.

— Sinto que esse é o primeiro dia do resto da minha vida. E estou feliz. Muito feliz. E ansiosa por cada novo dia porque o Jonah está ao meu lado.

— Isso é tudo que sempre desejei para você. — Sonia a abraçou por trás.

Mama Kerri se aproximou das duas irmãs. Havia um par de brincos de diamante em sua mão.

— Usei esses brincos quando me casei com o amor da minha vida. Hoje, gostaria que você os usasse, se quiser.

— Ah, meu Deus, Mama Kerri, eu ficaria honrada — Simone sussurrou, emocionada.

Mama Kerri afastou o cabelo de Simone enquanto colocava um brinco e depois o outro.

— Ficaram perfeitos.

— São lindos, Mama. — Simone enxugou uma lágrima.

— Foi um presente de casamento do meu marido.

— Terei cuidado com eles. — Ela segurou a mão de Mama Kerri enquanto todos assistíamos com o coração na garganta. Esta mulher era tudo para nós. Ela nos deu um lar, uma família, uma boa vida, mas o mais importante, nos deu a si mesma. Uma mãe que realmente nos amou de forma incondicional.

— Sei que vai, menina. Eu te amo muito. Todas vocês. — Ela enxugou os olhos com o lenço. — Vocês trouxeram alegria sem fim para minha vida. Sou muito abençoada por ter todas as minhas meninas. E hoje, no aniversário da nossa Tabby, vamos homenageá-la com muito carinho. Todos os anos celebraremos o amor dela e o amor que você e o Jonah têm um pelo outro. Ela adoraria isso, menina. Muito.

Blessing aproveitou o momento para quebrar a tensão, pegando uma bandeja com champanhe borbulhante. Cada uma de nós pegou uma taça e a ergueu.

— Para Simone e Jonah, para minhas filhas, para Tabitha, que ela esteja sorrindo para nós neste dia, e para que cada uma de nós tenha uma vida longa e linda! — Mama Kerri ergueu a taça.

Minhas irmãs brindaram, beberam e riram, enquanto enxugávamos as lágrimas de nossos olhos.

— Pode beijar a noiva — o juiz de paz anunciou.

Jonah passou um braço em volta da cintura de Simone, o outro em suas costas e a ergueu no ar. Ele a girou como um cavalheiro de conto de fadas. Então ele a deixou deslizar por seu corpo e cobriu os lábios dela com os seus. Ele a beijou por uns trinta segundos, enquanto os convidados gritavam e batiam palmas.

Quando ele terminou de beijá-la, apoiou a testa na dela e sussurrou algo que nenhum de nós conseguiu ouvir. Suas bochechas coraram lindamente e então ela abriu um grande sorriso, ao ver Jonah entrelaçar os dedos nos dela e erguer as mãos dos dois no ar.

— Sr. e sra. Fontaine, pessoal! — o juiz de paz afirmou em voz alta sobre os aplausos de todos.

A música aumentou e o casal seguiu pelo corredor coberto de pétalas. Todas nós, seis irmãs, fizemos o mesmo com o padrinho que nos foi designado. A comitiva do casamento seguiu até o jardim para tirar fotos, enquanto os participantes se banquetea-vam com aperitivos no deque.

Quando terminamos, Omar me recebeu com uma taça de champanhe borbulhante.

— Para *mi lirio*. — Ele me entregou. Tomei um gole e o bei-jei profundamente em seguida, querendo que ele sentisse o gosto do champanhe e da minha felicidade.

Ele gemeu contra a minha boca.

— Você tem um gosto bom, Liliana. Delicioso. — Ele mor-discou meus lábios de brincadeira.

Eu sorri e passei os braços ao redor dele.

— O casamento não foi perfeito?

Ele assentiu. — Lindo. Você naquele vestido foi o destaque — ele brincou.

Bati em seu peito de brincadeira.

— Que nada. A Simone estava deslumbrante.

— Estava, *mi amor*. E o Jonah não conseguia tirar os olhos dela. — Seu olhar se desviou de mim enquanto observava sua mãe desfilar com o braço enganchado no de Arturo. — Precisamos agradecer a Simone e ao Jonah por convidar *mi familia*. *Mi madre* está louca com a quantidade de irmãs que você tem. Ela está sendo exigente, tentando decidir qual delas deve se casar com Arturo.

Eu sorri.

— Bem, é melhor ela se apressar. A Simone e a Addy já estão comprometidas. Restam Sonia, Genesis, Blessing e Charlie.

— Eu acho que ela está de olho na Charlie. Ela fez um co-mentário de que seria incrível ter um neto com cabelos de fogo — ele riu.

— Você acha que esses genes seriam transmitidos? — Balancei a cabeça. — Estou pensando que vocês, homens Alvarado, pas-sarão adiante os cabelos e olhos escuros. Basta olhar para Cisco. Ele é um mini Omar.

Ele sorriu e balançou as sobrancelhas.

— Eu sei. Espere até que tenhamos o nosso, um dia.

Sorri para ele, tomei um gole da bebida e examinei a multidão, aproveitando a diversão de todos. Mas com o canto do olho vi um homem com longos cabelos castanhos e olhos azuis ardentes que reconheci. Um *flash* daquele rosto quando ele ameaçou cortar minha cabeça passou pela minha mente. Meu estômago apertou enquanto eu ofegava. Em um instante, o homem se foi.

Contornei Omar para ter uma visão melhor da festa.

— Viu aquele homem? — perguntei em tom de pânico, apontando para onde pensei ter visto meu pior pesadelo.

Ele se virou de forma abrupta, passando um braço em volta da minha cintura e me puxando para perto de seu peito como se fosse por instinto. Seu sorriso desapareceu quando seu olhar encarou a multidão.

— Não. O que você viu?

— Eu pensei, eu... — Balancei a cabeça. — É besteira. Pensei ter visto MacCreedy. John. Ou Mac, como ele gosta de ser chamado.

— Aqui? — A única palavra saiu dura e mortal.

Me aconcheguei ao lado de Omar e apoiei a cabeça em seu peito.

— Acho que estou vendo coisas. De jeito nenhum ele estaria aqui.

— O último relatório dizia que um dos carros roubados ligados à dupla foi encontrado em Ohio, como se estivessem indo para o leste. Eles estão fugindo. Isso foi há pouco mais de uma semana. — Omar me lembrou o que nos disseram.

— Verdade. Estou sendo boba. Respirei fundo e soltei o ar. — Vou ao banheiro. Volto já. — Eu o beijei nos lábios e lhe entreguei minha taça de champanhe.

— Vou com você. — Ele franziu a testa.

— Não, não. Acho que foi a emoção que me fez ver coisas que não existem. Não se preocupe. Volto já. Vamos pegar um pouco de comida. Estou com fome. Não comemos muito hoje.

Omar inclinou a cabeça.

— Tem certeza? Posso te acompanhar.

— Não, eu preciso de um momento.

— Tudo bem. Vou pegar um prato de aperitivos e te encontro na frente da área de estar. Ali. — Ele apontou para as mesas redondas que já haviam substituído os assentos que os convidados usaram para a cerimônia.

Assenti.

— Obrigada, bonitão. — Sorri fracamente, ainda me sentindo um pouco indisposta. Minha pele estava úmida enquanto eu me desviava dos convidados. Cheguei à cozinha e esbarrei em Mama Kerri.

— Ei, menina. Parece que você viu um fantasma. — Ela colocou a mão na minha testa. — Você está suada, querida.

Acenei para o meu rosto aquecido. Não conseguia me livrar do medo que sentia.

— Vou usar o banheiro e me refrescar.

— Tudo bem, mas volte para me ver se não estiver se sentindo melhor.

Assenti, dei um sorriso tímido e segui pelo corredor dos fundos, onde ficava o banheiro. Mal entrei, quando fui empurrada com força para dentro do banheiro por trás. Minhas mãos bateram na parede oposta e eu me virei para ficar cara a cara com o diabo.

John MacCreedy estava parado lá, com seu cabelo comprido solto ao redor do rosto, aqueles olhos azuis assustadores me encarando. Ele usava uma roupa de garçom. Devia ter sido por isso que ele entrou.

— Nos encontramos de novo, linda princesa — ele grunhiu. — Achou que tinha escapado impune, não é? — Ele puxou uma longa faca de açougueiro de trás das costas.

O terror me atingiu, enquanto eu tentava lutar contra o medo. A luz do banheiro refletiu na faca de metal, como se predissesse minha condenação. A lâmina tinha pelo menos quinze centímetros de comprimento e, com certeza, poderia me matar.

— O que você quer? — Ergui o queixo, tentando manter

a calma e mostrar que não estava com medo, mesmo estando petrificada.

— Temos negócios inacabados. — Ele inclinou a cabeça como um coiote faria antes de um ataque letal.

— Olha, sinto muito pelo que aconteceu. Não participei disso. Eu estava tentando escapar como você fez no final. Somos iguais, você e eu. — Tentei encontrar um campo de jogo nivelado com o psicopata assassino.

Ele me olhou.

— Você *acha* que é como eu! — Ele apontou para o próprio peito enquanto sua voz aumentava. — Caminhei centenas de quilômetros pelo deserto devastado pela guerra para sobreviver. Matando homens, mulheres e crianças, apenas para sobreviver. Tudo porque o Tio Sam exigia. E o que ganhei pelo meu serviço? Fui expulso. Tive uma dispensa desonrosa, porque fiz o meu trabalho!

Levantei as mãos.

— Sinto muito pelo que te aconteceu.

— Você sente muito! — Ele riu de um jeito insano. — Sentir não resolve, linda! Somente sangue derramado pode lavar seus pecados! — Ele zombou em uma forma distorcida de um sorriso.

Ele ergueu a faca e eu gritei a plenos pulmões. Quando ele estava baixando-a, a porta do banheiro se abriu e Omar acertou meu atacante por trás. Segurou a mão que estava com a faca e bateu-a contra a parede ao lado da minha cabeça.

Eu gritei e corri para o lado oposto do banheiro, tremendo de medo. Então respirei fundo e gritei:

— SOCORRO! AJUDEM! — Enquanto isso, Omar e MacCreedy lutavam.

Jonah e Ryan, junto com Holt, invadiram o lugar no que pareceram segundos, enquanto Omar batia em MacCreedy. Ele o fez largar a faca, a coisa caiu no chão de ladrilhos, então ele socou o rosto feio do homem várias vezes até o sangue espirrar no chão.

Me espremi contra o cantinho entre a parede e a pia, tentando ficar fora do caminho.

Jonah me puxou para fora da briga e me passou para Ryan, que me empurrou para Holt, que tentou me puxar para o corredor, mas eu não iria embora sem Omar.

— Não! — Lutei enquanto ele segurava meus braços ao meu lado.

Omar estava gritando palavrões, deixando a raiva sair, enquanto espancava o homem que havia tornado minha vida um inferno.

— Você nunca mais vai tocá-la! — Ele o atingiu no estômago. — Vou te mandar direto para o inferno, filho da puta! — Ele deu um soco no rosto já ensanguentado de MacCreedy.

— Já chega, Omar!— Jonah segurou Omar pela cintura, mas ele não era forte o suficiente para puxar meu homem de seu inimigo.

Foi necessário Ryan e Jonah, cada um agarrando um dos braços monstruosos de Omar, para tirá-lo de cima do meu atacante.

— Ele sequestrou e machucou a Liliana! Ele matou aquelas pessoas inocentes! — Ele cuspiu em MacCreedy quando foi puxado de cima do bandido. — Apodreça no inferno. Apodreça no inferno! — ele continuou a gritar quando foi retirado do banheiro e arrastado vários metros para o corredor.

Jonah empurrou Omar em direção a Ryan, que o trouxe para o corredor.

— Cuide da sua mulher — Ryan afirmou, olhando para Omar, mas ele não estava prestando atenção. Não, seu olhar estava no banheiro onde o bandido jazia espancado e sangrando. Os olhos de Omar eram fogo puro e todo o seu corpo pulsava de raiva.

Comecei a chorar, enquanto assistia Omar lutar contra Ryan.

— Omar! — Ryan segurou seu rosto e sacudiu o homem de um jeito agressivo. — *Cuide. Da. Sua. Mulher!* — Ele pontuou cada palavra.

O olhar de Omar se desviou para o meu e ele se soltou de Ryan, vindo em minha direção.

— Solte-a — ele disse a Holt, seu tom mordaz. Quando o chefe dele me soltou, pulei nos braços de Omar, pressionando o rosto em seu pescoço, onde comecei a soluçar.

— Estou com você. — Ele me segurou com força. — Ele não pode mais te machucar. Já cuidei dele, baby. Ele vai para a cadeia onde ele pertence.

— V-você o m-matou? — ofeguei precisando saber.

Ele balançou a cabeça e acariciou meu cabelo.

— Não, *mi amor*. Ele está respirando. Infelizmente. Pelo menos, ele vai pagar por seus crimes. Por cada um deles.

Mama Kerri entrou pelo corredor e se aproximou de nós.

— Venha, menina. Venha comigo. Vamos te limpar e deixar os garotos fazerem o trabalho deles.

Atrás dela, pude ver Simone em seu lindo vestido de noiva, agarrada a Sonia.

Omar me levou até Simone, que imediatamente me segurou e me abraçou.

— Sinto muito por ter arruinado seu casamento! — Chorei contra seu pescoço.

Ela balançou a cabeça.

— Você está brincando? Pegamos o bandido e você está segura. Estamos seguras agora! Este é o melhor dia de todos! — Ela sorriu e me apertou com força.

Jonah e Ryan, os dois lindos de smokings, ergueram John MacCreedy, que parecia não conseguir enxergar.

— Você está certa, baby, melhor dia de todos! — Jonah sorriu largamente quando passou pelo nosso grupo. — Deixe-me colocar esse merda na viatura e vamos comemorar, sim?

Simone ergueu o braço e socou o ar.

— Vá prendê-lo, baby! — Então ela baixou a voz. — Deus, ele é tão gostoso quando pega bandidos. — Ela suspirou em um tom sonhador que realmente provou que ela não estava chateada.

Eu funguei e me afastei de seus braços enxugando os olhos. Mama Kerri me entregou seu lenço e eu enxuguei meu rosto.

— Você não está brava mesmo? — perguntei a Simone.

Simone balançou a cabeça.

— Você acha que alguém vai esquecer meu casamento? — Ela riu.

Sonia suspirou.

— Só você pensaria que capturar um criminoso no seu casamento seria legal.

Ela deu de ombros.

— Meu marido é um agente gostoso do FBI. O que você esperava?

Omar voltou sem paletó e gravata, provavelmente porque estavam cobertos com o sangue de MacCreedy. Ele lavou as mãos e não havia mais nenhum indício de que ele esteve em uma briga, além dos nós dos dedos inchados e rachados.

— Você está bem, Liliana? — ele perguntou.

Meu coração se partiu com o tom derrotado em sua voz.

— Obrigada por me salvar. — Engoli a vontade de começar a chorar de novo. Eu precisava ser forte. Não só por mim, mas por ele e minha família.

— Venha aqui, *mi amor*. Me deixe te abraçar. — Ele gesticulou com as mãos e eu fui de bom grado para seus braços.

Ele envolveu aqueles braços enormes ao meu redor, e eu pressionei o ouvido em seu peito e ouvi seus batimentos cardíacos. Deixei todo o resto desaparecer enquanto a certeza de estar em seus braços se espalhava pelo meu coração, mente e corpo, trazendo nada além de uma verdadeira sensação de paz.

Eu poderia lidar com qualquer coisa se estivesse nos braços deste homem.

DEZENOVE

Alguns dias depois…

No dia do casamento de Simone, após John MacCreedy ser capturado, a festa continuou. Por mais que eu quisesse sair e me esconder no apartamento de Omar debaixo das cobertas e abraçada a ele, eu estava determinada a não deixar os MacCreedy roubarem mais meu tempo com minha família. Então, ficamos, assistimos a primeira dança, os discursos e o *cupcake smash*, onde Simone acertou Jonah bem na cara com um *cupcake* inteiro. Ele retaliou beijando-a, esmagando o cupcake que estava em seu rosto no dela. Eles eram tão adoráveis e apaixonados, que todos podiam ver que teriam uma vida longa e feliz juntos.

O resto da noite foi cheia de risadas, amor e irmandade. Cada uma de minhas irmãs aparecia para conversar conosco, onde Omar havia me colocado em um cantinho seguro do deque, abraçado a mim. Estávamos escondidos, mas ainda podíamos ver e nos sentir conectados à festa. Mais importante, eu me senti segura.

Tucker MacCreedy, primo de Mac, foi encontrado fumando um cigarro, ouvindo música, sentado no último carro que roubaram. O idiota estacionou na mesma rua da Kerrighan House, o que tornou mais fácil para policiais e membros do FBI, que estavam participando do casamento, localizá-lo.

Tudo pareceu acontecer muito rápido. Em um momento, eu estava em um banheiro tendo minha vida ameaçada com uma faca e, no seguinte, MacCreedy estava sendo espancado e levado embora. Foi para a cadeia. A justiça seria feita.

Eu estava livre.

Minha família também.

Como Simone disse, foi o melhor dia de todos. E, no entanto, agora, dois dias depois, eu ainda estava em estado de choque. Assustada. Desconfortável comigo mesma. Olhando por cima do ombro, imaginando quando algo terrível aconteceria. A sensação era enlouquecedora, e eu a detestava. Eu não tinha certeza de como voltar ao normal.

— Está com fome, *mi lirio?* Mamãe planejou um prato para te agradar — Omar disse enquanto desafivelávamos os cintos de segurança. Olhei para o restaurante de sua família. Um prédio de tijolos no coração do centro de Chicago. Havia belos toldos amarelos, protegendo cada janela do sol. Havia duas enormes jardineiras, cheias de árvores de aspecto rendado. Suas folhas eram longas e se espalhavam em todas as direções, fazendo com que a entrada da porta de vidro duplo parecesse acolhedora.

Assenti em resposta.

Omar apertou o maxilar quando ele saiu do carro, deu a volta e abriu minha porta, me oferecendo a mão para me ajudar a me equilibrar, enquanto eu descia do carro com minhas sandálias altas de cortiça. O vestido rosa com babados que eu usava terminava quase em meus joelhos. Deixei o cardigã que usava por cima no carro. Normalmente, eu mantinha agasalhos sempre à mão, pois em Chicago nunca se sabe que tipo de dia terá. O tempo mudava rapidamente e o único recurso era estar preparado.

— *Chica,* um dia você vai quebrar o pescoço com esse salto que você ama.

Eu sorri.

— Diz o cara que gosta de me comer enquanto estou só de sapato — provoquei.

Ele veio por trás de mim e passou os braços em volta do meu peito, pressionando o rosto contra o meu pescoço.

— *Sí, mi amor*, mas nessa circunstância, estou ali te segurando, para que você não caia.

Fofo.

Um arrepio percorreu minha espinha com a lembrança do que ocorreu ontem. Quando cheguei em seu apartamento, depois de um longo dia na escola, fui recebida por meu homem, que tinha acabado de sair do chuveiro. Ele estava enrolado em uma toalha e gotículas deliciosas escorriam por sua pele magnífica. Tracei as gotas com a língua e tive por meu vestido removido em instantes e ficando só de salto alto, meu peito nu foi pressionado contra a mesa da cozinha enquanto ele me inclinava sobre ela e me pegava por trás.

Foi selvagem.

Faminto.

Nós.

Nos perder um no outro era algo que ocorria com bastante regularidade em nosso mundo, desde o dia em que saí do hospital.

Eu me inclinei contra suas costas.

— Preciso de uma margarita — suspirei.

Ele beijou meu pescoço, me soltou e segurou minha mão.

— Então vamos pegar uma para você.

Entramos no restaurante e, em vez de esperar na frente por uma mesa, Omar caminhou até o bar. Ele puxou um dos bancos e eu me sentei. Ele deu a volta e falou com o jovem que já estava servindo as bebidas. Os dois se abraçaram e deram tapinhas nas costas.

— Liliana, este é o meu primo, Mateo — Omar gritou do outro lado do longo bar.

Sorri e acenei, depois vi Omar cobrir um copo com sal e preparar uma margarita com gelo para mim. Ele a colocou na minha frente, voltou e pegou uma cerveja mexicana.

— Avise a *mi madre* que estamos aqui, ¿sí, amigo?

Mateo assentiu e desapareceu por um conjunto de portas duplas que presumi que levaria a cozinha.

Omar sentou-se ao meu lado, erguendo sua cerveja.

— A que devemos beber? — perguntei.

— A vivermos uma vida feliz, *mi amor*. Isso é tudo que eu poderia querer ou precisar.

Deus, eu amava esse homem.

Toquei meu copo no dele e bebemos.

Seu primo colocou uma cesta de tortilhas quentes e salsa na nossa frente.

— Obrigada, Mateo — eu disse e então meu olhar pegou a TV do outro lado do caminho. Dois homens estavam parados em frente a um pódio, dando uma coletiva de imprensa. — Você pode aumentar o volume? — Apontei para a TV, surpresa ao ver um dos rostos que reconheci do meu tempo no iate.

— O que houve? — Omar perguntou.

Balancei a cabeça, desci do banquinho e fui até onde podia ouvir melhor a TV. Ele me seguiu.

— Veja as palavras na parte inferior. É sobre os assaltos a banco — eu disse enquanto Mateo aumentava a TV. Os pelos dos meus braços se arrepiaram. Minha garganta ficou seca e mordi o lábio inferior com força, enquanto olhava os rostos ligados a uma voz que eu conhecia muito bem.

— Olá, pessoal. Meu nome é Logan Winston, e este é o meu irmão, Kurt Winston. Somos gratos pelo trabalho árduo feito pelo FBI, auditores e todos os envolvidos nas investigações dos assaltos a banco na área do Lago Michigan. O desenrolar da situação tem sido atroz. Descobrir que nosso pai, Gregory Winston, estava, não apenas, desviando milhares de dólares de nossas empresas, mas incriminando dezenas de pessoas inocentes que trabalharam para nós durante anos, para que elas assumissem a responsabilidade por seu golpe é incompreensível. Vários ex-funcionários condenados injustamente já cumpriram mais de cinco anos de prisão por crimes que não cometeram. A justiça deve ser feita para esses indivíduos.

O homem loiro franziu a testa e olhou para o que estava parado ao lado dele.

— Meu irmão e eu estamos profundamente tristes ao saber dos crimes de nosso pai e trabalharemos dia e noite para corrigir os erros que foram cometidos contra tantas vidas inocentes. Estamos horrorizados que os assaltos a banco que ocorreram recentemente terminaram com a perda de três vidas, um homem ferido e uma mulher que foi sequestrada.

Eu nunca me esqueceria da voz do homem.

Logan Winston. Primário.

Quando o homem ao lado dele falou, eu sabia que voz eu ouviria.

Kurt Winston. Segundo.

— Nosso pai não era um bom homem, como provado pelo que foi descoberto. Se os assaltos ao banco não tivessem ocorrido, seu golpe e reinado de horror teriam continuado. Não podemos trazer de volta as vidas que foram perdidas ou apagar a experiência dos que se feriram no processo, mas podemos retribuir onde for importante. Meu irmão e eu trabalharemos com as famílias envolvidas neste escândalo para ajudá-los da maneira que pudermos. Monetária, mental e emocionalmente. Estamos comprometidos com a tarefa de encontrar uma maneira de dar a todos os envolvidos a paz que merecem. — Ouvi atentamente, enquanto reconhecia Kurt Winston como o homem que pulou na água naquela noite. Aquele que salvou minha vida antes que eu me afogasse naquelas águas frias e escuras.

Primário pegou o microfone novamente.

— Mais uma vez, agradecemos aos bravos homens e mulheres que ajudaram a capturar John e Tucker MacCreedy no fim de semana passado. John MacCreedy foi identificado como o atirador nos assaltos a banco, responsável pelas três mortes e sequestro da professora, que mais tarde foi libertada junto com todo o dinheiro que havia sido roubado. Tucker MacCreedy será julgado como cúmplice. Pelo que fomos informados, os dois serão processados. Assim que soubermos mais, compartilharemos qualquer nova informação com todos vocês. Por enquanto, por favor, dê-nos o tempo necessário para fazermos o que pudermos para reparar as atrocidades de nosso pai e seguir em frente com essas tragédias. Meu irmão e eu agradecemos seu apoio contínuo. Bom dia. — Primário terminou e ele e o irmão saíram da plataforma, enquanto o chefe de polícia os substituía.

— Pode baixar o volume — murmurei, de repente não querendo comer ou beber. Eu só queria voltar para casa, rastejar para a cama de Omar e me esconder pelo resto do ano.

Não sabia como me sentia sobre aqueles dois homens. Eles ajudaram a roubar seus próprios bancos para que o comportamento ilegal do pai fosse rastreado e trazido à tona. A intenção era nobre, mas a execução falhou.

Pessoas morreram.

Mas outras pessoas inocentes foram para a cadeia por causa de seu pai, enquanto ele escapou livre como um pássaro. Eu poderia simpatizar com a necessidade de justiça para as pessoas que foram condenadas por um crime que não cometeram, mas três outras pessoas morreram naquele banco. Omar foi baleado. Fui sequestrada e amarrada. Claro, eles me trataram muito bem para uma vítima de sequestro, ao contrário da tortura que Addy sofreu com seu sequestrador, ou o fato de que Tabby morreu para salvar Addy e Simone do mesmo homem vil. Eu estava aqui. Viva e tomando uma margarita no restaurante da família do meu marido.

— Baby, qual é o problema? — Omar abaixou a cabeça e ergueu meu queixo, para que eu olhasse em seus olhos. Eles eram tão bonitos, de um marrom dourado que ficava mais escuro quando ele estava com raiva ou excitado. Nesse momento havia rugas ao redor, dando luz à sua preocupação por mim.

Oscilei. Precisava de tempo para pensar em tudo o que descobri.

— Nada, baby, acho que descobrir que havia mais em jogo que dinheiro no roubo é muito para absorver — confidenciei.

Ele suspirou e tomou um gole de cerveja.

— Por que tenho a sensação de que há mais coisas que você não está dizendo? — Seu tom era leve, mas continha uma pontada de preocupação.

Segurei seu pescoço com as duas mãos.

— Eu só preciso de um tempo. Vamos aproveitar minha primeira vez no restaurante de sua família.

Ele estendeu a mão e colocou um cacho atrás da minha orelha.

— Vai me contar quando estiver pronta?

— Vou — concordei.

Ele gemeu baixinho assim que ouvimos a voz de sua mãe.

— Onde está meu *ángel?* — Renata irrompeu por trás das portas da cozinha com dois pratos fumegantes de comida. — Ah, aí está a nossa beleza! — Ela se aproximou, colocou os pratos na nossa frente e me puxou para um grande abraço.

Abracei a mãe dele e olhei para Omar por cima do ombro.

— Eu vou ficar bem — murmurei e, em seguida, esbocei um sorriso para Renata. Eu não ia deixar que a tragédia em andamento ou as novas informações que acabei de saber sobre Primário e Segundo arruinassem outro dia importante em minha vida.

Omar parecia saber que eu precisava desse dia e, felizmente, deixou para lá.

No dia seguinte, liguei para o trabalho, avisei que estava me sentindo mal e pedi que um professor substituto assumisse minhas aulas. Cheguei à conclusão de que não seria capaz de continuar com minha vida normalmente se não ficasse cara a cara com os homens que me mantiveram em cativeiro.

Parei do lado de fora do enorme arranha-céu no distrito financeiro do centro. Entrei e fui até um longo balcão de recepção. Enquanto esperava que a mulher terminasse uma ligação, olhei ao redor do saguão. Era exuberante. Todo cromado, com vidro e arte moderna, além de muitas plantas. Os pisos eram de mármore branco brilhante com veios dourados. Elegante e fino.

Dois detectores de metais eram usados para examinar as pessoas que entravam e saíam. Um segurança verificava crachás e identidades, enquanto bolsas, pastas e quaisquer outras coisas que os visitantes carregassem eram passados por uma máquina de raio-X que outro segurança estava observando.

— Como posso ajudá-la? — a mulher bonita com olhos escuros amendoados e feições marcantes perguntou. Ela usava um terno de aparência séria, enquanto eu estava com um vestido de verão sedutor que Blessing havia desenhado. Minha roupa não se encaixava no mundo corporativo, mas era arrumada. Me senti bonita e confiante nele e foi isso o que Mama Kerri sempre me ensinou que importava.

— Meu nome é Liliana Ramírez-Kerrighan e gostaria de falar com Logan ou Kurt Winston.

Ela franziu o cenho.

— O dr.. Kurt Winston não trabalha neste prédio. Ele tem seu próprio consultório particular fora da cidade.

— Tudo bem. — Dei de ombros. — Então gostaria de ver o Logan, por favor.

Ela jogou a cabeça para trás surpresa.

— Você tem hora marcada?

Balancei a cabeça.

— Não achei que precisava marcar. — Inclinei a cabeça. — Ele está aqui? — Apontei para os andares acima de nós.

— Sim, claro. Ele é o dono do prédio — ela brincou.

— Certo, então gostaria que você ligasse para ele e avisasse que estou aqui. — Sorri, deixando-a saber que eu não era uma ameaça. Na verdade, não. Bem, eu sabia de várias informações seriamente prejudiciais sobre ele e seu irmão, mas ela não precisava saber disso.

Ela piscou algumas vezes.

— Nunca liguei diretamente para ele em meus cinco anos trabalhando aqui.

Me apoiei contra o balcão.

— Por que não? Você acabou de dizer que ele é o dono do prédio.

— E de, provavelmente, mais cinquenta iguais em todo o mundo. Você deve saber que os Winston são uma das famílias mais ricas dos Estados Unidos.

Uau. Isso era novidade para mim. Não tive tempo para procurar informações sobre o clã Winston. Só pensei em encontrá-los pessoalmente. Enfrentá-los cara a cara.

Respirei fundo e soltei o ar lentamente.

— Eu não sabia disso. Imagino que há alguém para quem você pode ligar para notificá-lo de que estou aqui…

— Vou tentar o assistente dele. — Ela apertou os lábios de uma forma que me disse que não queria ligar para a assistente do homem. Ela não queria incomodar o chefão de jeito nenhum. De qualquer forma, eu não iria embora até me sentar com Primário.

Para mim, era quem ele era. Quem ele provavelmente sempre seria.

Estremeci ao vê-la fazer a ligação.

— Sim, olá, aqui é a Selene, da recepção. Estou com uma mulher chamada Liliana Ramírez-Kerrighan aqui, que gostaria de falar com o sr. Winston. Sim, eu posso aguardar.

Peguei meu telefone e me ocupei olhando o Facebook. Ah, minha velha amiga Julia estava grávida. Eu teria que enviar um presente para ela.

— Com licença, srta. Ramírez-Kerrighan. O sr. Winston irá recebê-la imediatamente.

Sorri. Foi o que imaginei.

— Devo deixar a mesa e acompanhá-la imediatamente. — Ela parecia nervosa e suas mãos pareciam tremer quando ela se levantou e passou os dedos no terno, para remover quaisquer rugas incômodas. — Siga-me. — Ela abriu uma porta escondida que me permitiu passar por sua área de recepção. O segurança ergueu o queixo enquanto me observava.

— Não me incomodo em passar pela revista — ofereci.

Ela balançou a cabeça.

— Ele disse para você ir agora. Ele vai ligar para a equipe de segurança.

Observei enquanto segurança pressionava os dedos no ouvido como se estivesse ouvindo por um fone.

— Siga-me — Selene comandou e eu acelerei o passo.

Entramos em um elevador menor, separado, que ficava ao lado e era inacessível para todos os outros. Não tinha nem botão para apertar. Ele simplesmente se abriu quando nos aproximamos. Ao entrar, olhei para cima e notei que havia uma câmera que provavelmente controlava a unidade. Imaginei que o elevador fosse de uso pessoal do dono do lugar. Muito rico e ocupado para pegar os elevadores normais com sua equipe parando nos muitos andares do arranha-céu.

O elevador nos levou ao quadragésimo andar. Havia mais cinco andares acima deste e um botão no topo rotulado como C, que presumi ser da cobertura.

Selene saiu do elevador e me levou até outro homem alto com cabelo castanho claro brilhante penteado para trás nas laterais e curto em cima. Ele também usava um terno espetacular.

Ele estendeu a mão para mim.

— Eu sou Drew, o assistente pessoal do sr. Winston. Prazer em conhecê-la, srta. Ramírez-Kerrighan. O sr. Winston aguarda ansiosamente sua visita.

Arqueei as sobrancelhas enquanto apertava sua mão. Ele estava ansioso para me ver. Se eu fosse ele, estaria morrendo de medo. E era por isso que eu estava lá. Saber que ele, seu irmão e toda a sua equipe ainda estavam soltos me deixou desconfortável. Ele me deixou ir embora, mas isso não significava que não havia um plano para me matar. E ao contrário, eu poderia ter dito ao

FBI quem eram meus outros sequestradores. A meu ver, nós dois tínhamos muito em jogo.

Minha vida e sanidade.

Sua vida e liberdade.

Ele apontou para um corredor ao lado de onde estávamos.

— Por aqui.

Eu o segui pelo corredor, virando para um lado e para o outro até que finalmente chegamos a um grande espaço aberto que continha uma mesa vazia, que concluí ser a de Drew, e um par de grandes portas de madeira com maçanetas cromadas.

Ele abriu uma e gesticulou para que eu entrasse.

Quando o fiz, encontrei Primário de pé, usando um terno imaculado, olhando pelas janelas da parede ao teto para a paisagem de Chicago. A vista era de tirar o fôlego.

Ele se virou com as mãos ainda nos bolsos.

— Isso é tudo, Drew. Cancele todas as reuniões que tenho pelo resto do dia e não me interrompa por nada.

— Como quiser, senhor. — Ele assentiu e saiu. A porta se fechou atrás de mim.

Primário, que agora eu sabia ser Logan, apontou para um par de sofás de couro branco do outro lado da sala.

— Por favor, sente-se, Lily. — Ele usou o apelido que dei a ele no iate.

Enrijeci minha coluna e caminhei com confiança até os sofás de aparência confortável, me sentando em um dos menores para que ele não se sentasse ao meu lado. Eu queria distância dele, embora não sentisse medo.

— Gostaria de uma bebida? Eu, com certeza, preciso de uma — ele admitiu.

Assenti.

— Qualquer coisa está bem.

— Vou beber uísque.

— Está bom para mim — murmurei e me sentei ereta na

beirada do assento com a bolsa apoiada em minhas coxas e as mãos sobre ela para que eu não ficasse inquieta.

— Hoje não é dia de aula? — ele perguntou de forma casual, provando que ele procurou saber sobre mim.

— É, sim. Mas tirei o dia de folga. Lamento que você tenha cancelado suas reuniões — eu disse, mas não soou genuíno, porque eu não estava arrependida.

Ele trouxe um copo de cristal com um líquido dourado e se sentou no sofá em frente ao meu. Ele cruzou as longas pernas e recostou-se contra o couro, esticando um dos braços ao longo do encosto do sofá.

— Vamos direto ao assunto, Lily. O que você quer desta reunião? É para ver a mim, meu irmão e minha equipe afundar com os MacCreedy?

Estremeci onde estava sentada, surpresa com a audácia de sua maneira direta.

— É isso que você quer?

Ele sorriu com malícia e tomou um gole de uísque.

— Você sabe que não estou dando as ordens aqui. Não importa o que eu quero. O que importa é o que *você* vai fazer com as informações que tem sobre mim e meu irmão.

— Eu sei por que você fez o que fez. Assisti a coletiva de imprensa ontem — eu disse.

Ele respirou fundo e soltou o ar com a mesma rapidez.

— Meu pai teve que ser parado. Durante anos, tentamos encontrar outra maneira, mas ele tinha muitos auditores e avaliadores de risco nas mãos. Eu poderia ter procurado a Receita Federal e dado a eles todas as informações que havíamos acumulado sobre sua atividade ilegal, mas ainda assim, ele teria saído ileso. Às vezes, ter mais dinheiro que se pode gastar em cem vidas tem repercussões imprevistas. Nesse caso, tivemos que fazer algo extremamente drástico para envolver outras agências a fim de consertar as coisas.

— Pessoas morreram — eu o lembrei.

— Sim. E esse fato vai assombrar a mim e meu irmão pelo

resto de nossas vidas. Não puxamos o gatilho, mas colocamos o plano em ação. Contratamos os MacCreedy e acreditávamos que tínhamos uma equipe sólida. Cada detalhe foi elaborado de acordo com nossas especificações exatas para que tudo ocorresse sem problemas. O que não planejamos foi o erro humano. Eu não tinha ideia de que no momento em que John MacCreedy recebesse uma arma, ele se transformaria em uma pessoa diferente. Não fui informado de que ele havia sido dispensado de forma desonrosa por um colapso mental. Ele ameaçou matar dois membros de sua equipe que ele acreditava serem espiões. Essa informação só chegou a nós muito mais tarde, quando tudo já havia saído dos trilhos..

Fechei os olhos enquanto absorvia aquela informação.

— Confiei nas pessoas erradas e isso acabou com a perda de vidas — Logan admitiu, em seguida, bebeu o resto do uísque de uma só vez.

— Você não sabia — eu disse, percebendo pela primeira vez que eu não culpava a ele ou seu irmão pela morte daquelas pessoas. A culpa era mesmo de um ex-soldado enlouquecido que estava mentalmente doente.

— Eu deveria ter deixado você ir embora imediatamente, mas precisava de tempo para pensar. Para descobrir como iríamos garantir a queda de meu pai e libertar todas aquelas pessoas da prisão. Vinte e três pessoas cumprindo pena por peculato. Meu avô materno construiu esse negócio do zero. Meu pai não estava apenas zombando de todo o bem que ele fez, mas também destruindo a todos nós no processo. Ele criou instituições de caridade falsas. Transformou algumas dessas pessoas em diretores financeiros e criou trilhas de documentos impenetráveis. No final das contas, o dinheiro estava sendo roubado de contas de aposentadoria, contas de poupança, investimentos e ações das pessoas. Não posso nem começar a dizer a profundidade disso, mas milhares de pessoas foram afetadas. Sempre que a receita ficava sabendo de um problema, meu pai colocava um de seus funcionários para assumir a responsabilidade. Vinte e três. Todas elas inocentes. — Ele baixou a cabeça. — Eu nem sei se posso realmente fazer as pazes com eles, mas meu irmão e eu estamos determinados a tentar.

Naquele momento, tomei minha decisão. Meu coração se encheu de luz. Meu peito se apertou. Estendi a mão e a apoiei em seu joelho, dando-lhe um aperto em apoio.

— É por isso que não vou contar às autoridades nada sobre você e seu irmão.

Ele ergueu a cabeça.

— O que você quer dizer?

— Eu não disse nada a ninguém sobre vocês. Não que eu sabia que vocês eram irmãos. Nem que ele era médico e nadador. Nada. Só disse que fui bem cuidada e levada de volta ao barco quando consegui escapar. Expliquei que todos usavam máscaras o tempo todo, exceto quando vi os MacCreedy.

Logan fechou os olhos, levou as mãos ao rosto e inclinou todo o corpo para apoiar os cotovelos nos joelhos.

— Por que você faria isso? Você foi sequestrada. Assustada. Quase se matou tentando escapar. — Ele esfregou o rosto.

Eu sabia pela coletiva de imprensa que ele era um belo homem loiro, mas agora olhando mais de perto eu poderia dizer que seus olhos estavam vermelhos e havia manchas escuras sob cada um deles. Ele estava com a barba por fazer, e seu cabelo parecia ter sido despenteado mil vezes por seus dedos.

— Às vezes, na vida, o fim justifica os meios. Além disso, todos merecem uma segunda chance de consertar as coisas. Você e o seu irmão estão fazendo isso. Não deveriam ser punidos pelos pecados de seu pai.

— E o que você quer em troca do seu silêncio? — Ele olhou para mim como se estivesse devastado pela culpa.

Estalei a língua e suspirei.

— Nada.

Ele ergueu as sobrancelhas.

— Tem que haver *alguma coisa*. Dinheiro. Fama. Você é professora e namora com um segurança, que passa seu tempo livre trabalhando no restaurante mexicano da família. Vocês dois moram em apartamentos, dirigem carros que ainda devem estar pagando. Eu poderia mudar sua vida dramaticamente.

— Jesus. Você me investigou. — Fiz uma careta.

Ele sorriu.

— Sou insanamente rico.

— Sim e insanamente infeliz — retorqui.

— *Touché*. Mas, Lily, tem que haver algo, qualquer coisa que meu irmão e eu possamos fazer para compensar.

Franzi os lábios e então bati em ambos. Eu não pensei que isso seria uma negociação. Eu só queria olhar meu sequestrador no rosto e dizer o que eu pensava. Acontece que ele me disse o que pensava e por que fez o que fez. Agora que eu sabia, eu concordava com suas ações.

Então, me veio uma ideia.

Tirei um pedaço de papel da minha bolsa e uma caneta. Em seguida, anotei o nome da fundação de caridade em que Charlie trabalhava.

— Minha irmã Charlie dirige e opera esta instituição de caridade.

— Charlotte Hagan-Kerrighan? — ele perguntou, sabendo o nome completo dela.

Dei a ele o olhar de soslaio.

Ele ergueu as mãos em sinal de rendição.

— Tudo bem, não vou mencionar mais nada que sei sobre você e sua família. Embora eu deva dizer, todas vocês me fascinaram. São irmãs adotivas e, no entanto, agem como se fossem do mesmo sangue.

— Somos um grupo unido. Tudo o que sempre tivemos foi uma à outra.

— É assim que me sinto em relação ao meu irmão Kurt — ele admitiu.

— Então você entende. — Apontei para o papel. — Se quiser

ajudar a instituição de caridade dela com, não sei, uma doação ou algo assim, seria gentil.

Ele franziu a testa.

— Não é o suficiente. E se eu fizer isso e garantir que sua sobrinha vá para a faculdade? E todos os seus futuros filhos?

Ri alto e balancei a cabeça.

— Meu namorado é antiquado. Ele nunca deixaria outro homem pagar os estudos de seus filhos.

— Devidamente anotado.

— Minha outra irmã, Genesis, trabalha para o estado. Eles sempre precisam de dinheiro para ajudar crianças órfãs. Você poderia ajudá-los também — sugeri.

— Você é sempre tão generosa? Tem uma quantidade infinita de riqueza na ponta dos dedos e quer ajudar aos outros. Não a si mesma.

Me levantei e tomei o resto do uísque antes de colocar o copo na mesa de vidro.

— Sou rica no que importa. Amor. Amizade. Família. — Sorri com tristeza, imaginando se ele tinha esse tipo de riqueza e imaginando que provavelmente não. — Bem, já consegui o que vim buscar.

— Que foi o que exatamente? Alguns milhões para os centros de caridade de suas irmãs? — Ele franziu a testa.

Eu ri e balancei a cabeça.

— Não. Me sentir segura. Saber que vocês não virão atrás de mim. Saber que tomei a decisão certa em não contar às autoridades o que sabia sobre você e seu irmão.

— Lily, sinto que devemos nossas vidas a você. — Sua expressão era torturada com o peso que carregava.

— Sinto muito por você se sentir assim. Você não me deve nada. Mas, por favor, agradeça ao seu irmão por me salvar do afogamento pela segunda vez. Eu realmente acredito que teria morrido naquele lago, naquela noite.

Ele ergueu o queixo.

— Pode deixar. — Ele limpou a garganta e levantou um dedo.
— E mais uma coisa. — Ele se moveu rapidamente para sua mesa e
puxou algo da gaveta, em seguida, voltou para mim segurando algo.

Estendi a mão, com a palma para cima.

Ele colocou uma tesoura de unha na minha mão.

— Encontrei isso em um moletom que você usou e pensei
em você. Achei que se eu te visse novamente, lhe daria como uma
lembrança de seu compromisso feroz de sobreviver contra todas
as probabilidades. Você realmente é uma mulher incrível, Liliana
Ramírez-Kerrighan.

Segurei a tesoura com força.

— Obrigada.

Ele juntou as mãos em posição de oração e curvou ligeira-
mente os quadris.

— Não, eu que agradeço.

Com a tesoura na mão, saí de seu escritório e deixei o prédio
com um sorriso enorme.

Agora eu me sentia bem.

Agora eu estava livre para viver minha vida.

EPÍLOGO

Seis meses depois…

Ophelia invadiu nosso apartamento com Cisco apoiado em seu quadril e a bolsa de fraldas pendurada em um ombro. O bebê usava jeans, camisa polo de mangas compridas e jaqueta de couro. Seu cabelo estava penteado para trás e uma expressão séria cobria seu lindo rosto.

Estendi as mãos para o bebê, agora com oito meses.

— Ei amigo. Como está meu grande homem? — arrulhei e fiz cócegas em suas bochechas.

— Ele está pronto para sua primeira vez no zoológico! Você acha que ele está bem? — Ela puxou a perna da calça do filho e ajeitou a meia. Uma coisa que aprendi sobre Ophelia era que ela não fazia nada pela metade. A garota estava sempre vestida com esmero, assim como seu filho. Ela e Blessing se davam muito bem apenas por esse motivo.

— Ele está incrível, assim como você, aniversariante! — Sorri e dei beijos no pescoço do bebê. Ele gritou para mim, agarrou meus cachos e forçou meu rosto ao dele. Ele retribuiu com um beijo babado em troca.

— Cisco! Seu destruidor de corações. O que eu disse sobre puxar cabelo? Não, querido, dói. Soltei uma mão e depois a outra de meus cachos muito mais longos. Acabou que Omar gostou do meu cabelo mais comprido. Ele não se importava quando era curto, mas agora parecia ter um pequeno fascínio em agarrar meus fios mais longos. Eu gostava quando ele o agarrava no quarto.

Omar entrou, usando uma roupa quase idêntica à de Cisco. Só que ele estava de jeans preto, camisa polo de mangas compridas e uma jaqueta de couro marrom que o fazia parecer sombrio e perigoso.

Eu sorri ao vê-lo.

Ele se aproximou e me envolveu nos ombros, me beijando. Cisco deu um tapa em sua bochecha.

— Feliz Aniversário, baby — murmurei, olhando nos olhos do homem mais incrível do planeta.

Desde que voltei do hospital, não saí do apartamento dele. Lentamente, sem nenhuma discussão real, simplesmente empacotamos minhas coisas e as levamos para a casa dele. Agora seu sofá estava combinando com minhas lindas luminárias. Havia fotos de família, que tiramos durante os últimos seis meses juntos, e obras de arte em todas as paredes. Minhas roupas e artigos de higiene estavam misturados com os dele.

Mas, a melhor notícia é que já havíamos encontrado uma casa para a qual fizemos uma proposta e estávamos esperando uma resposta do corretor de imóveis. Essa ideia exigiu muito mais discussão e planejamento, porque Omar não queria deixar Ophelia se virar sozinha. Tanto Ophelia quanto eu, é claro, explicamos que ela era uma mulher adulta, que havia provado que podia cuidar de si mesma e de seu filho sem que ele estivesse ao lado.

Omar acabou concordando em encontrar uma casa para nós, que pudéssemos comprar juntos. No entanto, o que nenhuma de nós sabia na época era que ele estava em conluio com seu irmão mais novo, Arturo, que também não gostava da ideia de sua irmã ser mãe solo e morar sozinha, longe de todos. Ele assumiria o aluguel deste apartamento quando nos mudássemos, pois estava dividindo um com um amigo e queria morar sozinho. Um local que ele poderia pagar com seu salário no restaurante.

Omar explicou isso como uma situação vantajosa para mim e Ophelia, mas embora eu tivesse concordado com a mudança, Ophelia sentiu como se estivesse sendo tratada como criança, não como uma mulher de trinta anos.

Com essa família, aprendi a escolher apenas as batalhas que realmente queria vencer. Omar e Arturo viam Ophelia como alguém precisando de um homem por perto por razões de segurança. Tendo estado em uma situação traumática junto com todas as minhas irmãs, não vi nenhum mal em Arturo se mudar para a casa ao lado. Isso fazia Omar se sentir melhor e tudo o que eu queria era que ele estivesse feliz. Era pedir muito pouco.

Ao contrário de hoje. Ele estava decidido a levar a família ao zoológico no aniversário dele. *Toda* a família. Minhas irmãs, Mama Kerri, Rory, a mãe dele, o irmão, Ophelia e Cisco. Claro que também era o aniversário de Ophelia, então íamos ao restaurante depois, para uma grande festa com comida e bebida.

— Feliz Aniversário, *hermana*. — Omar me soltou e abraçou a irmã gêmea.

— Parabéns para você também, seu grande idiota. — Ela deu um tapinha no peito dele e sorriu. — Estou pronta para a primeira visita do Cisco ao zoológico. Espero que ele goste dos animais.

— Todas as crianças gostam. Além disso, a minha sobrinha vai mimá-lo. — Eu o apertei contra meu quadril. — Não é mesmo, garotão? Você vai brincar com a Rory. Não é, garotinho?

Ele deu gritinhos e fez um monte de sons aleatórios que não consegui decifrar, antes de enfiar quatro dedos na boca.

— Tudo bem. Vamos pegar a estrada. — Omar bateu palmas e esfregou as mãos antes de abrir a porta. Ophelia carregou a sacola de fraldas e minha bolsa enquanto eu carregava o bebê para o SUV de Omar. Já tínhamos uma cadeirinha para Cisco, porque eu costumava buscá-lo na creche no caminho da escola para casa, pois ficava bem na esquina de onde eu trabalhava.

Coloquei o cinto de segurança e dei um brinquedinho a ele antes de entrar no banco do passageiro da frente. Ophelia se sentou no banco de trás e Omar na frente, e nós partimos.

— Minha família já está nas girafas — anunciei, lendo as muitas mensagens de texto de todos os membros da minha família. Ficamos presos no trânsito e tivemos que fazer um desvio, o que nos atrasou quinze minutos.

Omar pegou minha mão e Ophelia empurrou o carrinho para onde Cisco estava com os olhos arregalados e absorvendo tudo.

O lugar parecia uma aventura ao ar livre. Muita vegetação exuberante, flores, vida selvagem, o que se podia imaginar ter em um zoológico, tinha ali.

— Por que você escolheu comemorar seu aniversário no zoológico? Trinta anos é um grande marco. Poderíamos ter ido para Las Vegas ou Nova York no fim de semana.

Ele abriu um sorriso enorme.

— Nos divertimos aqui com a Rory. Queria proporcionar isso a Cisco e Ophelia. É o aniversário dela também.

— Eu também me diverti naquele dia. Foi a primeira vez que nos beijamos. — Suspirei, me lembrando daquele dia. Era uma tarde em que ainda estávamos no meio da situação de Addison. Parecia que havia se passado dez anos, quando na realidade foi talvez um ano atrás.

— Acredito que foi há um ano — Omar comentou.

Parei no meio do caminho, não acreditando no que tinha acabado de ouvir.

— Acho que não.

Ele assentiu.

— Foi, *mi* amor. Eu me lembro, pois trouxe você e a Rory aqui no dia do meu aniversário.

— Você está brincando? Aquilo foi... aquilo... — Pensei

naquela época. Não fazia muito tempo que nos conhecemos, o que foi o início da situação de Addison. Eu ainda estava apaixonada por ele e negando cruelmente. Então, quando a tragédia de Addison terminou e o homem que a machucou morreu, me enganei com relação a Ophelia, o que permitiu que outros meses se passassem. Então, é claro, ocorreu o assalto ao banco, e passamos por isso, depois o casamento de Simone, há seis meses e o de Addison em dezembro, e agora aqui estávamos, um ano inteiro depois.

— Meu Deus! Você quer me dizer, no ano passado, neste mesmo dia, você estava levando a mim e minha sobrinha ao zoológico e era seu aniversário!

Ele sorriu com malícia.

— Aquele beijo, Liliana, foi meu presente ano passado. O melhor presente que recebi em muito tempo.

— Mas depois fui *muuuito má com você* — *reclamei.*

Ele me puxou para seus braços e Ophelia manobrou o carrinho até uma área do zoológico que tinha focas.

— Liliana, você não sabia, mas me deu tudo que eu poderia querer naquele dia. Passei com você e a pequena Rory, experimentando algo novo. E aquele beijo... Marcou você como a mulher certa, *chica*. Eu soube, naquele momento, que faria qualquer coisa para protegê-la. Que eu daria minha vida para mantê-la a salvo.

Fechei os olhos e encostei a testa em seu peito.

— Mas eu fui uma vaca.

Ele me aconchegou mais perto.

— Você estava incerta. Não sabia que caminho seguir. Estava no meio de uma situação maluca, e não era nem a primeira, nem a última. Claro, havia coisas contra nós, mas olhe para nós agora. Estamos aqui, um ano depois, um casal. Comemorando este dia com *nuestra familia.*

Nossa família.

— Você é incrível, sabia disso?

Ele sorriu.

— Minha mulher me diz isso todos os dias.

Apontei para o peito dele.

— E ela deveria mesmo! — Fiquei na ponta dos pés e o beijei. — Vamos nos encontrar com a família. Todo mundo trouxe presentes para você e Ophelia. Vai ser demais.

Puxei sua mão e encontramos Ophelia, depois fomos até as girafas.

Quando chegamos, Rory imediatamente foi cumprimentar Cisco, empurrando um leão de pelúcia em seu rosto.

— Olha o que temos para você, Cisco! É um leão! *Roooooarrrrr!* — Ela fez uma careta e rugiu.

Cisco riu e chutou os pés.

Omar e eu abraçamos e cumprimentamos o resto da família. Os parabéns foram compartilhados com Omar e Ophelia, e então todo o grupo foi até as girafas para dar uma olhada nas criaturas mágicas.

Eu estava apontando e mostrando uma para Rory quando ouvi várias pessoas suspirarem. Me virei e encontrei Omar ajoelhado, com uma caixa de veludo erguida em sua mão estendida.

— Omar, o que você está fazendo? — Olhei para ele, completamente chocada.

— *Mi amor, mi lirio*, minha Liliana, você vai me fazer o homem mais feliz do mundo se tornando minha esposa? Prometo te amar, cuidar e nunca apagar seu fogo, seu espírito selvagem.

Coloquei as mãos no rosto.

— Querido, você está me pedindo em casamento no seu aniversário? — As palavras soaram trêmulas quando uma onda de emoção tomou conta de mim e meus olhos se encheram de lágrimas.

— A única coisa que quero no meu aniversário todos os anos é você ao meu lado, para sempre.

— Omar — ofeguei.

Ele abriu a caixa e no centro estava um anel que eu tinha visto muitas vezes nos últimos seis meses, pois esteve no dedo de Renata.

Olhei para minha sogra enquanto as lágrimas escorriam pelo meu rosto.

— Isso é seu... — sussurrei.

Ela assentiu.

— É como o meu Francisco gostaria. Seus filhos compartilhando um sinal de nosso amor ao longo do tempo.

— Liliana Ramírez-Kerrighan, meu pai presenteou minha mãe com este anel quando a pediu em casamento, há mais de trinta e cinco anos. Estou de joelhos, na frente daqueles que nós dois mais amamos no mundo inteiro, pedindo que você seja minha. Vou te amar até meu último suspiro. Casa comigo e faça de mim o homem mais feliz do mundo?

A felicidade se espalhou do meu coração batendo forte pelo meu peito e envolveu cada membro. Assenti depressa.

— Sim, eu me caso com você, Omar Francisco Alvarado. Serei sua esposa até meu último suspiro.

Ele se levantou, colocou o anel no meu dedo e tomou minha boca em um beijo ardente. O beijo continuou, enquanto eu finalmente percebia o som de vivas e aplausos. Omar me ergueu, fazendo com que eu ficasse bem acima dele, enquanto ele me girava algumas vezes.

Tonta de amor, emoção e pura felicidade, ele me deixou deslizar por seu corpo até me segurar em seus braços.

— Todos os anos, olharei para o seu lindo rosto no meu aniversário e saberei que sou um homem de sorte. Eu te amo, baby.

— Eu também te amo! Tanto, Omar. Obrigada por não desistir de mim. Por se comprometer conosco. Obrigada por ser o homem para mim. — Eu o beijei e entreguei meu coração e alma a ele.

Omar acabou se afastando e nos virou, de modo que encarássemos toda a nossa família.

— Ela disse sim!

Não apenas nossa família aplaudiu, mas todos os visitantes perto daquela área do zoológico bateram palmas e comemoraram.

Passamos por um inferno no ano anterior, mas enfrentamos isso juntos.

Eu não sabia o que o futuro traria com nossas famílias malucas, sem mencionar nossos empregos e tudo mais. O que eu sabia era que eu o tinha, seu amor e nossas famílias. Eu não poderia ter pedido mais.

Sempre acreditei que a vida deveria ser vivida um dia de cada vez. E se você tiver a sorte de fazer isso de mãos dadas com a pessoa que mais ama no mundo... você é um vencedor.

Fim

Sei que muitos dos meus leitores gostariam de ler histórias sobre todas as Irmãs de Alma, incluindo Sonia, Blessing, Genesis e Charlie. Se esse for o seu caso, conte a todos os seus amigos sobre os três primeiros livros e, se eles continuarem indo bem, escreverei mais. No entanto, só poderei liberá-los quando o tempo permitir. Como escritora, tenho que ir aonde os leitores e a inspiração me levam. Então, vou dizer que este é o fim do universo da série Irmãs de Alma... por enquanto.

AGRADECIMENTOS

Ao meu marido, **Eric**, por me apoiar em tudo o que faço. Te amo mais.

Para a maior assistente pessoal do mundo, **Jeananna Goodall**. Eu não te mereço, mas vou ficar com você mesmo assim. Boa sorte em tentar fugir. Brincadeiras à parte, espero que você saiba o quanto eu te amo e me preocupo com você e toda a sua família. Acredito firmemente que fomos feitas para ser parceiras neste mundo louco dos livros de romance. Nunca tive uma experiência de trabalho melhor que quando você veio para a *Audrey Carlan, Inc.* e se tornou uma parte necessária do negócio e da minha vida. Sou muito grata.

A **Jeanne De Vita**, minha editora, devo muito a você. De coração, você poderia me pedir qualquer coisa e eu te daria. Nunca vou me esquecer de quando fui até você depois de perder meu editor de muitos e muitos anos, e você largou tudo para me ajudar. Tenho muita sorte de ter você em minha equipe e mal posso esperar para fazer parte da sua aventura de escrita.

Para minha equipe alfa beta, preciso dizer algumas coisas, então vou falar para cada uma de vocês:

Tracey Wilson-Vuolo, você tem sido minha rocha. Meu diamante. Sobrevivemos a muitas perdas e momentos incríveis juntas. Seu *feedback* a cada capítulo faz com que eu sinta que posso continuar fazendo este trabalho para sempre. Você tem uma habilidade incrível de me elevar, mesmo quando luta tanto em sua própria vida. Você é uma das mulheres mais fortes que conheço e a mais generosa. Obrigada por me escolher para ser sua amiga. Eu te amo.

Tammy Hamilton-Green, te acho uma das garotas mais legais do planeta. Você tem um jeito tranquilo que me atrai. Adoro sair com você. E seu *feedback* é tão bem pensado, atencioso com meu processo de escrita, e sempre me dá coisas para pensar na trama. Sem você, teríamos alguns finais bem ao estilo Scooby

Doo. Meu objetivo é sempre te impressionar. E quando eu consigo, uhuu, é incrível! Obrigada, minha amiga.

Gabby McEachern, tudo o que tenho a fazer é pensar no seu sorriso para me fazer sorrir. Você tem o dom de trazer a verdadeira alegria aos outros. Nunca deixe esse lado desaparecer. Nesta série, garota, você foi a minha escolhida. A quantidade de espanhol neste livro era incompreensível. Ter uma professora desse idioma na minha equipe beta… você é ouro maciço, irmã! Obrigada, obrigada, obrigada por garantir que eu represente a língua espanhola e a dos méxico-americanos de uma forma honesta e precisa.

Elaine Hennig, minha médica extraordinária… Não consigo descrever o alívio que é ter alguém com a sua experiência ao meu lado. Às vezes, invento as coisas mais malucas, mas ter você na equipe, uma enfermeira de longa data, para garantir que o que escrevi seja medicamente preciso é uma bênção. Dediquei este livro a você, porque sem a sua ajuda nesta série em que todo mundo se machuca a torto e a direito, eu poderia fazer papel de boba. Mas com você na minha tribo, eu sabia que estava amparada. Obrigada!

Dorothy Bircher, a maneira como você analisa minhas histórias e compartilha suas emoções me traz o apoio necessário. Preciso saber como os leitores vão vivenciá-las e você não se detém. Eu amo isso. Além do mais, ter alguém que possa representar a demografia asiática e negra em minha equipe beta para garantir que eu não cometa erros estúpidos ou ofensivos é uma dádiva de Deus. Obrigada por estar ao meu lado, garota.

Para minha agente literária, **Amy Tannenbaum**, da Jane Rotrosen Agency, você sabia que eu poderia fazer isso acontecer, mesmo quando eu não tinha tanta certeza. Sua fé em minha capacidade é um presente inestimável. Obrigada.

Às minhas agentes literárias que cuidam das minhas publicações internacionais, **Sabrina Prestia e Hannah Rody-Wright**, da Jane Rotrosen Agency, que já fecharam um contrato estrangeiro para esta série e continuam a encontrar novos lares incríveis para meus bebês. Obrigada, garotas!

Para **Jenn Watson** e toda a equipe da *Social Butterfly*, vocês me surpreendem. O profissionalismo, criatividade e proeza nos negócios de vocês não têm precedentes. Obrigada por me adicionarem à lista de clientes. Estou ansiosa para trabalhar em muitos outros projetos no futuro.

Aos **leitores**, não poderia fazer o que amo ou pagar minhas contas se não fosse por todos vocês. Obrigada por cada resenha, palavra gentil, curtida e compartilhamentos do meu trabalho nas redes sociais e tudo mais. Vocês tornam possível que eu viva o meu sonho. #IrmãsDeAlma

SOBRE A AUTORA

Audrey Carlan é autora bestseller número um do *The New York Times, USA Today* e *Wall Street Journal*. Ela escreve histórias que ajudam o leitor a se encontrar enquanto se apaixona. Alguns de seus trabalhos incluem o fenômeno mundial A Garota do Calendário, a série Trinity e a série International Guy. Seus livros foram traduzidos para mais de trinta idiomas em todo o mundo.

Ela mora no Vale da Califórnia, onde se diverte com os dois filhos e o amor de sua vida. Quando não está escrevendo, você pode encontrá-la ensinando ioga, bebendo vinho com suas "irmãs de alma" ou com o nariz preso a um romance sexy.

NEWSLETTER

Para atualizações de novos lançamentos e notícias sobre sorteios, inscreva-se na newsletter de Audrey: audreycarlan.com/sign-up

REDES SOCIAIS

Audrey adora se comunicar com seus leitores. Você pode segui-la ou contatá-la em:

Website: www.audreycarlan.com

Email: admin@audreycarlan.com

Facebook: www.facebook.com/AudreyCarlan

Twitter: twitter.com/AudreyCarlan

Pinterest: www.pinterest.com/audreycarlan1

Instagram: www.instagram.com/audreycarlan

Grupo de leitores:
www.facebook.com/groups/AudreyCarlanWickedHotReaders

Book Bub: www.bookbub.com/authors/audrey-carlan

Goodreads:
www.goodreads.com/author/show/7831156.Audrey_Carlan

Amazon:
www.amazon.com/Audrey-Carlan/e/B00JAVVG8U

TÍTULO DE AUDREY CARLAN DISPONÍVEIS ATUALMENTE EM PORTUGUÊS

Série Irmãs de Alma
Selvagem Garota
Selvagem Beleza
Espírito Selvagem

Série International Guy
Volume 1 – Paris, Nova York, Copenhague
Volume 2 – Milão, São Francisco, Montreal
Volume 3 – Londres, Berlim, Washington, D.C.
Volume 4 – Madri, Rio, Los Angeles

Série Trinity
Corpo
Mente
Alma
Vida
Destino

Garota do Calendário
Volume 1 – janeiro, fevereiro, março
Volume 2 – abril, maio, junho
Volume 3 – julho, agosto, setembro
Volume 4 – outubro, novembro, dezembro

www.record.com.br/autores/audrey-carlan